똑똑한 마카롱 씨

똑똑한 마카롱 씨

펴 낸 날 | 2017년 3월 25일 초판 1쇄

지 은 이 | 디디에 반 코뷜라르트
옮 긴 이 | 이혜정
펴 낸 이 | 이태권

책임편집 | 박송이
책임미술 | 양보은

펴 낸 곳 | (주)태일소담
서울특별시 성북구 성북로8길 29 (우)02834
전화 | 02-745-8566~7　팩스 | 02-747-3238
등록번호 | 1979년 11월 14일 제2-42호
e-mail | sodam@dreamsodam.co.kr
홈페이지 | www.dreamsodam.co.kr

ISBN　979-11-6027-009-9 03860

이 도서의 국립중앙도서관 출판시도서목록(CIP)은 서지정보유통지원시스템 홈페이지
(http://seoji.nl.go.kr)와 국가자료공동목록시스템(http://www.nl.go.kr/kolisnet)에서
이용하실 수 있습니다.(CIP제어번호: CIP2017003358)

• 책값은 뒤표지에 있습니다.
• 잘못된 책은 구입하신 곳에서 교환해드립니다.

Jules

똑똑한 마카롱 씨

디디에 반 코빌라르트 지음
이혜정 옮김

소담출판사

| 차례 |

지난날의 경험을 통해 누군가에게 첫눈에 반하는 일은 조심해야 한다는 걸 잘 알고 있었다. 하지만 사람들 사이에서 그녀를 처음 본 순간, 그런 생각 따위는 기억 저편으로 사라져버렸다. 노란색 하이힐을 신고 빨간 미니스커트에 청록색 블라우스를 입은 그녀는 안개가 자욱한 날에도 저 멀리서부터 눈에 띌 듯한 모습이었다. 래브라도 안내견의 하네스 손잡이를 잡고 있지 않았더라면, 쓰고 있는 커다란 선글라스는 남들 눈에 띄는 게 두려운 유명 스타가 걸친 액세서리로 보일 터였다. 하나로 단정히 묶은 숱이 무성한 붉은빛 금발, 거의 비치다시피 하는 시스루 블라우스 아래 브래지어도 하지 않은 풍성한 가슴, 립스틱이 반짝이는 입술 위에 사랑스러운 미소를 띤 그녀는 동정보다는 욕망을 불러일으키는, 눈부시게 아름다운 시각장애인이었다.

그녀는 냄새에 이끌린 듯 코를 킁킁거리며 내가 서 있는 판매대 앞으로 다가와 멈춰 섰다. 안내견은 즉시 내 쪽으로 몸을 돌리며 그 자리에 우뚝 섰다. 안내견은 상대방 말을 통역할 준비가 된 통역사처럼 그녀가 허공에 대고 내게 말하는 동안 가만히 나를 응시했다.

"안녕하세요. 솔티드 캐러멜 맛, 감초 맛, 타가다 딸기 맛 각각 하나씩 주세요."

몸매는 성숙한 삼십 대였는데 목소리는 좀 조숙한 어린 소녀 같았다. 명랑하고 교양 있으며 믿을 수 없을 정도로 섹시한 분위기—그리고 내 '여자학' 전공 분야를 속속들이 알고 있는 듯했다. 나는 사회적으로 추락하는 바람에 본의 아니게 그녀를 만나게 된 이 상황에 감사했다. 생리화학 엔지니어 겸 천체물리학 학위를 가진 나는 마흔두 살 나이에 오를리 공항 서편의 출국 플랫폼 두 번째 홀에서 마카롱을 파는 점원으로 일하고 있다.

나를 그냥 지나치기는 어렵다. 나는 코코아 색깔 스트라이프 조끼를 입고 피스타치오 색깔 모자를 쓴 채, 연초록빛 마차 모양 스탠드 앞에 서 있으니까. 어머니는 론알프스 지방의 아르데슈에서 휴가를 보내고 돌아오는 길에 우연히 내 새로운 직업에 대해 알게 되고는 얼굴색이 노랗게 변했다. 택시 안이어서 어머니는 그저 몇 마디밖에 할 수 없었다.

"내 친구들 표정 봤지. 적어도 내가 대비할 수 있도록 미리 알려줄 수는 있었잖니." "엄마는 늘 기차를 타셨잖아요." 내가 대답했다. "그래, 내가 잘못했구나." 어머니가 대꾸했다. 나는 더 이상 아무런 말도

하지 않았다. 내가 개발했던 공해 제거 기술은 못해도 내게 수십억은 안겨줬을 거다. 그런데 동거하던 여자 친구가 그 특허권을 빼앗으려고 회사에서 나를 쫓아내는 바람에 파산하고 말았다. 나는 저항하지 않았다. 공증인이나 변호사들과 그 사건을 논하기엔 사랑에 대해 너무 고매한 견해를 지녔던 것이다. 나는 나머지 것들은 다 지워버리고 좋은 추억만 남기는 편을 택했다. 어머니는 그것을 '짓밟힌 상황'이라고 불렀지만, 정확히 말하자면 난 자유로워진 것이었다. 하지만 어머니를 이해한다. 그도 그럴 것이 라뒤레 가게에서 일하고 있는 나를 현장에서 맞닥뜨리기 전 어머니는 내가 비료 회사 베르드그린의 개발팀에서 월급 3만 프랑을 받는 팀장으로 일하는 동시에, 장당 3유로를 받고 과학서를 번역하며, 샹티이 성에서 여행 가이드로 팁 받는 일을 번갈아 하는 줄 알고 있었다. 그리고 중앙 시장의 광장에 있는 목련 나무를 훼손하게 되어, 유죄 선고를 받고 손해배상으로 5천유로의 벌금형—금고형 대신으로 어머니가 빌려준 돈—을 치르고 '내 나무에 손대지 말기 협회'에서 자원봉사를 한다고 알고 있었던 것이다. 부부 관계가 위기에 처했을 때 어머니가 버려진 아이였던 나를 입양한 것은 일종의 투자였지만 그에 대한 회수가 눈앞에 뚜렷하게 드러나지 않은 셈이었다.

"간단히 말해 그냥 딸기 맛이죠, 안타깝게도." 내가 사과했다.

선글라스를 낀 얼굴이 내 목소리가 들리는 방향으로 향했다.

"확실한 거예요? 난 분명히 타가다 딸기 사탕 냄새를 맡았는데요. 아니면 꽃가게처럼 향을 뿌리는 건가요?"

대화를 좀 더 길게 하게 되어 너무 행복했던 나는 평소에 손님을 대할 때보다 젊은 목소리로 응대하려 애썼다.

"그렇다면, 내가 지금 먹을 캐러멜 맛 한 개랑 감초 맛 두 개를 주시고요, 우리 개가 먹게 오렌지꽃 맛 열두 개를 상자에 포장해주세요. 오렌지꽃 냄새는 이 아이가 가장 좋아하는 향이거든요."

"개 이름이 뭔가요?"

"쥘이에요." 연갈색 털을 쓰다듬으며 그녀가 미소 지었다.

"넌 바로 먹고 싶겠구나, 쥘? 하지만 집에 가서 먹어야 한다."

"대답 안 할 거예요. 임무 수행 중이니까요."

갑자기 울컥 목이 메었다. 내 인생을 그저 스쳐 지나갈 뿐인 이 끈끈한 커플이 나에게 슬픔과 흥분이 뒤섞인 감정을 불러일으켰고, 미안하다고 사과하는 내 목소리로 그녀도 내가 느끼는 감정을 눈치챈 것 같았다.

"쥘은 그 점을 아주 잘 알고 있어요. 내가 하네스를 풀어줄 때만 먹을 수 있다는 것을 알거든요." 그녀가 따뜻한 목소리로 말했다.

"아주 엄격하게 훈련받았나 봐요."

"아뇨, 오히려 이 아이가 자긍심을 갖는 부분이죠. 이 아이는 나에 대한 책임감을 느끼는 거예요."

그녀 목소리에도 래브라도에 대한 자긍심이 드러났다. 불현듯 끔찍한 우울감이 나를 덮쳤다. 나는 이제껏 한 번도 누군가에게 책임감을 느낀 적이 없었다. 어머니는 바위처럼 강했고, 아버지는 사람들과 관계를 끊었으며 내가 만난 여자들은 아이를 원하지 않았다. 래브라도는 여전히 나를 가만히 바라보고 있다. 저 성숙한 육체의 보호자에게 가소로운 질투심이 폭발해서 나는 래브라도 주인의 가슴으로 시선을 돌렸다. 중력에 도전하는 최고의 가슴이자, 그녀가 지갑에서 카드를 꺼내느라 흔들리는 움직임과 마침 바닥에 떨어진 택시 요금 영수증을 더듬어 찾는 손가락의 움직임을 낱낱이 전달하는, 생생한 표정을 지닌 멋진 가슴이었다. 떨어진 영수증을 주워주려던 내가 판매대 밖으로 나갈 새도 없이, 아주 사소한 동작도 놓치지 않고 있던 안내견이 여자의 손톱에 닿도록 영수증을 발끝으로 밀어주었다. 계산대 위에 놓인 카드에는 '알리스 갈리엥'이라고 적혀 있었다. 자크 브렐의 노래가 떠오르며 심장이 옥죄는 느낌이 들었다—네 손의 그림자, 네 강아지의 그림자가 되게 해줘……. 진지한 사람들이 '참된 인생'이라고 부르는 것에 대해 눈을 질끈 감고 살아온 내가 돌연 그녀 같은 여자에게 이렇게 시선을 고정시키게 될 줄이야.

당장 내가 가진 모든 능력을 발휘했다. 능력이라고 해봤자 그녀가 뿜어내는 뜻밖의 큰 기쁨과 청록색 가슴을 차지하기 위해 시간을 질질 끌며 최대한 포장을 느리게 하는 것뿐이었지만. 하지만 포장지가 천천히 접히는 소리가 그녀의 주의를 끌었다. 그녀는 유리가 덮이지 않은 손목시계의 시곗바늘을 두 손가락으로 더듬었다.

"죄송하지만 우리는 비행기를 타야 해요. 선물용으로 포장해주시지 않아도 괜찮아요." 그녀는 아쉬워하면서 친절한 어조로 말했다.

본능적으로 나는 그녀가 매우 아름답다고 변명하듯 대답했다.

"정말 솔직하시네요, 고마워요. 보통 남자들은 절을 칭찬하며 시작하죠." 그녀가 미소 지었다.

자기 이름이 입에 오르자, 개는 주도권을 가진 수컷으로서 상대방을 압도하는 자신감을 드러내며 나를 뚫어지게 바라보았다—하지만 그렇게 의인화하게 되는 이유는 아마도 계산대 아래에서 내가 발기를 억누르고 있었기 때문일 것이다.

"당신은 목소리와 생김새가 비슷하지 않다는 생각이 드네요? 이 아이는 늘 점원들에게 아주 친절한 편인데, 오늘은 긴장한 게 느껴져요."

나는 스트라이프 무늬 조끼와 초록 모자를 뺀 나의 겉모습을 묘사하기 시작했다. 나는 시리아에서 태어났지만 부모가 누군지 알지 못하며, 프랑스로 입양되었다고.

"그렇군요."

당황한 듯이 입 밖으로 튀어나온 이 문장이 동정을 의미하는 것인지, 아니면 그녀의 안내견이 인종차별주의자라는 걸 의미하는 것인지도 모른 채, 나는 포장을 마친 물건을 그녀에게 건넸다.

"니스행 10시 25분 비행기 편이 운항 스케줄 보드에 떴나요?"

나는 그렇다고 대답하며 정면에 보이는 운항 스케줄 보드에 표시된 대로 20번 게이트라고 말했다. 그녀를 배웅하고 싶었지만 그녀 뒤에는 마카롱을 사려는 사람들이 길게 늘어서 있었고, 예전에 이미 계산대에서 천체물리학적 설명을 주절거리다가 현장을 목격한 지점장에게 경고받은 경험도 있었다. 설령 손님이 없을 때에 조차 나는 열성적이고 빠릿빠릿하게 정신을 똑바로 차리고 있어야 했다. 그것이 계약 사항이었다. 일하는 동안에 먹거나 책을 읽거나 전화를 하는 것도 두 번 이상 걸리면 예고 없이 즉시 해고될 수 있는 심각한 위반 사항이었다. 과학 서적이 출판 시장에서 크게 위기를 겪는 현재 상황에서, 하늘에서 떨어진 이 고정 수입이 없다면 어떻게 집세를 치를지 눈앞이 깜깜했다.

나는 반팔 셔츠에 넥타이를 맨 에어프랑스 유니폼을 입고 어슬렁거리는 직원에게 손짓했다. 그에게 나의 달콤한 손님을 부탁하고는 두어 마디를 주고받으며 그녀가 건넨 카드로 결제했다. 멀어져 가는 그녀의 뒷모습을 바라보고 있자니 마음이 괴로웠지만, 줄지어 선 여행객들이 참지 못하고 다가오기 시작하자 그런 감정도 금세 희석되었다.

"자, 다음 손님, 여섯 개짜리 상자에 어떤 맛을 담아드릴까요?"

IBM 배지를 단 손님에게 기계적으로 메뉴를 읊어주며, 그녀와 나눈 마지막 말을 곱씹어보았다.

'좋은 여행하세요, 숙녀분. 타가다 딸기 냄새는 나에게도 과거 한 순간의 향기예요. 그 순간의 감정을 끄집어내죠. 한 가지 물어봐도 될까요? 당신은 곧 돌아올 건가요?'

'저도 그러고 싶어요.' 그녀에 대해 더 알아볼 좋은 기회는 없었다. 사실 그래 봤자 무슨 소용이 있겠는가? 분명 그녀에게는 애인이 있을 것이다. 차분하고 너그러운 그녀는 여자를 낚으려는 나 같은 부류를 자극한다.

본심은 전혀 그렇지 않았지만 나는 어쩔 수 없이 체념했고, 깊은

실의에 빠져 멍하니 영혼 없는 미소를 띠고 주문을 받았다. 나는 언제나 마음을 다잡고 꿋꿋하게 불운을 견뎌냈다. 사랑에 배신당했을 때도, 아이디어를 도난당했을 때도, 사회생활에 핵심적으로 작용하는 두 가지 원동력인 복수에 대한 야망과 욕구불만마저 빼앗겨버린 희생양이 되었을 때도, 나는 별다른 이유 없이 그저 인생에 만족했다. 아름다운 새벽 어스름, 똑똑한 박테리아들, 바흐의 웅장한 칸타타, 성노동자의 뛰어난 테크닉, 내 방 창문을 타고 오르는 인동덩굴의 내음, 빅뱅의 불가사의한 수수께끼……. 순수하고 사소한 이 모든 즐거움들이 장애를 가진 내 마음을 위해 삶의 고통을 행복하고 아름다운 쪽으로 이끌어주었다. 하찮고 초라한 내 인생의 이 짧고 불안한 시기에, 왜 갑자기 진짜 장애인에 대한 확실한 욕망이 나를 이토록 부끄럽고 슬프게 만드는 것일까?

내 인생은 아주 거칠게 시작되었다. 사람들은 대개 나를 이민에서 생산된 결과물로 취급했지만, 사실 나는 무엇보다 문학적인 프로젝트였다. 다마스에 있는 프랑스 대사관의 경비원이 쓰레기통들을 비우다가 그중 하나에서 발견했을 때, 난 태어난 지 몇 시간 채 지나지 않은 갓난아기였다. 도로 청소부가 지나간 후 누군가 나를 놓고 간 것이 분명했다. 문화부 담당관의 아내였던 엘리안 드 프레쥬는 나를 외교행낭으로 시리아에서 데리고 나올 정도로 나를 입양하는 데 온갖 수단을 다 썼다.

나의 태생을 존중했던 그녀는 나를 지발이라고 불렀다—아랍어로 '지발라'는 쓰레기통이다. 그녀는 상상력으로 내 출생의 나머지 여백을 채웠다. 아내에게 간통죄라는 죄명을 씌워 일방적으로 이혼한 베두인족 족장을 나의 아버지로 만들었고, 부족에서 쫓겨난 그의 아내는 나를 프랑스 공화국에 생활 쓰레기로 위탁하면서 아들의 미래를 아주 훌륭한 운명으로 정해준 셈이 됐다. 엘리안 드 프레쥬가 쓴 소설 『쓰레기통의 아이, 지발』은 내가 열세 살 되던 해에 페미나상을 받았다. 비평가들은 나를 입양한 양모의 관대함과 친모의 희생을 바탕으로 시앙스포•를 졸업한 베두인족 주인공인 나에 대해 경탄을 금치 못했다. 소설 속 지발은 주머니에 졸업장을 챙겨 다마스로 돌아가서 아사드 대통령을 쓰러뜨리고, 이슬람 형제단에게 득 되는 행동 없이 민주주의의 기초를 세운다. 그 후 아이 세 명을 남기고 438쪽에서 영웅으로 죽는데, 어느 날 세 아이 중 딸내미 한 명이 파리 주재 시리아 대사가 되어 필생의 작품을 완성하겠다고 맹세하는 것으로 끝맺는다.

하지만 이 대단하고 화려한 인생 여정이 현실 속에서는 대학 벤치에서 멈춰버렸다. 지발 드 프레쥬는 소설을 상상한 작가와의 약속을 어기고 기대를 저버렸다. 나는 어둠 속에 숨었고, 프랑스 땅을 한 번도 떠나지 않았으며, 많은 사람들에게 속아 넘어갔고, 우리의 소중한 성姓이 끊기도록 방치할 것이다. 후속작에 대한 영감은 어디에서도 불러일으킬 수 없었다.

갑작스레 들려온 개 짖는 소리에 나는 자리에서 벌떡 일어섰다.

• 파리정치대학. 정치·외교 분야 엘리트들을 배출해온 교육 및 연구기관이다.

"조심해요, 제기랄!" 포장하고 있던 마카롱들이 우르르 떨어지자 손님이 욕설을 내뱉었다.

나는 빈 상자를 손에 들고 2번 홀을 향해 귀를 기울였다.

"쥘!" 알리스가 소리쳤다. "내 개를 그냥 내버려두세요, 그만하라고요!"

"새로 한 상자 포장해주실 거죠, 네?"

나는 입을 나불거리는 멍청이 손님에게 입을 다물라는 손짓을 했다. 개 짖는 소리에 젊은 여자의 고함 소리가 겹쳐서 들려왔다. 더 이상 망설일 수 없었다. 나는 판매대를 뛰어넘어 20번 게이트를 향해 달렸다. 니스행 항공편의 탑승을 알리는 방송이 라파예트 백화점의 세일을 알리는 방송처럼 들렸다. 붐비는 사람들 사이를 비집고 길을 터서 달려가자 쥘에게서 하네스를 제거하고 케이지로 밀어 넣으려는 공항 경비원 두 명이 보였다. 다른 경비원 하나는 신경질적인 어조로 알리스에게 비행기가 만석이며, 기장이 내린 결정에 따라 동물들은 모두 화물칸에 태워야만 한다고 설명하는 중이었다.

"쥘은 안 돼요! 쥘은 안내견이라고요. 목걸이를 보세요, 서류도 보시고요! 2008년 유럽법은 비행기에서 안내견과 동승해도 좋다고 허락했단 말이에요……."

"비행기가 만석이 아닐 때죠. 그래서 기장이 이렇게 결정했단 말입니다."

나는 아니라고 말했다. 히스테리를 부리던 경비원이 나를 향해 몸을 돌렸다. 그는 짜증스럽게 눈썹을 치켜올리면서 빈정거리는 표정으로, 스트라이프 무늬 조끼와 피스타치오 색깔 모자를 쓴 나를 똑바로 바라보았다.

"저 라뒤레 점원이 뭐라는 거야?"

"규칙을 존중해주세요. 여자분이 유럽법에 대해 말했잖아요……."

"당신은 당신 자리로 돌아가라고, 알았어? 보다시피 난 해결할 문제가 많으니까."

"당신이 그런 말투로 문제를 해결하려 한다면 진짜 문제는 지금부터일 겁니다."

"아니, 그래서 당신, 문젯거리를 만들어보겠다는 거야?"

대답하는 대신, 나는 그의 넥타이를 낚아채 번쩍 들어 올렸다. 모든 불의와 모욕에 반항하는 베두인족의 공정함이 갑자기 한데 몰리며 이 고집불통 히스테리 환자에게 발산되었다. 나는 그를 들어 올리고 내가 뱉어내는 문장의 리듬에 맞춰 흔들어댔다.

"2008년 유럽법은 비행기 기장의 결정보다 중요해. 그러니 이 여자분께 사과해요. 안 그러면 당신한테 명령 불복종과 인종차별에 대한 벌금 딱지를 붙여줄 경찰을 부를 테니까. 그때 가서 후회하지 말라고!"

잠시 후, 하루에 세 번씩 쉬는 시간이면 나와 세상 돌아가는 얘기를 나누는 공항 경찰 장이 소식을 듣고 빠르게 도착했다. 그에게 상황을 설명했다. 그가 450유로짜리 벌금형감이라며 고집불통을 위협하는 동안, 나는 수하물 컨베이어 벨트 위에서 쥘이 들어 있는 케이지를 열었다. 쥘이 그야말로 내 목으로 펄쩍 뛰어오르는 바람에 하마

터면 쓰러질 뻔했다. 녀석은 열광적으로 내 얼굴을 세 번 핥고는 나를 내팽개치고 알리스에게 달려갔다. 무슨 일이 벌어졌는지 몰라 이성을 잃은 알리스는 하네스를 손에 든 채, 자신 때문에 탑승이 늦어져 짜증스러워하는 주위 사람들에게 정신없이 상황을 묻고 있었다.

나는 그녀에게 다가가 위로하며, 언쟁을 벌이는 와중에 떨어뜨린 마카롱 상자를 주워 건넸다. 그녀는 계속해서 고맙다고 인사를 하면서 가방 안에서 명함을 꺼내, 내 오른쪽으로 내밀었다. 나는 명함을 받아 잽싸게 주머니에 넣고는 즐거운 여행을 빈다고 인사했다. 마음속으로는 저녁 때 전화를 해서 둘의 안부를 물어야겠다고 생각했다.

완장을 찬 젊은 사람이 안전보장 감독실로 장애인을 데려가기 위해 휠체어를 밀며 달려왔다. 상황이 종료되었다. 나는 고개를 갸웃거리면서 나를 뚫어지게 바라보는 래브라도 안내견의 주의를 끌려고 손을 흔들었다. 쥘은 내가 자신들을 구한 다음에 왜 버리고 떠나는지 이해하지 못하는 표정이었다.

경쟁심과 애석함이 뒤섞인 감정을 뒤로 하고 내가 있어야 할 자리인 초록 마차로 돌아가자, 지점장이 허리에 손을 딱 올리고 나를 기다리고 있었다.

"드 프레쥬 씨, 뭣 때문에 자리를 뜬 겁니까?"

나는 그의 가슴팍에 달린 배지를 가리키면서 전투적인 어조로 대답했다.

"나한테 고마운 줄 아세요. 내가 나서지 않았다면 인명 구조 태만

죄로 걸렸을 겁니다. 그랬다면 회사로 책임이 돌아가서 경찰이 지점장님한테 확인했겠죠. 그럼 책임져야 할 사람이 누구겠어요?"

나는 한 걸음 뒤로 물러선 뒤 줄을 서서 기다리고 있는 손님들 쪽을 바라보다가, 지점장 주위를 빙 돌며 옴짝달싹 못 하게 했다.

평소에는 대학에서 딴 무술 단증 세 개를 의식하지 않으려 해왔지만 이번에는 자연스레 의식했다. 지점장을 위협하며 난 건전하지 못한 쾌락을 느꼈고, 그 감정은 사흘 동안 내 뱃속에 남아 있었다. 상대방을 박살내는 것이 얼마나 쉬운 일인지(위급한 상황을 제외하고)를 알게 되면서 상대방이 지닌 승리의 환상을 밟아버리는 것이 얼마나 큰 만족감을 주는지 깨달았다.

*

그날 나머지 시간은 별일 없이 흘러갔다. 알리스의 아름다운 모습과 안내견에게 감사하는 마음이 감미롭고 커다란 공기 방울을 만들어, 내 앞에서 줄지어 바쁘게 움직이는 우중충한 사람들로부터 나를 격리시켰다.

일이 모두 끝나고 셔터를 내린 다음 나는 자리를 잡고 앉아, 아침 10시 15분부터 주머니 속에서 얌전히 기다린 명함을 꺼냈다. 나는 알리스의 향기를 맡고 그녀의 육체를 떠올려본 다음, 코앞으로 명함을 들어 올리며 눈을 감았다—그녀에게서 풍기던 무화과나무 내음이 살짝 섞인 재스민 향이 기억났다. 하지만 명함에서 나는 것은 박하 향과 막 인쇄된 잉크 냄새뿐이었다. 눈을 떴다. 명함에는 이렇게 박혀 있었다.

HSBC 은행 몽마르트르 지점

고객관리 팀장, 니콜라 브롱

가방의 바깥 주머니에서 껌을 찾으며 명함이 있는 자리를 손가락으로 더듬었다. 이상하게도 내 명함만 손에 잡혔다. 제기랄! 그 남자에게 어제저녁 버스 안에서 내게 접근했던 은행 직원의 명함을 줘버렸다. 그는 코카콜라 라이트 향이 나는 숨결과 굵은 목소리로 말했었다. 마치 그 말이 우리를 서로 운명적으로 이어주기라도 하는 것처럼.

'명함 글씨가 입체적으로 튀어나왔네요.'

어쩔 수 없지, 뭐. 어쩌면 차라리 잘된 것일지도. 마카롱 씨에게 다시 고마움을 표현하고 싶다면 돌아가는 길에 내가 먼저 찾아가면 된다. 돌아가는 길에. 이 두 마디 단어가 모든 것을 포함하고 있다. 약속과 두려움, 꿈과 미지의 세계…….

탑승이 더 늦어질까 봐 걱정스러워 어쩔 수 없이 휠체어에 앉았다. 그리고 그렇게 위협적인 상황을 겪고 난 후 줄이 받은 스트레스를 없앨 수 있는 유일한 수단인 하네스를 다시 채웠다—자신이 보살피던 사람에게서 억지로 분리된 안내견에게 그보다 더 충격적인 사건은 없었을 테니까. 쥘은 끊임없이 몸의 방향을 바꾸면서 썰매처럼 목줄을 끌었다. 많은 문들과 장애물을 통과하기 위해 쥘이 가늠해야 하는 익숙하지 않은 휠체어 크기 때문에 불안해하는 것이 느껴졌다. 등 뒤에서 휠체어를 미는 공항 직원이 휠체어의 흔들림을 잡아주는데도 쥘은 여전히 불안해했다. 쥘이 안내견으로 내게 와 혼자 나를 돌본 지도 벌써 7년이 넘었다. 이 아이는 나를 속속들이 잘 알고 있었고, 스무 번도 넘게 나를 비행기에 태웠지만 오늘같이 터무니없는 상황은 처음이었다. 3주 전부터 쥘은 내 감정을 조절하려고 애썼지만 마음처럼 되지 않았고, 거기에 긴장감까지 추가되어 일어난 예기치 못한 상황이었다. 눈 수술 날짜가 결정되고, 내가 체념 대신 희망과 불안을 느낀다는 것을 쥘이 눈치채면서부터였다. 쥘은 몸을 부비면서 나의 불안감을 가라앉히려 노력했지만, 희망에 부응하는 훈련은 받지 못했던 것이다. 아무도 안내견에게 주인이 어느 날 시각장애인이 아닌 존재가 될 수도 있다는 것을 가르쳐주지 않았다. 나는 내가 할 수 있는 한 최선을 다해 쥘을 준비시켰지만 메시지는 전달되지 않았다.

비행기에서 승무원은 쥘을 칭찬하고 그에게 내 좌석을 알려주었다. 임무 수행 중일 때면 칭찬에 무심한 쥘은 그녀의 말을 들은 체도 하지 않고 두 줄의 안전띠를 돌려 자리에서 꺼냈다—좌석에 닿자 금속 걸쇠가 다리에 익숙하게 부딪혀왔다. 나는 자리에 앉아 하네스를 벗기고 쥘이 내 다리 아래로 들어갈 수 있도록 다리를 들어올렸다. 쥘은 몸을 둥그렇게 말고 짐 가방보다 더 자리를 차지하지 않으려 애썼다. 매년 크리스마스가 되면 쥘은 내가 썰매를 타도록 발베르그에 있는 아빠의 집으로 인도하곤 했다.

긴장을 풀기 위해 캡슐을 한 개 삼켰다. 나를 기다리고 있는 각막 이식 수술은 성공률이 75퍼센트이다. 이식할 때 거부 반응이 적은 것은 사람의 각막이지만 기증자 수는 점점 더 줄어들고 있다. 나는 각막 기증 대기자 명단에서 312번째였고, 차례를 기다리던 중 비극이 벌어졌다. 한 각막추출자의 가족이 시체를 훼손한 의사를 공격했던 것이다. 첫 소송에서 그 가족은 승소했고, 판례는 수천 명이나 되는 시각장애인들의 희망을 짓밟았다. 법정에서 판결이 난 이후, 사망자 가족이 48시간 이내에 허락하지 않는 한 의사들은 눈을 추출하는 위험을 무릅쓰려고 하지 않았다—그 시간이 지나면 각막은 쓸모가 없어지고 마니까. 피율 교수님의 말씀에 따르면, 이제 나 같은 실명 타입에 적당한 인공 각막이 완성되어서, 나는 늙을 때까지 기다리지 않아도 된다.

나는 인공 각막을 선택했을 때 거절당할 수 있는 여러 위험을 매우 잘 인지하고 있었다. 첫 번째는 건강보험 문제였다. 그건 중요하지 않았다. 사전에 내가 모든 것을 책임진다는 데 동의하고 각막 이식 수술 대기자 명단에 이름을 올렸기 때문에 나는 인공 각막 수술에 따른 보험료 환급을 거절당했다. 다행히도 내 서류가 기각되었다는 것을 알게 된 RTL방송국이 수술 비용을 지원하기로 결정했다. 라디오국 사람들이 부활절에 나에게 열어준 깜짝 파티에서 국장이 축하했던 것처럼, '가장 아름다운 목소리를 가진 여성 중 한 명에게 시력을 돌려주기' 위하여 방송국 전체가 모금을 시작했다. 이 감동적인 연대감에 당황했지만(나 때문에 파리 외곽순환도로에 길고 긴 교통 체증이 생겼는데, 나는 겨우 합동 공연 시간을 안내하는 데만 쓸모가 있을 뿐이었다), 그들의 너그러운 행동 덕분에 나는 이제 내일모레, 불투명한 각막에 해면질 중합체로 된 고리를 이식하게 되었다. 눈의 세포들이 적응하게 되면 나는 48시간 이내에 빛과 색깔, 형태를 구분할 수 있게 될 것이다. 물론 수술이 아무 문제없이 잘 진행될 경우에 말이다. 그리고 한 달이나 두 달이 지나고 나면 시력이 최대한 복원될 것이다.

나는 수술에 동반되는 위험과 부차적인 영향, 장기적으로는 상황이 어찌될지 모르는 불확실성까지 다 받아들였다. 사실 딱 한 가지가 두려웠다. 눈앞에 나타날 세상이 과연 열일곱 살 때부터 내가 상상해 온 것만큼 아름다울까? 내게 항체 역할을 하는 삶의 기쁨은 깜깜한 어둠에 대한 단순한 반작용이 아닐까? 본래의 현실을 다시 구성한 백일몽으로 현실을 믿을 수 있을까?

왼쪽 장딴지에 닿은 줼의 코가 차갑게 식은 것이 느껴졌다. 라뒤레의 그 멋진 영웅을 떠올리며 줼에게 마카롱을 하나 주었다. 나는 그 남자가 우리를 보호해준 방법이 무척 마음에 들었다. 소란 피우는 것과 동정받는 것을 무엇보다 싫어하는 난, 에어프랑스의 그 더러운 조무래기를 깡그리 밟아버리는 그의 목소리를 들으며 크게 감동했다. 변변찮은 익명의 점원으로 변장한 흑기사 같은 면—이런 생각은 절대 고백하지 않겠지만 그런 면이 완전히 나를 무너뜨렸다.

나는 그가 누구와 비슷한지 곰곰 생각했다. 어떤 인물이 내 머릿속에서 두 목소리로 완전히 모습을 바꾸는 것은 흔치 않은 일이다. 처음 판매대 앞에서 그의 목소리를 들었을 때 나는 그가 이국적 혈통인 센생드니 지방의 마그렙•이라고 생각했다. 하지만 그가 항의하기 시작했을 때는 성숙하고 철두철미한 사막의 왕자가 떠올랐다. 집단 거주지에 머무는 방랑자로도 상상했고, 인생의 우여곡절을 겪다가 기항지에 홀로 남은 싸움꾼으로도 상상했다. 혹은 가진 게 아무것도 없고 누군가를 위해 존재할 이유도 없는 사십 대 남자일 수도 있었다. 이런 상상은 나를 감동시켰다. 게다가 그는 언변도 뛰어났다. 냉정을 잃었을 때조차 그는 완벽한 문장을 구사했다. 그는 섹시할 것이 틀림없었지만, 뭐 좋다, 그건 문제가 아니다. 나는 나대로 운동을 해야 한다.

각막에 수분과 탄력성, 운동성을 공급하기 위해 네 시간마다 눈꺼풀 수축 운동을 열 번씩 다섯 번 반복하고, 양쪽으로 눈동자가 움직이는 것을 중간에 멈추어야 했다. 이렇게 하면 부작용이 나타날 위험이 적어지는가 보다. 이 생각을 하자 즉시 머릿속이 자쿠지처럼 부글부글 끓기 시작하고, 거품이 올라옴에 따라 내 머리도 점점 사라지는 기분이 들었다.

게다가 집중력에도 문제가 생겼다. 조금 전에 삼킨 알약의 부작용

• 북아프리카 지역의 젊은이.

은 아닐 테지만, 나는 너무나 섹스가 하고 싶었다. 이미 지난주에, 그동안 나를 짓누르던 상징적인 이미지들이 어느 정도 사라진 그림을 본 프레드는 외설적인 휘파람을 불었다. '와우, 아주 섹시해. 아주 미래가 창창하고.' 내가 무엇을 그리고 있는지 머릿속으로는 알고 있었지만, 사람들이 무엇을 느끼는지에 대해서는 아무 생각도 없었다. 그것이 나의 가장 큰 약점이었다. 나한테 엄청난 충격을 주려면 내 그림이 생기가 있다는 말만 하면 되었다—그 반대도 마찬가지지만. 각막 수술에 임박해서 생겨난 리비도의 충동은 어쩌면 또다른 예술적 견해의 결실일 뿐일지도 모르겠다. 만약 각막 이식 수술이 성공한다면, 이 모든 것은 무엇을 남길까?

나는 프레드가 니스까지 바래다주기를 원하지 않았다. 그녀가 우리 아버지와 마주하는 상황은 굉장한 고문이었고, 나는 심각할 정도로 긴장감이 팽팽할 그 상황에 절대 직면하고 싶지 않았다. 심지어 오를리 공항까지 차로 바래다주겠다는 프레드의 제안도 거절했다. 그녀의 유혹적인 애무와 자신만만한 키스, 챔피언을 흥분시키려고 코치가 뱉어내는 것 같은 유쾌한 폭언, 짓궂은 행동 아래 졸렬하게 숨겨진 그녀의 불안감을 받아들일 용기가 없었다. 내게는 두려워할 권리도 있고, 사람들이 나를 위로하는 척하지 않도록 할 권리도 있다.

그리고……. 나는 프레드를 사랑했지만 비행기가 이륙하는 동안 내가 떠올린 것은 그녀의 손길이 아니었다. 마카롱을 파는 남자에게 직접적으로 책임이 있는 것은 아니다. 그는 예감을 현실성 있게 만든 것뿐이다. 3주 전부터 나는 이미 돌아오는 길에 이전과 같은 것은 아무것도 없으리라는 확신이 있었다. 그 생각은 나를 불안하게 만들기보다는 오히려 흥분시켰다.

그녀가 내 인생에 나타난 지 13일이 흘렀다. 이제 그녀의 모습이 흐려지기 시작했다. 오를리 공항에서 난리를 친 다음 날, 나는 HSBC 은행에 전화를 걸었다. 알리스 갈리엥의 부탁으로 전화한 척하며 니콜라 바롱 씨를 찾았다. 은행원은 3초도 안 되어 신호에 응답했다. 우리는 서로 침묵만을 지켰다. 그는 내가 그녀를 바꿔주기를 기다렸고, 나는 그가 그녀의 전화번호를 주기를 기다렸다.

"그녀 전화번호는 나도 몰라요! 이름만 알 뿐이라고요! 나에게 연락하라고 그녀가 부탁했나요?"

"아뇨, 자기 것인 줄 알고 그녀가 당신 명함을 내게 줬어요."

"그렇다면 내 명함을 다시 그녀에게 돌려줘요! 명함도 없이 어떻게 그녀가 나한테 전화하겠어요?"

"어떻게 해야 그녀를 만날 수 있을지 모르겠어요. 전화번호부에도 이름이 없더라고요. 난 당신한테 기대를 걸었죠…….”

니콜라 바롱 역시 마찬가지였다. 우리 두 멍청이는 전화를 끊었다. 그녀는 분명 마주치는 모든 수컷에게 똑같은 폐해를 일으켰을 거다.

그 이후, 니스에서 비행기가 도착할 때마다 엘리베이터 쪽으로 고개를 돌려 사람들의 옆모습을 관찰하느라 목이 뒤틀릴 지경이었다. 그녀가 나한테 진짜 자기 명함을 주고 싶거나, 혹은 마카롱을 대량으로 사고 싶다면 그녀는 저기, 네스프레소 커피 판매대와 우편함 사이에 나타날 것이다. 그러면 나는 매일 아침 만드는, 나에게 행운을 가져다준 타가다 딸기 맛과 오렌지꽃 맛 마카롱이 든 상자를 들고 그녀를 맞으러 달려가리라.

저녁이 되면 엘리베이터 앞에 있는 스낵바에서 번역 일을 하며 간단하게 저녁을 때웠다. 11시 30분이 되자, 나는 오늘을 위해 만든 마카롱 상자를 옆자리 손님에게 주고는 주차장으로 내려가 낡은 애마인 캉구•에 시동을 걸었다. 이 차는 그웬돌린이 해고수당 대신 준 것이다. 나는 차를 끌고 테르모필 거리의, 엘리베이터도 없는 누추한 6층 집으로 돌아갔다. 내 집이 있는 골목길은 낡고 부서진 포석들 위로 등나무와 인동덩굴이 서로 얽히고설킨, 14구에서도 잊힌 길이었다. 그래도 이곳은 내가 이 세상에서 행복 비슷한 감정을 느낄 수 있는 유일한 곳이다.

그웬돌린이 내 물건들을 창고에 옮기던 날, 난 샹티이 성 정원에

• 르노 사의 해치백 모델.

자리한 XXL 사이즈 케츄아 텐트•를 새 거처로 삼고 베두인족의 문학적 혈통을 되새겼다. 그날부터 나는 숲 해설가가 되었다. 다양한 동물상과 각종 식물군, 그리고 1884년에 그 분포지를 프랑스 학사원에 기증한 오말 공작••의 인생에 대해서도 달달 외웠다. 샹티이 성 친목협회의 비서관인 베르통 부인은 내가 뽐내는 지식에 감동한 나머지 해고당한 충격과 텐트의 습기로 인해 만성기관지염에 걸린 나에게, 고인이 된 그녀의 남편이 사용하던 사무실을 임대해주었다. 그녀의 남편은 생전에 오말 공작의 광적인 팬이었다. 프랑스 제2제정시대 가구로 장식된 5평 남짓한 그 방은 아름다운 몽파르나스의 막다른 골목길로 통했다. 그녀는 남편도 머리 위로 지나가는 사람들의 발소리가 즐거울 거라고 말했다. 그 지역 치고는 아주 하찮은 집세를 받는 대가로 베르통 부인은 몇 가지 간단한 사항을 요구했다. 보가 전투에 참여한 기사 439명과 동거할 것. 다시 말해, 유리 테이블 위에 가지런히 놓인 압델 카데르•••무리를 공격하는 오말 군대의 배열을 흩뜨리지 말고 3개월마다 섬세하게 먼지를 털어내야 한다는 의미였다. 나는 기쁜 마음으로 받아들이는 척했다.

알제리의 정복 때문에 여유가 생긴 공간 속에서, 나는 젖산 박테리아의 상호작용과 반응을 연구하기 위해 전도체를 넣은 요구르트 단

• 던지면 한 번에 펼쳐지는 텐트.
•• 18세기 프랑스 최고 귀족의 상속자이자 장서광.
••• 1830~40년대 알제리의 반프랑스운동 지도자.

지들에 둘러싸여 살았다—그건 내가 단 하루도 단념하지 않은 천재적인 생물학 논문의 주제였다. 나머지 시간에는 항암 작용을 하는 분자를 얻기 위해 욕조에서 약용 식물들을 키웠다. 그야말로 헛되이도 연구실이 줄 수 있는 긴장감을 조성해보려 애썼던 것이다. 한편, 생활비를 벌기 위해서 블랙홀, 시공간, 박테리아 실험 따위의 주제와 관련된 최근의 과학적 발견 내용을 영어 혹은 러시아어로 번역했다. 내 꿈을 자연스러운 흐름에 맡기면서, 지원이 전부 막힌, 돈이 많이 드는 사업의 특허권을 국제지적재산연구소에 빨리 제출하기 위해 나는 서둘러 참신한 적용법을 추론해냈다. 그런데, 내 젊음을 몽땅 빨아들여도 아깝지 않을 제2의 인생을 제시했던 그웬돌린의 강한 욕심과 식은 애정을 축복할 상황이 벌어졌다.

유일한 공해는 위층에서 들리는 소음이었다. 오전 6시부터 8시까지, 오후 5부터 7시까지 두 차례, 위층에서는 쿰바가 엄청난 소음을 일으켰다. 기본적으로 그녀의 고객들은 책임자라는 중압감을 피해 그곳을 찾아온 고급 공무원과 고위 간부들이었다. 그들은 사무실에 출근하기 전과 집에 돌아가기 전 그곳에 들렀다. 쿰바는 고객들의 요구에 따라 묶고, 채찍으로 후려치고, 주먹으로 패는 사도마조히즘 전문가였다. 건물 주인은 친절히 그녀의 '환자들'을 참아주었다. 왜냐하면 집세를 규칙적으로 지불할 수 있는 사람이 그녀밖에 없었고, 이 낡은 건물에 금이 가면 공동주택관리조합위원에게 뭉텅이 돈을 선불로 지급해줄 능력이 있는 사람도 그녀뿐이었으니까.

그녀는 풍만하고 키가 큰 흑인 여자로, 바쁜 시간이 지나고 나면 종종 우리 집에 와서 함께 오믈렛을 먹었다. 나는 그녀가 말리로 보낼 편지를 불러주면 받아 적곤 했다. 그러면 그녀는 고마움의 표시로 일할 때 사용하는 도구들을 놓아두고 친절하게 마스터베이션을 도와주었다. 사실 그녀야말로 나를 이해해준 유일한 사람이었다. 뇌파 전위 기록 장치에 연결된 나의 요구르트들은 그녀에게 기본적인 존경밖에 불러일으키지 못했다. 물론 학위가 있는 나는 내가 무엇을 하는지 잘 알고 있다. 말에게 귀를 귀울이는 남자들이 있다. 나는 요구르트에게 귀를 기울였다. 그녀에게는 이런 것이 그저 성향에 관한 단순한 문제였다.

쿰바에게 알리스에 대한 얘기를 하자, 그녀는 엑스 표시를 했다.

"혹시라도 당신이 시각장애인과 섹스를 한다면, 불은 붙였지만 더 이상 그 불을 끌 권리가 없게 되는 거야, 이 불쌍한 인간아! 생각을 좀 하라고!"

생각을 좀 하라고! 그녀는 걸핏하면 신의 경고처럼 그렇게 고함을 쳤다. 돈 한 푼 없이 찾아온 고객들과 우편배달부를 향해, 아니면 같은 건물에 사는 조무래기들의 귀에서 이어폰을 뽑아버리고 귀머거리에게 외치듯이 소리 지르곤 했는데, 나에겐 그때가 처음이었다. 하지만 그녀는 곧바로 기분이 누그러져서 소리 내어 웃으며, 내게서 카드를 빼앗아갔다.

"그녀가 그런 방법으로 나타났다면, 다시 나타날 거야!" 쿰바는 별로 내키지 않는 것 같은 클로버 점을 한참동안 치더니 만족스러운 표정으로 예언했다.

나는 쿰바의 그 말을 알리스가 니스에서 파리로 돌아오는 비행기를 타고 마카롱 가게로 되돌아온다는 것으로 해석했지만, 목 뒤틀림증은 벌써 2주가 되어가고 있었다. 알리스는 나를 잊은 것이 분명했다. 내가 쉬는 날인 화요일에 왔다면 모를까. 이제 그 아름다운 시각장애인을 다시 못 볼 것 같다고 쿰바에게 말하자 그녀는 나를 질책했다.

"신은 결코 우리가 절망하길 바라지 않아. 내가 이 말을 백번도 더 했는데!"

신학에 대한 논쟁 때문에 난 며칠 동안 어리둥절한 기분이 들었고 피곤한 느낌도 있었다. 어머니도 종교에 대해서는 내가 스스로 선택하도록 배려했다. 어머니가 쓴 소설에서는 내가 할랄•식 스테이크를 처음 먹고 토한 다음, 작가의 본당인 생장드몽마르트르 성당에서 세례를 받는다. 현실에서는 성경과 코란을 얌전히 다 읽었지만, 솔직히 쥘 베른과 알렉상드르 뒤마가 더 좋았다. 생물학은 나를 채식주의자로 만들었고, 천체물리학 선생님인 트린 후안 투안•• 교수 덕분에 난 불교와 친해졌다.

"당신 이름이 '쓰레기통'인 것을 절대 잊으면 안 돼. 우푸에부아니 대통령•••의 이름이 '폐기물'인 것처럼! 이런 이름은 그 주인들에게

• 이슬람 율법에 의해 무슬림이 먹고 쓸 수 있는 제품의 총칭.
•• 베트남 태생의 천체물리학자로, 미국 버지니아 대학의 천체물리학 교수이다.
••• 코트디부아르 공화국의 초대 대통령. 무려 33년간 장기집권했다.

서 잡신들을 떼어놓고 행복을 가져다준다고! 왜냐하면 당신은 행운아니까, 비록……. 비록."

나는 동의했다. 비록, 그것이 그녀가 붙인 별명일지언정 나에게 너무나 잘 어울렸으니까. 까다로운 표정 뒤에 진짜 얼굴을 감추고 있는 쿰바는 나에게는 착한 요정이었다. 다섯 달 전, 일하던 빵집에서 나와 건물을 오르던 나는, 아침 7시 30분쯤 건물 층계참에서 계단에 깔린 양탄자에 못 박은 듯 시선을 고정시키고 거북한 표정으로 내려오는 대머리 남자와 마주쳤다. 당시 나는 프랑스 특허청에 아이디어를 등록하는 데 돈을 다 써버려 완전히 궁핍한 처지였다. 아이디어가 너무 많아서 비용이 많이 들었던 것이다.

"시끄럽게 굴어 죄송합니다." 내가 열쇠로 현관문을 열려는데, 그가 나지막한 목소리로 입을 열었다. "당신이 유제품 전문가이고, 유제품과 소통하는 능력이 있다고 쿰바가 말하더군요. 오를리 서편 공항에 있는 가게에 자리가 하나 났어요. 혹시 관심 있다면 거기 라뒤레에 지원해봐요. 홀더 그룹의 인사파트에 이력서를 보내 웹사이트 책임자를 알려달라 하세요. 미리 말해둘게요."

그렇게 해서 고용노동청의 마음에는 들지 않을지라도, 말리 출신 성노동자가 최고의 고용 계약서를 내게 안겨주게 된 것이다. 마흔 넘은 엔지니어 실업자가 오늘까지 프랑스 노동 시장에서 일할 권리를 주장할 수 있도록 말이다.

*

미래가 없는 만남의 장점은 그 만남이 아름다운 후회만을 남긴다는 점이다. 나는 알리스 갈리엥을 그냥 마음속에 간직하기로 결심하는 중이었다. 그러던 어느 금요일 오전 8시 10분, 내가 진열대에 마카롱을 다 진열한 바로 그 순간, 등 뒤에서 개 짖는 소리가 울려 퍼졌다. 내가 몸을 돌리려는 찰나, 어떤 덩어리가 내게 뛰어들었고 나는 막 진열을 마친 마카롱 진열대를 와장창 쓰러뜨리며 뒤로 벌러덩 넘어지고 말았다.

나는 심한 충격을 받았다. 인생에서 가장 멋진 사건이 똑같은 부피를 지닌 엄청난 고뇌로 돌아오리라고는 상상도 해보지 않았으니까.

처음엔 그저 꿈이 이루어질 것 같았다. 공항에서 상봉한 아빠는 흥분한 마음을 따뜻하게 위로해줬다. 나는 지난번 차보다 훨씬 안락해 보이는 아빠의 사륜구동 자동차를 타고 나머지 여정을 계속했다. 겨울마다 오곤 했던 발베르그의 경사지가 내려다보이는 추억이 깃든 작은 별장 테라스에서 언제나처럼 점심 식사를 했다. 엄마의 옛사랑인 피욜 교수님은 내 수술에 대해 철근 콘크리트같이 굳건한 믿음을 갖고 계신다. 나는 살갗에 따뜻한 햇볕이 느껴지는 대학부속병원의 한 병실에 입원했다. 하얀 가운들 사이에 있는 내 모습이 자신에게는 휴가를 의미한다는 것을 알고 있는 줠의 차분함이란. 안내견 훈련의 중요한 단계들은 책임감 강한 줠의 뇌 속에 단단히 박혀 있다. 그는 이제 나를 하얀 가운들에게 위임한 것이다. 나는 얌전히 누워 믿음직스러운 인물에게 몸을 맡겼다. 하얀 가운들이 나를 돌보는 동안 젊은 아빠와 아빠의 새 여자 친구와 함께 시앙의 협곡과 카뉴쉬르메르•의 파도 속으로 물놀이하러 갈 수 있었다.

수술은 완벽하게 진행되었다. 마취 후유증이나 고통은 전혀 없었다. 그날 저녁이 되자 나는 움직이는 형체를 어렴풋하게나마 구분할 수 있었다. 아침 6시에 내가 내지른 비명을 듣고 간호사가 나타났다. 나는 눈물을 흘리고 딸꾹질을 하며 벽이 베이지색이고, 사각 테이블은 석양에 서 있는 말 같다고 소리를 질렀고, 간호사의 머리카락이 붉고, 붉고, 붉다고 외쳤다……. 억제할 수 없는 수많은 정보가 홍수처럼 쏟아져 신경쇠약을 일으켰다. 신경안정제를 삼키자 나를 휩쓸어버린 행복이 조금씩 제자리로 돌아갔다. 바칼로레아••를 보던 그해, 단 15초 동안 두 눈에 분사된 산성 물질 때문에 잃어버렸던 다양한 색채들이 조용히 살아나고 있었다.

악몽은 다음 날 시작되었다. 상황에 적응하고 시야를 회복하기 위해 시력에 대한 분석과 시험을 하고, 얼마나 시력이 향상되었는지를 살펴본 후, 피욜 교수님은 내게 퇴원해도 좋다고 알려줬다. 선글라스를 쓰지 않을 때면 눈 안에서 작은 모래알이 돌아다니는 것 같았지만 그럼에도 나는 퇴원했다. 병원 주차장에서는 아빠가 젊과 놀아주

• 프랑스 남동부의 도시.

•• 프랑스의 고등학교 졸업을 증명하는 국가시험. 동시에 대학 입학 자격시험이다.

고 있었다. 아빠는 나를 보고 심히 당황스러운 행동을 했다. 개가 물어오는 공을 나에게 던진 것이다. 나는 펄쩍 뛰어 공을 잡았다. 아빠가 달려와 나를 꼭 껴안았다. 쥘은 순간 껑충껑충 뛰어오르던 행동을 멈추었다. 나는 입가에 굳은 미소를 띠고 두 눈으로 쥘을 응시했다. 그리고 쥘의 앞에 몸을 구부려 무릎을 꿇었다.

"넌 정말 잘생겼구나, 쥘, 내 강아지, 정말 잘생겼어……. 내가 상상했던 것보다 5만 배는 더 잘생겼어."

쥘이 꼬리를 내리고 뒷걸음질 쳤다. 나는 입을 꼭 다물고 숨도 멈춘 채 쥘이 내 품으로 뛰어들 수 있도록 두 손을 크게 벌렸다. 한 10초 정도 몸을 떨더니 쥘이 그르렁거리는 소리를 내며 아주 천천히 다가왔다. 나는 꼼짝도 하지 않았다. 코를 바짝 긴장시키고 내 주위를 도는 쥘이 보였다. 코를 킁킁거려 내 냄새를 맡고는 나를 핥으려 혀를 내밀었다가 막상 닿기 전에 다시 혀를 집어넣었다. 모순을 깨달은 쥘에게 복잡한 감정이 물밀 듯이 밀려와 눈빛과 몸짓을 스쳤고, 곧이어 온몸을 파르르 떨었다. 불현듯 RTL방송국에서 연락 담당 업무를 맡고 있는 르네가 떠올랐다. 르네가 후두암에 걸려서 화학요법을 마쳤을 때, 그가 키우던 스패니얼 종 강아지는 르네의 목소리가 들릴 때까지 미친 듯이 주위를 돌고 뛰어오르며 난리를 쳤다. 거기 서 있는 사람은 더 이상 르네가 아니었으니까. 강아지는 르네의 냄새와 모습으로 르네를 식별해낼 수 있었다. 그러니 그는 더 이상 르네가 아니었던 것이다. 나의 래브라도 리트리버 쥘도 똑같은 충격을 겪는 중이었다. 알리스가 혼자 걸어가 자신의 도움 없이 문을 열고 공중으로 날아오른 공을 잡으며, 두 눈으로 자신을 바라본다. 그것은 더 이상 알리스가 아니었다.

느닷없이 쥘이 사륜구동 자동차까지 달려가 차체를 긁기 시작하자, 아빠가 재빨리 뛰어가 트렁크 문을 열어주었다. 쥘이 낚싯대, 오리발, 사내끼• 같은 것들 사이로 뛰어들었다—맙소사! 그 물건들의 이름, 색깔, 잊고 있던 희미한 윤곽들이 기억의 밑바닥에서 불식간에 떠올랐다. 그때 쥘이 하네스를 물고 전속력으로 달려 나에게 되돌아왔다. 그는 내 발 앞에 하네스를 내려놓았다. 선물이나 경의의 표시 혹은 어떤 의식이 아니라, 명령처럼.

쥘이 가져다놓은 하네스를 주워 이전의 내 몸짓을 되찾으려 애쓰며 더듬더듬, 하네스를 쥘에게 채웠다. 몸을 일으키고 나는 쥘이 자동차로 안내하도록 가만히 기다렸다. 그가 반사적으로 꼬리를 세 번 흔들더니 왼쪽 뒷다리에 딱 갖다 붙였다. 하네스의 손잡이를 꽉 잡고 나는 눈을 감았다—훨씬 간단했다. 쥘은 나를 인도해서 자동차의 조수석 문으로 안내했다. 나는 엉뚱한 쪽을 더듬으며 문손잡이를 찾았다. 쥘은 주둥이로 내 손을 인도하지 않았다.

*

다음 날 잠에서 깨어났을 때 쥘은 전날의 혼란을 잊었다. 그저 나

• 물고기를 잡을 때 물에 뜬 고기를 건져 뜨는 기구.

쁜 꿈을 꾸었다고 생각했다. 하지만 본의 아니게도 내가 그를 바라보며 쓰다듬은 것이 쥘을 새로운 현실 속으로 거칠게 밀어 넣었다. 쥘은 침대에서 펄쩍 뛰어내려 자기 잠자리로 돌아가 몸을 움츠리고 엎드렸다.

어떤 것도 그를 나오게 할 수 없었다. 바비큐 연기도, 옆집 고양이도, 암소 목에 단 방울도 불가능했다. 자기 세상이 규칙을 잃었으니, 더 이상 아무것도 느끼고 싶지도, 보고 싶지도, 듣고 싶지도 않았을 테다. 쥘이 침대 시트 아래에서 다시 나와 만난 것은 다음 날 한밤중이었다. 나는 눈물을 흘리며 쥘의 목을 끌어안았다. 그를 끌어안고 속삭였다. 바로 나라고, 나는 옛날이랑 똑같다고, 그리고 여전히 너를 아주 많이 사랑한다고 말했다. 나에게 너무나 놀라운 일이 벌어졌지만, 그렇다고 해서 우리 사이에 변한 것은 아무것도 없다고 설명했다. 하지만 나는 그것이 거짓말이라는 것을 알고 있었다. 쥘의 존재 이유를 회복시키기 위해 내가 다시 시각장애인이 되지는 않을 테니까.

*

쥘에게 친숙한 세계인 파리로 되돌아가면 상황이 조금 정리되고, 쥘이 주의를 환기하여 입맛이 돌아오고 삶의 즐거움을 다시 찾게 되기를 진심으로 바랐다. 나는 여행하는 동안 세상에서 가장 강한 의지를 품고 시각장애인이라는 신분을 쥘에게 다시 보여주려 애썼다. 장애인 우선 탑승. 휠체어 사용. 혼자서는 어떤 자주적 행동도 하지 않음. 하지만 쥘은 나의 놀이에 동참하려는 의지가 전혀 없어 보였다. 개에게는 거짓말이 통하지 않았다. 쥘은 이제 내가 자신 없이도 어려운 상황을 잘 헤쳐 나갈 수 있으리란 것을 깨달은 것이다. 쥘은 우리 둘을 위해 앞을 보는 것을 그만뒀다. 그는 더 이상 내 위치에서 반응할 필요도, 내 반응에 따라 예측하고 대비할 필요도 없었으며, 나와 관련된 장애물들의 크기나 거리를 측정할 필요도 없었다. 쥘은 더 이상 하네스 손잡이를 자기 쪽으로 당기지 않았다. 자신을 밀어내기만을 기다릴 뿐이었다. 원치 않게 은퇴를 한 퇴직자처럼, 쥘은 뛰어난 능력이 무기력과 쓸모없음으로 대체되도록 그냥 내버려두었다.

오를리 공항 에스컬레이터에서는 내가 시키지도 않았는데 아예 궁둥이를 붙이고 앉았다. 에스컬레이터 끝이 가까이 오는 것을 나에게 알려주려면 에스컬레이터를 열심히 관찰해야 하는데, 관찰하는 대신 그저 멍하니 앉아 있는 것이었다. 그러다가 느닷없이 벌떡 일어나 움직이는 난간의 고무벨트에 앞다리를 올리고는 그 틈새로 출국장 로비를 뚫어지게 바라보았다. 연두색 마차 같은 것 뒤쪽에 한 남자가 언뜻 눈에 띄었다. 쥘이 고개를 앞으로 쭉 빼고 끙끙거렸다. 카페 광고판이 시야를 가리자 에스컬레이터를 거슬러 다시 올라가려 했다. 난 쥘을 제지했다. 지난번에 케이지에 갇힐 뻔한 자신을 구해준 마카롱 가게 점원을 찾고 있는 것이 분명했다. 하지만 출국장이 있는 층에서 순례의 길을 떠날 순간은 아니었다. 20미터 아래에서는 프레드가 군중 사이에서 우리를 기다리고 있었다.

충격은 만만치 않았다. 프레드를 만난 나는 되도록 뜨거운 감동 아래 충격을 감추려 했다. 애정을 품은 6년 동안의 우정, 함께 보낸 수없는 주말. 나를 향한 그녀의 애틋한 감정 때문에, 그녀의 얼굴을 보자 즉시 이름이 떠올랐다. 프레드가 다정하게 포옹하자 문득 과거의 날들이 기억 저편에서 솟아올랐다. 향기로운 내음과 부드러운 촉감, 달콤한 애무……. 하지만 불행은 이미 다가와 있었다.

"나를 훨씬 더 젊게 생각했겠지." 아무런 환상도 품지 않은 듯 프레드가 덤덤하게 말했다.

아직도 여드레나 더 껴야 하는 선글라스와 일시적인 흐림 현상을 핑계 삼아 나는 대답을 미뤘다.

"넌, 너 자신이 어때?"

그 질문이 심히 마조히즘적인 어조여서 나는 대충 입을 삐죽거리며 얼버무렸다. 그래요, 프레드, 난 내가 아주 아름답다는 생각이 들어요. 미안해요. 난 내가 섹시하고 반짝거리고 매력적이라고 생각해요. 얼룩 몇 개가 눈앞에 아른거리고 초점이 잘 맞지 않는다는 문제가 있었지만, 그럼에도 처음으로 거울을 보았을 때 나는 만족했다. 과거의 나는 기억나지 않았고 새로 태어난 나 자신을 다시 발견했다. 나였던 여자가 가진 것은 장애가 전부였을 것이라는 걸 알고 있다. 하지만 난 다른 것 때문에 프레드가 날 사랑하기를 바랐었다. 우리가 지닌 공통의 추억과는 다른 것. 의존과 맹목적인 신뢰 없이 우리가 무엇이 될 수 있을까? 감정적으로도 나는 적응해야만 했다.

"쥘을 데려다놓고 이 멋진 사건을 축하하자, 알았지? 에펠탑에 있는 식당을 예약해놨어. 네 눈 아래 펼쳐진 파리 전체를 볼 수 있도록 말이야."

"혹시 괜찮다면 다른 날 저녁에 해요. 아직도 머리가 너무 아프고 쥘은 상태가 좋지 않아요."

"으음, 알았어, 갑자기 직장을 잃었으니까, 요 녀석!" 프레드가 심각하지 않은 척하려고 갑자기 과장되게 쥘의 가슴팍을 쥐어박으며 농담을 던졌다. "너희는 둘이서만 자고 싶다, 이거야?"

"따돌리려는 게 아니에요……."

"제발 그러길 바라! 더군다나 난 내일 새벽에 일찍 일어나야 하니까. 네가 수술에 성공한 축하 선물로 난 얼굴에 주름살 제거 수술을 하기로 했거든."

프레드가 터뜨린 웃음소리가 메아리치는 가운데 나는 예의 바르게 미소 지었다. 난 쉽게 속지 않는다. 나를 시험해보는 방법으로 그 정도의 유머는 약했다.

여행 가방이 수하물 컨베이어 벨트에 나타났을 때 나는 쥘을 생각해서 가방을 못 알아보는 척했다. 그러나 쥘은 하네스를 차고 있는데도 산만하게 다른 데를 쳐다보고 있었다. 그는 젊은 여자가 안고 있는 요크셔테리어를 바라보고 있었다. 내 여행 가방이 나오면 제일 먼저 발견하고는 목표물을 찾아낸 날렵한 사냥꾼이라도 된 듯 기쁨을 누리던 아이였다. 프레드는 뭔가 문제가 있다는 것을 알아차리고 쥘에게 두 번째 기회를 던졌다. 빨간 별들이 그려진 회색 샘소나이트 가방이 쥘의 앞을 다시 지날 때, 부드럽게 발을 살짝 구르면서 말이다. 하지만 아무런 반응이 없었다. 프레드는 아무 말 없이 가방을 끄집어내고는 앞장서서 걸어가 출구 F의 정면에서 우리를 기다리는 택시 앞에 섰다.

우리는 택시를 탔고, 달리는 택시 안에서 서로를 쓰다듬으며 은밀하게 키스했다. 잠시 후 프레드의 휴대전화가 울렸고, 다양한 상황에 관련된 문제들과 예산 문제, 언론과 관련된 문제들이 보지라르 거리까지 가는 내내 그녀의 머릿속을 가득 채웠다. 쥘은 택시 바닥에 몸을 둥그렇게 말고 우리에게서 등을 돌리고 앉아 있었다.

아파트에 도착하자 쥘은 심지어 하네스를 벗기기도 전에 자기 바구니로 파고 들어가 꼼짝도 하지 않았다.

나는 오스망 박사에게 전화했다.

*

자크 오스망 박사는 오래전부터 개를 통해 인간을 경멸할 훌륭한 이유들을 보아온 지독한 인간 혐오자였다. 어떤 두 발 달린 짐승이 개처럼 제2의 천성으로 주인의 감정을 느낄 때까지 충성심, 공감, 헌신, 텔레파시에 힘을 쓰며 그 속에서 행복을 찾을 수 있단 말인가? 오스망 박사에게 전화를 걸자 그는 휴가를 떠날 때까지 단 1초도 시간을 낼 수가 없다며, 8월 15일에 돌아온다고 대답했다. 나는 단 두 마디로 상황을 설명했다. 박사는 다음 날 아침에 진료를 잡아줬다.

코커스패니얼처럼 커다란 눈에, 면도를 못한 지 사흘은 된 듯 덥수룩하게 자란 수염 아래 축 늘어진 입술이 박사가 얼마나 바쁜지를 보여주고 있었다. 그는 잠깐 미소를 보이며 나에게 수술이 성공한 것을 축하한다는 표현을 했다. 그러고는 곧바로 쥘을 살펴보았다. 쥘이 받은 검사와 각종 테스트는 형식적인 것이 아니었다. 그는 진단을 내리고 치료 방법을 정리한 뒤 쥘의 증상에 대해 설명했다. 수의학을 전공하고 동물행동학 박사 학위를 받았으며 안내견 교육센터 책임자로 30여 년의 경력을 가진 오스망 박사에 따르면, 시각장애인이었던 주인을 잃은 안내견들은 어린 새끼를 빼앗긴 어미 개보다 더 불행한 감정을 느낀다는 것이었다.

"안내견들이 죽음 같은 슬픔을 이겨내도록 내가 도와줄 수는 있어요. 하지만 알리스, 당신은 내가 만난 개 주인들 중 처음으로 시각장애가 치료된 예예요."

그는 이 문제에 단 두 가지 해결 방법밖에 없다고 말했다. 하나는, 쥘이 강장제의 도움을 받아 그냥 단순하게 조기 퇴직한 반려동물로서 내 옆에 머무는 것이고—웬 낭비, 게다가 재교육에 2천 유로나 든다고 한다—또 한 가지는 쥘이 새 시각장애인을 만나 자존감과 평정을 되찾는 방법이었다.

"대기자 명단을 고려해봤을 때, 나라면 1초도 망설이지 않을 겁니다. 그 숫자가 얼마나 되는지 당신도 잘 알잖아요. 시각장애인은 65,000명인 데 비해 안내견은 1,500마리에 불과하죠. 내가 학위를 받은 가장 큰 요소 중 하나가 바로 그것 때문이고요. 알리스, 당신도 알잖아요."

나는 시선을 내리깔았다. 쥘이 안내견 허가증을 받았을 때 우리가 에즈에서 저녁을 보낸 기억이 떠올랐다. 내가 안내견 장려 행사의 진행을 맡은 것은 알프마리팀• 연합회 회장이었던 자크 오스망 박사의 중개 덕분이라는 것을 잘 알고 있다. 나는 박사를 감동시켰다. 그런데 오늘 나는 그에게 실망밖에 주지 못하는 것이다. 오스망 박사가 결론적으로 말했다.

"당신 앞에는 이제 새로운 인생이 펼쳐져 있어요. 당신이 그 새 인생에 쥘을 참여시키려 한다면 그것은 이기적인 감상의 열매에 불과할 뿐이죠. 이제 쥘에게는 안내견으로서의 행복과 자존감을 회복할 수 있는, 시각장애인을 편안하게 해주고 보조할 수 있는 기간이 겨우 5~6년 남았어요. 선택은 당신이 해요, 알리스."

나는 홀로 떠났다.

*

버스에 타고 나서야 비로소 나는 상황이 어떻게 된 것인지를 깨달았다. 돌아오는 길 내내, 내가 펼친 다양한 반론에 대해 오스망 박사가 대답한 내용을 곱씹으며 눈물을 흘렸다.

"물론 당신은 쥘을 사랑하고 쥘도 당신을 사랑해요. 하지만 그건 더 이상 문제점이 아니에요. 당신이 시력을 회복하고 갑작스레 자립하게 된 것이 관계의 본질을 끊은 겁니다."

• 프랑스 남동부에 위치한 주로 중심 도시는 니스다.

"쥘은 적응할 수 있어요, 그렇죠?"

"아뇨." 오스망 박사가 부인했다. "지금 상황은 쥘의 본능, 누릴 수 있는 기득권, 쥘이 맡은 임무를 전부 저버리는 겁니다. 쥘이 공항에서 당신에게 어떻게 했는지 보세요. 여행 가방의 경우를 생각해봐요. 특권을 잃게 되자 반항으로 답했잖아요. 마치 어린 새끼처럼. 자신이 쓸모없고 버려졌으며 모욕당했다고 느낀 거예요. 쥘은 싫은 표정을 짓고, 으르렁거리며 도발하죠. 하지만 훈련받은 심리의 저 깊은 층은 동요하지 않아요. 쥘은 당신을 잊을 필요가 있어요."

"그럼 난 더 이상 쥘을 볼 권리가 없게 되는 건가요?"

"내가 다시 보지 말라고 만류할 겁니다. 어쨌든 간에 초기 몇 달간은요."

"그러면 쥘은 내가 자기를 버렸다고 믿게 되잖아요!"

"바로 그게 목적이에요. 나머지는 당연히 해결되는 거죠. 당신이 쥘을 쳐다볼 때마다 쥘이 느낄 감정적인 충격만큼, 갑작스러운 이별은 가치가 있어요. 당신이 이 사무실에서 나가면 난 대기자 명단에서 당신 이미지와 가장 먼 프로필을 가진 신청인을 선정할 겁니다. 새로운 주인에 적응하려는 절박함, 특히 완전히 다른 상황에 적응해야 한다는 절박함이 의기소침한 쥘의 감정을 깨끗하게 해소해줄 겁니다."

"하지만 우린 이제까지 한 번도 헤어져본 적이 없어요!"

"당연히 쥘이 그립겠죠. 그리고 그가 없다 해도 당신은 한동안 쥘의 꿈에 시달릴 겁니다. 당신에 대한 쥘의 반사적 사랑은 순진무구한 것이에요. 하지만 그것뿐이죠. 나머지는 모두 그에게 비논리이고, 모순이며, 기준과 정체성이 사라진 상태가 되어버렸어요. 알리스, 쥘에 대한 관심을 버리고 그를 잊어요. 만약 쥘이 아무것도 하지 않고 당신과 함께 있게 된다면, 한 달 안에 죽을 거예요."

나는 7년 전 쥘을 제안했던 연합회에 그를 기증한다는 증서에 서명했다. 오스망 박사의 사무실을 떠날 때 나를 바라보던 쥘의 시선을 기억에서 절대 지우지 못하리라. 쥘은 며칠 전부터 이미 앞서서 나를 안내하지 않았지만, 그때는 심지어 나를 따라가려고 일어나지조차 않았다. 그는 알고 있었다. 쥘은 카펫에 코를 바짝 대고 두 귀는 힘없이 축 늘어뜨린 채 나를 떠나보냈다. 내 시선을 쫓으면서.

만약 그것이 어떤 이미지를 새기기 위한 것이었다면, 어느 날 다시 본다 한들 무슨 소용이 있겠는가?

*

산산이 부서진 마음을 안고 몽테뉴 가의 정류장으로 내려갔다. 쥘에게 하네스를 채운 채 손잡이를 붙잡고 갈 때처럼 난 왼팔을 앞으로 내밀고 걸었다. 절단 수술을 받아 사지를 잃어버린 자리에 환상통을 느끼는 환자 같았다. 아무에게도 말할 수 없었지만 혼자서, 오로지 혼자서 세상을 다시 바라보는 것은 둘이서 아무것도 보지 못하는 것보다 훨씬 더 가혹했다. 특히 내가 다시 태어난 것을 축하해줄 많은 사람과 대면해야 하는 순간에는 말이다.

바야르 가를 거슬러 올라가는 내 두 발은 그 길에 있는 아주 작은 틈까지도 완전히 기억하고 있었다. 나는 동료들에게 고마움을 표시하기 위해 RTL방송국 사무실에서 스튜디오까지 활보하며, 목소리랑 딱 맞거나 전혀 어울리지 않는 얼굴들과 마주쳤다. 축하를 위한 샴페인 마개가 펑펑 튀어 올랐다. 그들은 내 수술이 잘돼서 아주 행복해했다. 그들이 기쁨의 눈물이라고 착각하는 내 눈물을 감출 필요는 없었다. '쥘은 어떻게 지내?'라는 질문에 나는 '휴가 중이야'라고 대답해봤지만 결국에는 진실을 털어놓고 말았다.

다양한 의견이 쏟아졌다. 이를 짧게 끊을 수만 있다면 감동해서 목이 멘 내 후임자 대신 그날의 뉴스를 전부 녹음하고 싶을 정도였다. 여전히 일을 쉬고는 있었지만 회복기는 필요없었다. 오히려 방해만 되었다.

다섯 시간 동안 복도에서 소란스럽게 잡담하고 정치나 사람들에 대한 소문을 얘기하며, 청취자들의 평가에 대해 떠들어대느라 난 완전히 지쳐버렸다. 하루가 끝날 시간이 되자, 20여 분 동안 계속 쥘에 대한 생각이 떠오르는 것을 멈추기 위해, 어떤 행동, 아니 어떤 말이라도 할 줄 아는 프레드의 집으로 서둘러 달려갔다.

"트루빌에 예약한 것 취소할까?"

"아뇨, 프레드, 절대 취소하지 마요."

"하지만 거기 가면 넌 아침부터 밤까지 온통 머릿속에 쥘만 떠올릴 거잖아! 침실에는 쥘의 밥그릇이 있으니까, 거기에 아침 식사로 크루아상을 놓아줄 테고……. 쥘이 해변을 달리고 너와 함께 바다에서 수영을 하며 조개껍데기를 물어다주고 널 위해 아이스크림을 가지러 가는……. 그런 상상을 할 거잖아."

"잊으려 노력해야 하는 것은 쥘이에요, 내가 아니고."

"알리스……. 왜 우리 둘이서 새로운 추억을 만들면 안 되는 거야? 무작정 비행기를 탈 수도 있고……."

"지금 내 눈에 보이는 건 전부 새로워요. 우선은 내가 사랑하는 것들을 다시 발견하고 싶어요."

"거기에 나도 포함되는 거야?"

"물론이죠."

프레드는 길게 숨을 들이마셨다. 끝나지 않을 것처럼 오랫동안 숨을 들이마시고는, 불로뉴 숲으로 난 발코니에 닿을 듯이 가까운 소나무들 꼭대기로 시선을 던지며 우울한 어조로 입을 열었다.

"너 아까 나랑 섹스할 때 눈을 감더라."

"항상 그랬잖아요."

"나를 떠나지 않기 위해서라면 좋아. 하지만 나를 속일 생각은 하지 마, 알리스. 난 너보다 서른 살이나 많아."

"새로운 사실은 아니군요."

"물론 아니지, 하지만 이제 넌 다른 사람들이 너를 어떻게 보는지 볼 수 있어. 누가 너를 바라보는지가 보인다고. 어쩔 수 없이 비교하게 되는 거야. 그게 정상이지."

"나한테 질투의 장면을 만들어주다니 친절하네요."

"친절?"

"내가 다른 것을 생각하도록 말이에요. 하지만 잘 안 되네요."

"음, 내가 새 강아지를 선물한다면?"

"'평범한 강아지'를 말하는 거예요? 고맙지만 거절할게요. 절대 선물하지 마요. 약속할 수 있죠?"

"넌 참 성가셔, 알리스."

"나도 당신을 사랑해요."

나는 침대를 가로질러 그녀의 허벅지 사이에 내 허벅지를 끼운 채 누워 잠들었다. 아침이 되자 턱밑까지 무릎을 끌어올리고 둥그렇게 몸을 만 채로 잠에서 깨어났다. 일곱 살 때부터 이어져온 습관이다. 나는 태양의 타는 듯한 열기 아래 다시 눈을 감고는, 쥘이 있던 자리, 이제는 텅 빈 그곳에 두 다리를 쭉 뻗었다.

주아르 대령은 일흔다섯 살이었다. 대령은 과거에 포병대 장교였는데 녹내장 때문에 시각장애를 얻었다. 그의 아내는 뜻밖의 소식을 들었다. 파리 사령관의 추천이 있는데도 시각장애인 연합회에서는 안내견을 받으려면 적어도 3년은 기다려야 한다고 했지만, 오스망 박사가 그들에게 딱 맞는, 박사의 표현을 빌리자면 '흔치 않은 진주'를 찾아낸 것이다. 주아르 대령 부인은 눈물을 흘리며 하늘에 감사를 드렸다. 초기 폐공기증에 관절염까지 추가되어 고통받던 대령 부인은 더 이상 남편에게 학대받는 역할과 지팡이 역할을 동시에 할 수 없었다.

그들 부부는 안내견 학교에서 닷새 동안 연수를 막 끝낸 참이었다. 대령이 새로운 인생의 3단계를 속성으로 교육받고자 했기 때문이다. 그 3단계란 신호(안내견이 대령에게 방향, 장애물, 위험을 가르쳐준다), 동일화(그는 전달된 정보를 자기 것으로 만든다), 그리고 자극(대령은 안내견을 잘 따르며 고마움을 표시하고 또 다른 것을 요구한다)이었다. 엿새째 되는 날, 교육 담당 교사가 쥘을 대령 부부의 집으로 데리고 왔다. 쥘이 새로이 살게 될 곳을 탐색하고 그 집의 생활 방식에 익숙해지도록. 다음 주 수업에는 대령이 처음으로 대중교통을 경험하게 될 것이다.

학교에서는 첫 번째 단계가 아무 문제 없이 잘 진행되었다. 안내견은 태어날 때부터 받는 테스트를 통해 행동과 재능으로 선별된다. 그리고 안내견이 되기 위해 6개월 동안 강한 실습 교육에 들어가기 전, 1년 동안 수용 가정에서 교육을 거친다. 자신에게 의존하는 인간을 돌보는 것이 곧 그들의 본능이었고 이는 감정적인 상황보다 더 강했다. 쥘은 먹기, 놀기 훈련을 다시 시작했고, 하네스를 다시 쓰자 되찾은 기쁨에 신이 났다. 휴식 시간이 되면 쥘은 알리스를 기다렸다. 그는 하얀 가운을 입은 사람들을 보며 알리스를 떠올렸고 그들이 지난번처럼 그녀를 다시 돌려주리라 생각했다. 보이지 않는 사람은 자신에게 의존하는 게 정상이니까. 쥘은 일을 하면서 초조함을 잊었다.

하지만 새로운 가정에 자리를 잡자마자 쥘은 다시 의기소침해졌다. 대령이 전달하는 정보를 이해하지 못할 때는 대령을 향해 격렬히 짖고 그를 툭툭 쳤다. 부인이 쥘을 옹호할수록 대령은 쥘에게 더욱 압박을 가했다. 그는 자율이란 없는 절대복종을 목표로 했고, 마음대로 안 될 때는 쥘에게 복수를 했다. 세 번째로 산책하러 나갔을 때, 판

독할 줄 모르는 언어로 채찍질을 당해 완전히 불안해진 쥘은 새 주인의 커다란 몸이 지나기에는 너무 좁은 보도의 가설물 아래로 들어가버렸다. 가설물의 금속 다리에 부딪히며 대령은 하네스 손잡이를 놓쳤고 쥘은 빠져나갈 수 있었다.

머릿속으로 집중해서 알리스의 모습을 떠올리고, 청각, 시각, 그리고 초감각적인 모든 정보를 자유자재로 재조립하고 대조해가며 쥘은 RTL 방송국 앞에 도착했다. 그 시간에 프레드의 자동차는 바야르가를 빠른 속도로 떠나고 있었다. 쥘은 숨을 가쁘게 몰아쉬며 빨간불이 켜진 것을 보고도 마구 달려 프레드의 차보다 빠르게 방송국에서 멀어졌다.

알마교를 통해 센 강을 건너 보스케로 되올라간 다음, 15구를 향해 마르스 광장을 가로지른 쥘은 보지라르 가의 건물 앞에 도착했고, 문과 덧문이 꼭꼭 닫힌 집을 찾아냈다. 알리스가 남긴 향기가 아주 신선하게 떠돌았다. 길가 도랑에서는 알리스가 막 씹다 버린 추잉 껌 냄새도 났다. 정문에서부터 주차 금지 구역에 이르는 보도 위에는 별들이 그려진 여행 가방의 고무바퀴 냄새가 남아 있었다. 그러나 프레드의 자동차가 내는 날카로운 모터 소리와 비슷한 소리는 나지 않았다. 다른 정보는 어떤 것도 알리스에게서 오는 것만큼 쓸모 있지 않았다.

쥘은 침실 창문 아래에 몸을 누였다. 그런 채로 밤이 될 때까지 그 자리를 지켰다. 길모퉁이에 있는 식료품 가게 점원이 가만히 자리를 지키는 그를 방해했다. 이웃들도 마찬가지였다. 그들은 의아하다는 어조로 알리스에 대해 이야기를 나누었다. 그리고 한 번도 본 적 없는 낯선 사람 두 명이 쥘을 잡아 입마개를 씌우려 했다.

쥘은 다시 달리기 시작했다. 외곽으로 향하는 거리를 달려 파리 외곽순환도로로 나갔다. 갈매기들이 날아올랐고 바다 냄새가 났다. 비행기가 날아오르는 소음이 들렸다. 공항이었다. 길이 두 갈래로 나뉘었다. 쥘은 선택해야만 했다. 거품이 하얗게 부서지는 파도 속에서 수영복을 입은 알리스가 장난치는 모습이 떠올랐다. 하지만 알리스는 그를 버렸다. 수하물 컨베이어 벨트 위에 놓인 케이지가 떠오른다. 케이지 창살 너머에 여행을 떠나는 차림새의 알리스가 있다. 창살이 열린다. 알리스가 기뻐하는 모습. 그 옆에 마카롱 가게 점원이 있다.

나를 끊임없이 핥아대는 혓바닥의 공격 아래에서 몸부림치다가, 으깨진 마카롱 잔해 속에서 미끄러지며 가까스로 몸을 일으켰다. 쓰러지는 내 몸무게에 눌려 마차의 뒷부분이 부서지면서 곡선 베니어합판으로 된 지붕의 절반이 무너져내렸다. 완벽한 한 팀이 라뒤레 레스토랑에서 갑자기 나타났다. 지점장이 날카롭게 소리를 질렀다.

"당신 개를 빨리 여기서 데리고 나가, 어서!"

"제 개가 아니에요!" 나는 애정 공세를 퍼붓는 쥘을 밀어내면서 외쳤다.

더 입씨름할 필요도 없었다. 이 소동으로 마카롱들이 박살 나고 마차도 부서졌으니 난 그 자리에서 즉시 해고되었다. 내 친구 장이 공항 경찰로서 괜히 중재해보려 애쓰며 내 기운을 돋워준답시고 떠들어댔다.

"이렇게 됐으니 그 섹시녀가 이제 너한테 쩔쩔매겠네. 저 개 주인 말이야. 그러니 뒷정리 대가로 그녈 나한테 넘겨. 지발, 너만 믿는다. 자, 가자."

기뻐서 들뜬 쥘은 우리와 함께 인포메이션 카운터로 갔다. 무엇보다 놀라웠던 것은 내가, 이제는 익숙해지기 시작했지만, 경제적 문제 때문에 파국을 맞고 상처받았을 때보다 지금 더 흥분했다는 점이었다. 장이 직원에게 상황을 설명했고 그녀는 마이크에 대고 단조로운 목소리로 안내 방송을 했다.

"안내견 쥘이 시각장애인 주인 알리스를 기다립니다. 알리스는 중간 키에 붉은 기가 도는 금발을 한 삼십 대 여성입니다. 그녀를 보신 분은 2번 홀까지 안내해주시기 바랍니다. 다시 한번 말씀드립니다. 안내견 쥘이……."

직원은 족히 15분 동안 규칙적인 간격을 두고 열 번 정도 안내 방송을 계속했다. 에어프랑스 측을 통해 알게 된 정보에 따르면 사파이어 코드로 분류된 여행객—거동이 불편한 사람이나 보조자가 있는 시각장애인—중 니스 지역을 운행하는 비행기에서 내린 사람은 아무도 없었다.

"가방용 카트 책임자가 택시 출입로로 쥘 혼자 달려오는 것을 봤대." 장이 카운터에서 돌아오면서 내게 알려주었다. "네 얼굴이 개가 아주 좋아하는 스타일인가 봐, 친구! 그렇지, 샤를렌?"

인포메이션 카운터 직원이 희미하게 눈썹을 추켜올리며 동의를 표했다.

"저 녀석은 널 찾으려고 가출한 게 틀림없어! 화물용 케이지에서 자신을 꺼내준 영웅을 다시 만나고 싶었던 거지. 아니면 그야말로 그저 마카롱 때문이었거나. 당신은 뭣 때문이라고 생각해, 샤를렌?"

장은 내 등 뒤에서 계속 카운터 직원을 꾀려 애쓰고 있었고, 나는 개 목걸이에 새겨진 휴대전화 번호를 열 번이나 눌렀다.

— 죄송합니다. 고객님이 전화하신 상대방의 음성 수신함은 현재 수신이 불가능합니다. 나중에 다시 전화해주시기 바랍니다.

"문자를 보내봐." 장이 충고했다.

"시각장애인이잖아."

"그럼 내가 라뒤레에 가서 그 여자가 긁은 카드 전표를 받아올까? 그리고 그 여자가 거래하는 은행에 전화해보는 거야."

"잠깐, 더 간단한 방법이 있어."

쥘의 하네스에 새겨진 프랑스 안내견연합회의 번호를 알아보기 위해 118 711을 눌렀다.

"안녕하세요, 프랑스 안내견연합회의 마르틴입니다. 무엇을 도와드릴까요?"

내 소개를 한 후 상황을 설명하고는, 앞에 앉아 있는 안내견의 이름과 생김새를 알려주었다.

"그렇잖아도 방금 그 안내견이 실종되었다는 신고를 받았어요. 대단합니다! 그런 개들은 아주 비싼 가치가 있거든요. 그래서 점점 더 도난 건수가 늘어나는 추세입니다."

"제가 개 주인과 연락하려고 애써봤지만……."

"고객님, 끊지 말고 계세요. 개 주인의 카드에 적힌 전화번호가 06 61 45……."

"……22 20, 네, 맞아요. 목줄에 전화번호가 적혀 있더군요. 그런데 음성 수신함이 꽉 찼어요. 혹시 주소 아시나요?"

"파리 11구, 오베르캄프 거리, 95번지, 8층 왼쪽 집입니다. 지금 바로 그 안내견을 데리고 가실 수 있나요?"

"네, 네……."

"좋습니다. 주인분께는 우리가 연락하도록 할게요. 혹시 무슨 문제가 생긴다면 우리에게 연락해주세요. 언제든 기다리고 있겠습니다, 고객님."

그녀에게 고맙다고 말하고 난 전화를 끊었다.

"자, 이제 됐군, 운 좋은 놈!" 장이 음흉한 표정으로 놀리면서 팔꿈치로 툭 쳤다. "이제 보상받으러 갈 일만 남았네!"

나는 쥘의 하네스 손잡이를 향해 손을 뻗었다. 쥘이 몸을 벌떡 일으켰다.

*

주차장에 세워진 자동차들 앞에서처럼, 엘리베이터 안에서도 나는 깜짝 놀란 표정으로 나를 뚫어지게 바라보는 사람들과 마주해야 했다. 심지어 그들은 의심스러운 표정마저 띠고 있었다. 난 사람들의 주의를 끌지 않기 위해 어쩔 수 없이 시각장애인 같은 표정을 지었다. 안내견을 훔친 도둑놈으로 보이기는 싫었다. 시선은 한군데 고정하고, 손으로는 줠의 하네스 손잡이를 움켜쥐고서 지하 3층 통로에 세워둔 내 차까지 안내견을 따라가는 척했다. 라뒤레에 배정된 주차 구역 근방에 다다랐을 때 나는 사람들이 다 떠나고 혼자가 되기를 기다렸다. 내 왼쪽 다리로부터 10센티미터 떨어진 거리에서 래브라도 리트리버가 걸음을 죽 따라오며, 내 행동을 예측하기 위해 줄곧 나를 감시했다. 걷는 속도가 점점 빨라지는 느낌이 들었다. 줠은 내가 오른손으로 하네스의 손잡이를 잡으려 하자 거부하고, 고집스레 왼쪽으로 가서 자리를 잡았다. 아마도 주인이 왼쪽으로 잡고 다녔던 모양이다.

르노 캉구의 트렁크 문을 열자 녀석은 마치 매일 그랬던 것처럼 훌쩍 올라탔다. 내가 운전석에 앉자 녀석은 앞쪽 조수석으로 펄쩍 뛰어와서는 부조종사 같은 자세로 앞 유리창을 마주 보고 앉았다. 안내견을 다루는 법이나 차 안에서의 반응, 또 개를 자동차에 태울 때 적용되는 법률 따위를 전혀 모르는 나는 일단 녀석에게 안전띠를 매주었다. 줠은 침착하게 가만히 있었다.

자동차가 주차장 차단기를 막 지나가자 줠이 짖기 시작했다. 짖지 말라고 명령했지만 아무 소용도 없었다. 녀석은 라디오를 뚫어지게 바라보다가 내 얼굴을 응시했다. 그러고는 다시 라디오로 시선을 돌렸다. 난 라디오를 켰고, 마침내 평화를 얻었다. 프랑스뮈지크•에서

• 프랑스의 공영 라디오 방송국인 라디오프랑스의 음악 채널.

흘러나오는 음악이 녀석을 조용하게 만들지는 못했지만, 오케스트라가 연주하는 선율은 쥘이 짜증스레 짖어대는 소리를 덮어주었다.

볼륨을 최대로 높여 슈베르트로 머릿속을 꽉 채우면서 나는 파리 13구의 이브리 입구까지 액셀을 최대로 밟고 달렸다. 쥘은 이제 라디오에 대고 욕설을 지껄이는 게 틀림없었다. 제발 녀석이 좀 덜 과민하게 반응하는 음악이 흘러나오길 간절히 바라며 FM 채널을 이리저리 돌려보았다. 노스탈지, NRJ, 유럽 1, 볼타쥬, RTL 등……. 방송 마지막 음악 너머로 기자들을 비판하는 니콜라 사르코지의 목소리가 들리자 쥘이 갑자기 조용해졌다. 그러고는 작게 그르렁 소리를 내며 다리를 허공에 들고 등을 대고 누워 잠이 들었다. 그래, 녀석은 우파 안내견이었던 것이다.

평화는 오래 지속되지 않았다. 바스티유 근처에 다다르자 쥘은 다시 몸을 세워 앞 유리창을 마주 보고는 이빨을 드러내며 으르렁거렸다. 나는 녀석과 화해를 시도했다.

"너 주인님하고 싸웠냐, 그런 거야? 주인님이 널 꾸짖었어? 아냐? 그럼 뭐야, 너 질투하는 거냐? 주인님이 누군갈 만난 거야?"

나는 곧 내가 심문 중인 대상이 개라는 사실을 깨달았다. 나란 인간은 고작 이 정도밖에 안 되나 보다. 그리고, 문득 이 상황이 어떤 상황인지 깨닫게 되었다—하지만 나는 그 생각을 인정하는 게 두려웠다. 알리스는 공격을 당한 것이다. 아니면 납치당했거나. 그것도 아니면 어딘가에 감금당한 것이다. 그런데 쥘은 아무것도 할 수 없었다. 그래서 녀석은 2주 전에 자신들을 도와준 남자를 찾아 달려온 것이다. 좀 이상하다는 생각도 들지만, 동시에 끔찍하게도 논리적이다. 맙소사. 어쨌든 간에 이 가정은 모든 것을 설명해준다. 알리스의 휴대전화가 먹통인 이유, 메시지함이 꽉 찬 이유, 쥘이 보인 여러 행동들과 조바심 내는 이유, 그리고 축 가라앉은 기분까지, 다 설명이 된다. 집에 가까워질수록 쥘의 행동에 나타나는 모든 것이 공포와 분노, 위험을 가리켰다.

오베르캄프 사거리에 다다르자, 나는 쥘이 드러내는 불안감을 진정시키려 애썼다. 하지만 녀석은 거리를 오르면 오를수록 점점 더 세게 으르렁댔다. 이제는 몇 번이나 핸들에 코를 박기까지 했다. 마치 차를 멈추거나 방향을 바꾸려는 것처럼.

"가만히 있어! 그만하라고, 쥘, 제기랄!"

쥘이 핸들을 갑자기 꺾어버리는 바람에 반대 방향에서 자전거를 타고 오던 사람과 부딪힐 뻔한 걸 가까스로 피했다. 95번지 정면에 장애인 주차 구역이 있는 것을 발견하고 그 자리에 급하게 주차하자, 내 뒤를 따르던 트럭이 경적을 울렸다.

"자, 이제 조용히 해, 쥘, 알았지?"

쥘이 애걸하는 듯하면서도 동시에 주도권을 가진 표정으로 나와 눈을 마주쳤다.

"자, 가자! 올라가보자고! 바로 이것 때문에 네가 나를 찾아온 거지, 그렇지?"

쥘이 순발력 있게 뒤쪽으로 펄쩍 뛰더니 좌석 밑으로 몸을 숨기며 내가 앉은 운전석 아래로 기어들려 애썼다. 주도권을 가졌지만 무모

하지는 않았다. 나는 하네스 손잡이를 잡으려 몸을 기울였다. 그때 누군가 유리창을 두드렸다. 주차 위반 단속 경찰이었다. 나는 창문을 반 정도 내렸다.

"장애인 주차 구역에 주차하셨습니다."

"예, 알아요. 이 녀석이 안내견입니다."

뚱뚱한 여자가 딱딱한 얼굴로 나를 자세히 관찰하더니 자동차 바닥 시트와 한 몸이 되려 애쓰는 래브라도 리트리버를 향해 몸을 돌렸다. 나는 자신 있는 어조로 말했다.

"이 녀석 주인이 저 앞에 살아요."

그녀는 활짝 웃는 내 미소를 무시하고 앞 유리 아래쪽을 가리켰다.

"장애인 스티커가 없으시네요. 차를 출발시키세요. 안 그러면 딱지 떼겠습니다."

나는 급히 차에서 내려 침착하지만 호전적인 태도로 그녀와 마주 섰다.

"경찰관님, 죄송하지만 딱 1분만 기다려주세요. 이 녀석 주인과 문제가 있어서 그럽니다. 그 사람에게 혹시 큰 문제가 생긴 게 아닐까 싶어요. 아니면 저랑 함께 가시죠. 그래요, 혹시라도 경찰한테 알려야 할지도 모르니까요."

"제가 경찰입니다. 차를 출발시키라고 말씀드렸어요."

"여기 잠깐 계세요. 곧 돌아올게요."

나는 자동차 두 대 사이를 가로질렀다. 95번지 앞에 도착하자 나는 몸을 돌렸다. 경찰은 주차 위반증 수첩 위 허공에서 볼펜을 멈춘 채 꼼짝도 안 하고 나를 응시하고 있었다. 나는 인터폰을 향해 손을 뻗어 8층 왼쪽 집 버튼을 눌렀다.

"네. 누구세요?"

나이 든 부인의 목소리가 들렸다. 어머니거나 할머니겠지.

"안녕하세요, 아주머니. 잘 지내시죠?"

"네, 그런데 무슨 일이죠? 누구신가요?"

마음이 놓인 나는 즉시 말을 이었다.

"알리스 있나요? 제가 쥘을 데리고 왔습니다."

"쥘이라고요?"

나이 든 부인의 목소리가 원래 옥타브에서 벗어나 세 단계쯤 올라갔다. 인터폰 너머로 남자가 내지르는 고함과 가구가 넘어지는 소음이 우당탕 들려왔다.

"안 돼요, 베르트랑. 제발 부탁이에요. 그냥 누워 있어요. 아무것도 아니에요……." 당황한 노부인의 목소리가 외쳤다. "그냥 어떤 남자분이 쥘을 데리고 온 거라고요……. 아니에요, 잠깐만요, 내가 그분께 얘기할게요. 다시 누워요, 제발. 의사 선생님이 여러 번 얘기했잖아요, 그러면 특히 안 된다고……."

"여보세요! 아주머니, 죄송합니다만 제가 주차를 제대로 못 해서 그런데요, 알리스 좀 빨리 바꿔주시겠어요? 혹시 장애인 카드를 갖고 내려오실 수 있다면 더 좋겠어요, 제가 지금 주차 딱지를 떼게 생겨서……."

"알리스? 어떤 알리스 말이오?" 인터폰에서 어떤 노인이 고함을 쳤다. "여기에 알리스란 여자는 없소. 여기 일하는 사람은 이름이 필라요! 그리고 그 개새끼에 대해서는 더 이상 아무 말도 듣고 싶지 않소, 알았소? 그러니 당장 데리고 꺼지시오, 아니면 고소할 거요!"

나는 이유를 알 수 없어 설명을 요구하려 했지만 등 뒤에서 와장창 유리 깨지는 소리가 내 목소리를 지워버렸다. 나는 줠이 반쯤 깨진 창문을 통해 차에서 뛰쳐나오는 장면을 목격하고 얼굴이 하얗게 질렸다. 경적 소리가 미친 듯이 울려 퍼지는 가운데, 거리를 가로질러 녀석을 쫓아갔지만 이미 거리 모퉁이로 사라져버렸다.

얼빠진 표정으로 차로 돌아온 나는 대롱대롱 매달린 사이드미러 위로 주차 위반 스티커를 붙이던 경찰 앞에 멈춰 섰다.

"그 개가 심지어 내 목을 뛰어넘어갔어요!" 그녀가 째지는 목소리로 외쳤다.

나는 저기 95번지 8층 왼쪽 집에 가서 개 주인에게 불평하라고 대답했다. 절망에 빠진 나는 차 문을 열고 의자에 널부러진 유리 조각들 위에 그냥 드러누워버렸다. 알리스네 집이 아니었다. 알리스의 개도 아니었다. 하지만 녀석의 이름은 줠이 확실했다. 분명히 같은 개였다.

눈을 감았다. 머리가 지끈거렸다. 아무것도 이해되지 않았다. 내가 매달릴 수 있는 몇몇 요소들은 악몽으로 끝나버렸다. 나는 직장을 잃었고, 깨진 유리를 보상해줄 보험도 없었으며, 만일 차 유리를 교체할 수 있다 해도 집세 낼 돈은 한 푼도 남지 않을 게 분명했다.

"여기 계속 있지 마요!" 차를 두드리며 경찰이 목청껏 외쳤다.

나는 좀비처럼 멍하니 차를 움직였다. 자동차 라디오에서 울려 퍼지는 광고 음악을 귀 뒤로 흘리며 상황을 다시 정리해보려 애썼다. 그렇다면 알리스는 대체 어디에 있는 것일까? 어떻게 된 것일까? 운전자가 매월 갚을 할부금을 더 이상 갚을 방법이 없을 때 리스한 자동차를 도로 회수해가듯이, 누군가 그녀에게서 쥘을 회수한 것일까? 쥘은 이별을 견디지 못했을 것이다. 녀석의 본능과 절망감이 녀석을 나에게로 인도한 것이다. 13일 전 그들이 서로를 되찾게 해준 나에게로. 녀석은 나를 선택한 것이다.

나는 생모르 거리로 좌회전을 하다가 브레이크 페달을 부서지도록 밟았다. 쥘이 인도 중앙에 고개를 비스듬히 돌리고 앉아 나를 기다리고 있었다. 당황스럽지만 단호한 표정이었다. 녀석이 다리 근육을 움찔거리며 거리를 가늠하는 게 보였다. 나는 쥘이 조금 아까 뛰쳐나간 유리창으로 다시 차에 오를까 봐 반사적으로 조수석 문을 열었다. 녀석은 의자로 기어올라 아무 일도 없었던 것처럼 태연하게 그 위에 앉았다. 혀를 쭉 내밀고 헐떡이면서, 안도하는 표정으로 나를 응시했다. 내내 설명하려던 것을 마침내 내가 이해했다는 듯이.

뒤에서 울리는 경적 소리를 듣고서야 다시 차를 출발시켰다. 자동차 정비소를 찾을 수밖에 없었다. 견적서를 받고 외상을 부탁한다. 아니면 집주인에게 집세 연장을 협상하거나. 아무튼 이 심각하게 충격적인 상황에서 꽤 잘 빠져나온 것 같다. 그렇다고 나한테 집착하는 이 껌딱지 안내견과 쭉 함께하겠다는 건 아니다.

쥘을 양도하면 모를까. 여러 가설 중 최악의 가설이 머릿속에서 구

체화되기 시작했다. 알리스는 죽은 것이다. 거리에서 사고를 당한 거다. 그녀를 보지 못한 자동차에 치인 것이다. 그런 이유로 그녀의 안내견이 다른 시각장애인에게 맡겨진 것이다. 하지만 쥘은 이해하지 못한다. 새 주인을 원하지 않는다. 녀석은 알리스에 대한 기억 때문에 나한테 매달리는 것이다……. 아니면 내가 알리스를 되찾도록 도와줄 수 있어서 나를 찾아온 것일까. 어쩌면 그녀는 살아 있을지도 모른다. 혼수상태로 병원에 누워 있는지도…….

가슴 아픈 여러 이미지가 겹겹이 떠오르는 바람에 눈앞이 뿌옇게 흐려져 다음 사거리에서 차를 멈췄다. 세찬 비가 깨진 유리창을 통해 내 왼팔 위로 쏟아지기 시작했다. 쥘이 별안간 흥분해서는 라디오 쪽을 향해 짖기 시작했다. 3초 후, 쥘은 내게로 몸을 돌리며 짖기를 멈추고 내 팔뚝에 한쪽 다리를 얹었다.

"……사회적 목적을 위한 육체의 언어죠. 잠시 후, 아비뇽 페스티벌의 행사입니다. 「RTL 스펙터클」에서 전해드렸습니다."

나는 얼빠진 표정으로 쥘에게 시선을 건넸다. 이 음색, 이 억양, 부드러운 저음 속에 드러나는 명랑하고 발랄한 이 비브라토……. 바로 알리스의 목소리였다.

*

빗줄기가 두 배로 굵어졌고 나는 레퓌블리크 가에 있는 정비 공장에 차를 맡겼다. 우리는 상점들이 내건 차양 아래로 들어가 비를 피해가며 버스 정류장을 찾아 나섰다. 내가 진짜 눈이 안 보이는지 확인해보려는 경찰에게 두 번 정도 불심검문을 당한 후, 나는 안내견을 데리고 있는 모습에 어울리도록 선글라스를 샀다. 그것이 녀석을 평범하게 만들기 위해 쥘이 차고 있는 하네스를 일반 목줄로 바꾸려고 개 용품점을 찾는 것보다 훨씬 빨랐다.

찾아본 정보에 따르면 우리는 파리 8구 바야르 가, 22번지를 찾아가야 했다. 여전히 살아 있고 라디오에서 생방송을 하는 알리스를 안다는 사실은 나를 그 어떤 남자보다 행복한 남자로 만들었다—불안한 상황임에도. 하지만 뭐, 두 시간 전부터 내가 견뎌온 것들은 곧 합리적인 설명과 기술적인 해결점을 찾을 것이다. 틀림없다. 어쩌면 안내견들은 단 한 명의 주인에게 너무 길들지 않도록 교대로 주인이 바뀌는 것일지도 모른다. 이런 상황에 다른 개들보다 잘 적응하지 못하는 개도 있으리라. 아까 인터폰에서 터져 나온 불쾌감을 주는 목소리를 들어보니, 이 불쌍한 녀석이 새로 바뀐 주인에게 돌아가지 않으려 차 유리를 깬 것도 이해가 갔다.

몽테뉴 가에 이르자 쥘이 버스에서 내리려고 몸을 일으켰다. 한바탕 소나기가 쏟아진 후 하늘에 뜬 납빛 태양 아래, 나는 바야르 가까지 녀석을 따라 걸었다. 녀석은 서두르기는 했지만 동시에 즐겁고 집중하는 표정이었다. 직업적인 습관 때문인지 혹은 장난인지 모르겠지만, 쥘은 내 신발이 젖지 않았는지 매번 확인하면서 물웅덩이를 꼼꼼하게 피해갔다.

"주주, 너 거기서 뭐 하는 거야?" 라디오 방송국 유리문 앞에서 경비가 녀석을 반기며 말했다. "안녕하세요. 아, 당신이군요, 쥘의 새 주인이. 알리스를 만나러 오셨나요? 제가 배지 달아드릴게요. 녀석이 스튜디오까지 가는 길을 알고 있어요. 조심하세요. 계단이 바로 앞에서 시작됩니다. 계단이 좀 가파르죠. 엘리베이터를 타는 게 더 나으신가요?"

네, 엘리베이터가 더 나아요. 계단을 더듬더듬 올라가는 것보다 훨씬 믿을 만하다. 쥘과 경비원은 미궁처럼 구불구불하고 비좁은 복도들로 나를 인도하더니 화물용 승강기에 태웠다. 그러고는 안내 데스크까지 데리고 갔다. 훨씬 자연스럽게 보이게끔 나는 선글라스로 가린 두 눈을 억지로 감고 있었다. 이런 연출을 해야 하는 필요성을 알리스에게 설명해야 할 시간이 곧 올 것이다.

"알리스는 휴가 중이래요! 바로 어제 떠났다는데요!" 직원이 소리쳤다.

복잡해지는 머릿속을 다잡느라 나는 침을 꿀꺽 삼켰다.

"그러면⋯⋯ 어디로 갔는지 아시나요?"

"음, 아뇨."

"그녀의 휴대전화 번호는 아시죠?"

"네, 하지만 그쪽에게 드릴 수는 없습니다. 인사과에 알려달라고 말씀하세요. 성함이?"

엄청난 실망감이 다시 머리 위로 덮쳐왔다. 나는 그럴 필요는 없다고 대답하고는 커다란 붉은 벤치 위에 무너지듯 앉아 휴대전화를 꺼냈다. 쥘이 발치에 조용히 앉았다.

"어쨌든 간에 쥘이 당신에게 금방 적응했네요." 직원이 칭찬의 말을 건넸다.

나는 허공에 대고 미소를 지어 그녀 말에 동의를 표했다. 그리고 휴대전화 자판이 점자로 된 척하며 더듬더듬 번호를 눌러 안내견연합회에 다시 전화를 걸었다.

"안녕하세요? 프랑스 안내견연합회의 마르틴입니다. 무엇을 도와드릴까요?"

"다시 안녕하세요. 얼마 전에 쥘 때문에 전화했던 사람입니다."

즉시 목소리가 차가워졌다.

"네, 주아르 대령이 저희한테 전화하셨습니다. 문제가 있었다고요. 끊지 마세요, 책임자 바꿔드릴게요."

기다리는 동안 전화기에서는 라벨의 「볼레로」가 흘러나왔다. 나는 성가신 일을 당하기 싫어 전화를 끊을까 잠시 주저했다. 하지만 전화를 끊기보다는 근본적으로 이 상황에서 빠져나갈 출구를 찾아야만 했다. 만약 알리스가 지구 끝으로 떠났고 아무도 이 개를 원하지 않는다면, 내 5평짜리 공간에서는 이 유리 깨먹는 놈과 잘 지낼 수 없을 것이다.

"그들이 쥘과 함께 나를 던져버릴 거야! 마르틴, 난 회의 중이라고 말했잖아요! 오스망 박사입니다, 누구신가요?"

"안녕하세요, 박사님. 전 지발 드 프레쥬라고 합니다. 저는……."

"쥘이 당신한테 무슨 짓을 했나요? 당신을 물었나요? 아니면 오줌을 갈겼나요? 그것도 아님 벨리브• 자전거를 뒤집어엎었나요? 죄송합니다. 방금 어떤 괴물 같은 미친놈하고 전화로 한바탕 붙었거든요. 그게 뭐든 개가 저지른 실수를 정당화할 순 없겠지만, 그렇다고 내가 그 인간과 화해하지는 않을 겁니다. 그래요, 마르틴, 나 지금 통화 중이에요. 나를 좀 가만히 내버려둬요! 뭐라고요? 그가 고소한다고요? 다른 선으로 변호사 연결해줘요. 이쪽하고 통화가 끝나면 그와 얘기할게요. 여보세요? 선생님, 아직 안 끊으셨죠? 제가 쥘에게 안내견 자격을 준 사람입니다. 제가 보증합니다만 녀석은 그저 감정적인 위기를 지나고 있는 중일 뿐, 당신에게 절대 위험하지 않습니다……. 또 뭐죠? 말해봐요, 마르틴, 제기랄, 당신한테 그 말을 끊임없이 했건만……. 증인? 그가 증인이 있는 게 나하고 무슨 상관이지? 빌어먹을! 그 사람 미쳤군! 고의? 그건 또 뭐야, 고의라니? 그 인간이 원하는 게 결론적으로 뭐요? 개가 인도 위 가설물을 알리지 않은 걸로 체포하기를 바라는 건가? 변호사를 연결해주세요. 선생님, 지금 어디에서 전화를 거시는 건가요?"

"RTL 방송국입니다."

"RTL 방송국요? 알리스의 이름을 당신한테 알려준 게 인재관리과인가요? 하지만 그들은 한 번도 파일을 제대로 정리한 적이 없다고요, 빌어먹을! 빨리 택시를 잡아타고 바놀레 가, 71의 2번지로 오세요. 택시비는 여기서 낼게요. 개를 검사해봐야겠어요. 감사합니다, 선생님. 마르틴, 이쪽 끝났어요. 변호사 연결해줘요."

• 파리에서 운영 중인 무인 자전거 대여 서비스.

*

바뇰레 가에 도착하니 분위기가 훨씬 조용했다. 쥘은 오는 내내 머리를 내 신발 사이에 묻고 계속 잠을 잤다. 나는 새로운 시각으로 그를 바라보았다. 나는 녀석에게 동화되었다. 모두 녀석이 아무것도 아니라고 여겼고 아무도 녀석을 원하지 않았다. 쥘은 현실과 너무 동떨어진 외톨이였고 그저 충직한 존재로만 머물렀다. 세상 물정을 모르는 순진함으로 고통받고, 부당함에 적응하기보다는 어떻게든 반항하는 그런 존재. 쥘이 오를리 공항에서 겪었던 강렬한 충격 이후, 알리스는 안내견 교사에게 쥘을 반환해야 했던 것이다. 마치 그웬돌린이 나를 어머니한테 돌려보냈던 것처럼. 더 나은 사람이 쥘을 데려갈 수 있도록. 더 젊고, 더 진지하며, 더 신뢰할 만한 사람이.

공적 부조사업의 일환인 듯한 프랑스 안내견연합회는 규석으로 보수한 작은 건물 안에 있었다. 피어싱을 잔뜩 해 고스족 분위기를 풍기는 마르틴이 오스망 박사의 사무실로 우리를 안내했다. 박사는 유치장에서 막 나온 듯한 표정에 옷차림이 단정치 못한, 덩치가 큰 인물이었다. 그는 달걀과 샐러드 부스러기가 지저분하게 떨어진 서류 위에 먹고 있던 케밥을 내려놓고 자리에서 일어나 내 손을 잡았다. 그러고는 한껏 점잔을 빼고 있는 쥘의 이마를 가볍게 긁어 주었다.

"편히 앉아, 쥘. 이리로 앉으십시오."

우리는 시키는 대로 나란히 복종했다.

"난 당신들 때문에 아주 더러운 상황에 빠졌소." 그가 이 사이로 닭고기 끄트머리를 되씹으며 공격해왔다. "거의 체포당하기 직전이에요. 당신들이 자발적으로 그 늙은 편집증 환자 집으로 가서 초인종을 눌렀잖습니까. 그 늙은 대령은 내가 일부러 자신에게 못되고 사나운 개를 보냈다고 믿는데, 그걸 핑계로 나를 고소했어요. 그 개한테 집요한 괴롭힘과 학대를 당했다면서 말이오. 자, 여기에 쓰세요. '나는 아래와 같이 서명하며……' 당신 이름이 뭐였죠?"

박사가 불러주는 '떠도는 안내견을 발견한 시민의 자세'라는 내용의 구술을 받아 적고 증언을 하고 나서야 나는 알리스 갈리엥의 소식을 물을 수 있었다.

"12일 이후로 못 봤어요. 하지만 그녀는 건강해요. 이별의 고통은 별개로 하고. 난 이 문제에 대해 후회합니다."

"이 문제라면?"

"그녀에게서 쥘을 회수한 거요. 이런 일이 생기면 사람들은 안내견을 매우 그리워하죠. 쥘처럼 예외적인 경우도 있지만, 그렇다고 녀석이 실업 상태에서 시들어가도록 내버려둘 수는 없었어요."

나사 풀린 내 표정에 박사가 한숨을 길게 내쉬었다. 그는 엄지와 검지로 코를 틀어쥐고 간단히 설명했다. 알리스가 각막 이식 수술 덕분에 갑자기 시력을 되찾았고, 그로 인해 쥘이 안내견이 처할 수 있는 가장 최악의 경우에 처하게 된 것이라고. 심리적 관계의 단절, 기준의 상실, 시각 장애인을 돌보려는 욕구의 불충족…….

충격 속에서 박사가 하는 얘기를 가만히 듣고 있자니 감정이 두 가지로 나누어졌다. 알리스의 행복과 쥘의 비극적 상황.

"그래서 쥘을 가능한 한 아주 다른 상황의 시각장애인에게 신속하게 배치했던 겁니다. 길들이기의 기본인 적응 과정에서 옛 주인을 되도록 빨리 잊도록 말이죠. 보셨듯이 결과는 아주, 굉장히, 완벽한 성공이었죠."

나는 이 말이 내 머릿속에 제대로 자리 잡도록 조용히 기다렸다. 내가 처음으로 떠올린 생각은 전혀 자랑스러운 게 아니었다. 이제 알리스가 더 이상 시각장애인이 아니라면, 내가 그녀 마음에 들 기회가 뭐가 있겠는가? 마카롱 판매대에서 그녀에게 떠들어댔던 거만한 설명과는 반대로, 나에게는 이국적 정서뿐만 아니라 매력도 없었다. 나는 보초병처럼 뻣뻣하고 야윈 몸에, 싹싹한 호텔 지배인 같은 낯짝과는 거리가 멀어서, 지하철을 타면 경찰은 내가 잠재적인 지하디스트•인 양 감시하곤 한다.

그녀의 전前 안내견에게 무슨 일이 벌어졌는지 알리스에게 알렸느냐고 오스망 박사에게 물었다.

"아뇨."

"박사님, 그녀의 휴대전화 번호 아시죠?"

"네."

그는 서랍에서 아이폰을 꺼내 테이블 위에 놓았다.

"알리스는 나에게 쥘을 맡기고 녀석을 잊었어요. 실착 행위죠. 그

• 이슬람 극단주의의 무장 조직원들이 자신들을 일컫는 명칭.

녀는 지금, 진짜 휴가가 필요해요. 그게 정상입니다. 알리스가 바로 그날, 방송국에서 나에게 전화했더군요. 휴가에서 돌아오면 쥘을 찾으러 오겠다고 말했어요."

"그러면…… 박사님은 알리스가 어디로 떠났는지 아십니까?"

"아뇨."

나는 아이폰을 잡고 손가락 사이로 돌린 후 화면을 가볍게 두드렸다. 그러자 아이폰이 꺼졌다. 틀림없이 배터리가 얼마 없었을 것이다. 아이폰을 탁자 위에 올려놓자 쥘이 낑낑거리며 몸을 일으켜 아이폰에 코를 바짝 붙였다. 녀석의 등골이 긴장하는가 싶더니, 꼬리가 심하게 흔들리고 호흡이 격하게 빨라졌다. 주인 냄새가 나는 것이다. 쥘은 필사적으로 냄새를 맡았다.

"모든 것을 장애 탓으로 돌리는 것은 잘못입니다." 박사가 설명했다. "그들 사이에는 융합된 마음, 그 이상이 있었어요."

"쥘은 어떻게 되는 겁니까?"

"녀석이 한 짓 때문에 명부에서 삭제해야만 해요. 공중 장애물을 피하지 않았고 보조해야 할 사람을 거리 한복판에 버리고 간 데다, 하네스를 착용하고도 고의로 가출하는 등, 직업적으로 중대한 결함이 되는 많은 실수가 있었죠. 나는 녀석의 안내견 자격증을 취소할 겁니다. 그러니 당신이 쥘을 데리고 가셔도 돼요."

"뭐라고요! 녀석을 데리고 가라고요? 말도 안 돼요, 박사님! 내 집은 고작 5평이란 말입니다!"

"집의 크기 따위는 녀석한테 문제가 되지 않아요."

박사는 포스트잇 종이 위에 뭐라고 끼적거려 한 장 떼어낸 후 나에게 내밀었다.

"이 단어를 발음해보세요. 자, 어서 해보세요. 아시게 될 겁니다."

어찌할 수 없는 상황에서 갈팡질팡하면서 나는 내 의지와 별개로 중얼거리고 말았다.

"쪼그려."

말이 떨어지자마자 쥘이 바닥에 눕더니 몸을 둥글게 말고, 몸을 오그려 껍질 없는 민달팽이처럼 몸을 작게 수축시켰다. 눈앞의 개 조련사가 반쯤 미소를 지으며 포스트잇에 두 번째 단어를 적어 나에게 건넸다. 높은 목소리로 읽어보았다.

"움직이지 마."

쥘은 몸을 딱딱하게 굳혔고 호흡까지 바짝 줄였다. 거의 호흡 정지 수준이 된 녀석은 사과 상자 하나 정도의 자리밖에 차지하지 않았다.

"마르틴이 이런 식으로 쥘의 키워드를 적은 종이를 뽑아 줄 겁니다. 쥘에게는 믿을 수 없을 정도의 통제 능력이 있다는 것을 알게 될 거예요. 심지어 용변에 관해서도. 쥘은 이미 완벽하게 당신과 조화를 이루었어요. 며칠만 지나도 쥘 없이는 지낼 수 없게 될걸요."

나는 다시 쥘에게 시선을 맞추었다. 쥘은 그저 단순히 주인을 되찾기 위해 나를 매개자로 선택한 것, 그뿐이다. 오스망 박사가 눈썹을 추켜올리며 내 얼굴을 뚫어지게 바라보았다. 나는 박사에게 우리가 오를리 공항에서 어떻게 만났는지 얘기해주었다. 화물칸으로 갈 뻔한 줄을 내가 중간에 개입해서 막은 일, 마카롱 판매대에 서 있던 내게 뛰어들어 난장판이 되었던 재회의 순간. 박사는 목덜미를 손으로 문질렀다. 그는 처방전 종이 뭉치를 잡아서 뭐라고 휘갈겨 쓰기 시작하더니 파티션 너머로 던졌다.

"마르틴, 이들한테 택시를 불러주세요. 봉 선생에게 보내야겠어요. 그는 이 둘을 받아줄 거야. 변호사 때문에 그의 심리 평가가 필요해요. 그가 나한테 의견서를 보낼 거요."

"잠깐만요, 박사님……. 나는 그렇게, 지금 이 순간에 개를 한 마리…… 맡을 수 있지가 않아요……. 난 줄을 돌려드리려고 여기 온 거예요. 그게 전붑니다. 그 이상은 할 수 없어요."

"이제부터는 뭘 생각할 때마다 조심해야 합니다. 녀석이 전부 다 느끼고 있어요. 사실 지금 녀석은 질식할 지경이에요. '쉬어!'라고 말하세요."

"박사님이 직접 말하세요."

"명령을 내린 사람만이 그 명령을 풀 수 있어요. 나는 알리스의 이름 때문에 안심하고 당신한테 맡기는 거예요. 알리스가 돌아오면 그녀와 합의를 보세요. 알리스는 당신한테 기꺼이 비용을 갚아줄 겁니다. 그리고 내 생각에 당신은 그녀가 무척 마음에 든 것 같은데……. 당신은 그녀에게 세상에서 가장 아름다운 선물을 하는 겁니다. 나한테 고마워할 필요는 없어요. 우린 서로 도운 셈이니까."

"봉 선생님하고는 12시 15분에 약속이 됐어요!" 마르틴이 파티션 너머에서 소리쳤다.

“갤러리 드 발루아, 102번지로 가세요.” 그가 내게 미소 지었다. “택시비는 연합회에서 지급할 거요. 솔직히 말해 당신이 쥘의 목숨을 구한 것이나 다름없어요. 만약 경찰들이 여기에서 녀석을 발견한다면, 그들은 고의적 살인미수죄로 녀석을 당장에 동물보호소로 보내버릴 겁니다. 그래요, 그게 그 어리석은 대령이 제출한 고소장에서 사용된 단어예요. 이런 게 문명이라니!”

완전히 두 손 다 든 나는 사방 50센티미터 크기로 몸을 굳힌 채 끝도 없는 인내로 참아내며, 나에게 시선을 고정하고 있는 쥘을 바라보았다. 나는 참을 수 없는 연민이 치솟아 중얼거렸다.

“쉬어.”

쥘은 그 즉시 빠르게 몸을 펼치고 일어서서 헐떡거리며 몸을 부르르 털었다.

“아무것도 두려워할 필요 없어, 쥘, 알겠지.” 박사가 측은한 듯 여기며 말했다. “넌 아주 좋은 사람을 만났어. 자, 이제 나한테 예쁜 짓 해봐……. 그래, 우리 예쁜이, 그래, 다 잘 정리될 거란다, 날 믿어……. 그런데 거기 그게 뭐지? 잠깐, 잠깐만……. 이렇게 해봐……. 몸 좀 돌려봐.”

오스망 박사는 무릎을 꿇고 쥘의 하네스를 벗긴 다음, 안경을 쓰고 쥘의 코부터 엉덩이까지 샅샅이 살펴보았다.

“개자식!” 그가 부르짖었다. “마르틴, 필리프 좀 불러요!”

박사는 고통스럽게 몸을 일으켜 책상에 몸을 기대고 쉴 새 없이 거친 말을 내뱉었다.

"채찍질을 했어요! 맞은 자국마다 다 채찍 자국이에요! 그래서 쥘이 가출했던 거야! 필리프, 좀 봐봐! 당신도 동의하지? 빨리 사진 찍어요! 마르틴, 동물보호단체에 연락해요. 그럼 그들이 봉 선생 쪽으로 동물구조대원을 보내 선생이 살펴보는 동안 조서를 꾸밀 테고, 그렇게 하지 않으면 대령은 전문가 감정을 거부할 거야. 고마워요, 쥘은 정확한 판단력으로 당신을 선택한 거요. 특수한 행동을 할 때만 녀석에게 하네스를 채우도록 해요. 마르틴이 일반 목줄과 혈통서, 그리고 사료 주머니를 줄 겁니다."

나는 입을 열었다가 박사가 한쪽 눈을 찡긋하며 내 주머니에 알리스의 아이폰을 찔러 넣자, 조용히 입을 다물었다.

"당신이 나보다 먼저 그녀를 만나세요. 나한테 차마 하지 못한 질문에 대한 대답을 듣기 위해. 아니, 내가 아는 한, 그쪽에 지금 남자는 없습니다. 아마도 이번이 기회가 되겠죠."

박사가 내 어깨를 지그시 눌렀다. 마치 행운을 빌겠다는듯이. 그리고 덧붙였다.

"그렇게 생각하는 게 나 혼자만은 아닙니다. 그렇지, 쥘?"

나는 문을 향해 몸을 돌렸다. 쥘은 이미 문지방 위에 발을 얹고 있었다. 고개는 나에게로 향한 채. 이제 내가 도망칠 시간이다. 다른 유능한 사람들에게 쥘을 돌보라고 내버려두고—하지만 무엇을 핑계로? 나한테 어떤 다른 가망성이 남았단 말인가? 오스망 박사가 내 팔 아래로 하네스를 건넸다.

"쥘은 천성적으로, 의무감에 의해서, 또 필요 때문에 영혼을 구제

할 임무를 지닌 개입니다. 녀석을 실망시키지 마세요."

난 동의서에 서명한 후, 영혼 구제용 안내견과 그의 사료 주머니와 함께 그곳을 떠났다.

내 몸이 보이는 반응 때문에 깜짝 놀랐다. 나는 언제나 배를 조종하는 걸 좋아했다. 진로를 바꾸거나 밧줄이 늦춰지는 순간, 혹은 돛을 접어야 할 순간을 알려주는 바람의 변화를 피부에 느끼는 것도 마음에 들었다. 뱃멀미가 난 것은 처음이었다. 이런 부작용이 일어날 거라고는 아무도 알려주지 않았다. 영국 해안에서 먼바다로 배를 몰고 나갔을 때부터 구토가 진정되지 않아 나머지 시간은 거의 눈을 감고 있어야 했다. 지독했다. 게다가 나는 프레드에게 부끄럽게 보이지 않기 위해, 또 다프네 커플이 실망하지 않도록 그 사실을 감추려 애써야 했다. 다프네 커플은 자기들이 장만한 새 범선 위에서 내가 '광명을 되찾은 것'을 축하하게 되어 너무나 기뻐했다. 그에 화답하여 나는 루이비통의 그리 트리아농 캔버스 천으로 된 돛, 마호가니와 티크로 만들어진 선체 그리고 미묘하게 다양한 초록빛으로 덮인 끝도 없는 절벽들과 바다 위로 화려하게 펼쳐지는 노을 앞에서 예의 바르게 경탄을 표했다. 그러고는 선실 깊은 곳에 처박혔다.

다프네는 상상했던 것보다 훨씬 아름다웠다. 반면 니콜은 생각보다 예쁘지 않았다. 두 사람은 차가운 눈빛을 지닌 길쭉한 세이렌과 유순한 참치 같았다. 많은 나이 차와 신체적 차이, 사회적 계층과 문화 차이를 무릅쓰고 단 하나의 감정으로 뭉친 천생연분 커플. 프레드는 그녀들과 함께 시간 보내는 것을 좋아했다. 왜냐하면 그녀들은 우리와 비슷했고 그래서 우리가 독특하다는 것을 슬쩍 감춰줬으니까. 이제 나는 프레드의 마음을 이해한다. 유람용 뱃놀이를 제외한다면, 돈 많은 누군가의 거만함과 그 옆에서 행복해 마지않는 다른 사람의 바보짓을 참아내는 것이 나에게 좋을 게 뭔지 늘 나 자신에게 물어왔다. 그날 그것이 명백해졌다.

나는 부당한 인간이다. 프레드는 고속도로를 달리며 호텔 예약을 앞당겼다고 내게 믿게 한 다음, 옹플뢰르에서 기습적으로 다프닉 3호에 나를 태웠다. 앞으로 내게 닥칠 모든 시각적 유혹—우선 남자들—그녀는 그 일반적인 세계로 나를 돌려보내고 싶지 않았던 것이다. 내게는 전부 다 혼란이고 숙제이며 낯선 것이 되어버린, 저 익숙한 시야와 불변의 육지로부터 나를 단절시키는 것이 그녀에게 가장 시급한 일인 것 같았다. 다시 말해, 그녀에게는 모든 것이 경쟁 상대였다. 거리에서든, 식당에서든, 그 어디에서든, 나는 남자들을 뚫어지게 바라보는 습관이 있었다……. 아마도 그들의 시선에 들고자 하는 욕구, 내 외모에 대한 가능성을 되찾고자 하는 욕구, 그들이 먼저 시선을 돌릴 때까지 바라보고자 하는 욕구이다. 이 욕구는 내가 제어하기 힘들 만큼 강했다. 나 역시 프레드만큼이나 나의 그런 욕구가 거북했다. 한편으로는 기분 좋게 떨렸다. 보이지 않는 감시자들이 강요하는 복종, 억제, 두려움은 어차피 꺼버릴 불을 붙일 뿐인 이 유혹이라는 놀이에 빠져들게 했다. 하지만 그게 최악은 아니었다.

되찾은 두 눈이 나에게 보여주는 것들, 난 거의 다 싫었다. 프레드가 보이는 그 씁쓸한 의심이 싫었다—그녀의 피부, 몸짓과 목소리는 겉으론 친절했지만 냉철한 속내와 위선적인 보호, 은밀한 합의만을 암시할 뿐이었다. 겉치레, 허황되게 장식된 모습, 내가 선택한 삶이 싫었다. 남의 이목을 끄는 내 옷들과 내가 사는 아파트의 요란한 색조가 싫었고 특히 내 그림의 부자연스러운 무미건조함이 싫었다. 내가 따뜻한 색깔들로 일일이 어루만져 구성했던 이 모든 허망한 조화. 너무도 독특하고 개성적인 각각의 색깔은 내가 제대로 선택해 다뤄 조화를 이루게 만들었다고 믿었던 색조였다. 결론적으로 나는 나라는 거짓 이미지가 주는 판단의 오류 속에서 10년 이상을 산 것이다. 그래도 나의 어둠을 밝히며 사람들에게 쾌활한 즐거움을 전달한다고 생각했다. 그러나 나는 아무런 결실도 없는 메마른 도발과 세상에 대한 조화롭지 못하고, 거칠고, 불안한 견해만을 퍼뜨렸을 뿐이다. 눈을 뜨고 나서 새로이 발견한 내 작품 세계에 나는 큰 충격을 받았다. 뿌리째 뽑혀버렸다. 알록달록 요란한 옷가지들을 처박아놓은 쓰레기봉투들 사이에서 그림을 뭉개고 있는 나를 발견했을 때만 해도, 프레드에게는 이 놀라운 항해가 내가 입이 닳도록 말했던 그 상실감을 해결할 수 있는 훌륭한 해결책으로 보였을 것이다. 마치 밧줄을 푸는 것이 해결 방법인 것처럼…….

몇 년 동안 나는 내 작품 세계를 아주 잘 이끌어왔다. 테레빈유 냄새가 좋았고, 손가락 아래 끈적이는 물감과 캔버스의 까끌까끌한 촉감도 좋았으며 파스텔화의 광택, 팔레트 위에 펼쳐진 다양한 색조들이 좋았다. 프레드가 나를 위해 기획한 전시회에 참석한 사람들의 표현이 좋았다. 혼란스럽고 모순적이며 솔직하거나 혹은 진부한 감정의 흐름들. 난 내 그림이 그들에게 말을 한다는 것이 좋았다. 하지만 그들은 내가 듣고 싶어 하는 것만 말했다. 그들은 카탈로그에 적힌 내용을 그들의 방식으로 반복할 뿐이었다. '당신의 긍정적인 에너지가 우리에게 좋은 영향을 미칩니다.' '네가 말한 대로야.' '이 봉인된 수족관, 그 안에서는 유령들이 손잡이 없는 창문 뒤에 갇혀 비명을 지르는 것 같아.' 나는 마그리트에게서 영향을 받았다고 주장했는데, 실제로 내놓은 건 에드바르트 뭉크의 「절규」였다. 나도 모르는 사이에 매년 발산된, 해소되지 못한 분노가 참 싫었다. 나는 '시력을 되찾은 목소리'라는 모토로 후원받고 RTL방송국도 지원해주기로 결정돼 프레드도 좋아하며 반겼던 10월의 전시회를 취소해버렸다.

"알리스, 암흑기는 갖다버리라니까." 프레드가 다시 되풀이했다. "새롭게 보이는 이미지를 그려봐. 큰 성공을 거둘 거야!"

큰 성공이라. 그렇다. 사랑하기 때문에 나를 아티스트로 만들려 애쓰는 사람에게 나에게 예술은 그저 언어의 대체재일 뿐이라는 생각을 어떻게 고백하겠는가? 이제는 더 이상 세상을 재발견할 필요가 없었다. 세상을 직접 관찰할 수 있으니까. 나는 살고 싶었다. 그것뿐이다. 보상하기를 멈추고, 재창조하기를 그만두고, 겉모습에 속아 넘어가지 않고 싶었다—최악인 건 그것들을 다 내가 도모했다는 점이다. 내 그림에는 실명한 초기에 극복했다고 믿었던 소리 없는 절망이 무의식적으로 반영돼 있었고, 소리 없는 절망은 견디는 방법을 찾아낸 지금 내 눈앞에서 힘을 되찾았다.

색깔만이 문제가 아니었다. 소리 역시 나를 배신했다. 앙리 4세 고등학교의 아마추어 합창대에서 나는 매주 두 번 노래를 부르고 있었는데, 처음으로 음정을 틀렸다. 친숙한 목소리들에 둘러싸여, 늘 듣던 목소리와 어울리지 않는 얼굴들에 정신이 산만해져 집중을 못했던 것이다.

12년이란 세월 동안 사람들은 어찌 그리 변했는지……. 단지 옷차림이나 주름 제거 수술, 그리고 보톡스 따위로 감췄기 때문만이 아니었다. 나이가 구별되지 않는 모든 세대가 무표정한 가짜 젊음 아래, 젊어 보여야만 한다는 강박관념으로 점철된 영혼의 그림자를 숨기고 있었다. 사람들은 서로 비슷하지 않았고, 다른 것들과 비슷해졌다. 사람들은 정치적인 올바름, 만성적인 비관주의, 생명력의 절대 권력, 양심의 가책과 능동적인 자기중심적 태도로 살균되고 포맷되었으며 규격화되었다. 미디어가 대중에게 세뇌한 '개인적인 발전'이란 곧 발현될 사육을 위한 매개체일 뿐이다. 개인적인 발전이란 미디어에서나 볼 수 있었던 시민의 권리 행사라는 유치한 짓거리와 자기중심적 자폐가 뒤섞인 혼합물이다. 사람들의 몸짓에 대해 말하자면,

몸짓은 거리에서, 이동 중에, 사무실에서, 나 혼자만 기괴하게 여기는 듯한 복제 인간 같은 디지털화된 움직임을 만들어냈다. 도시는 서로 쳐다보지도 않고 혼자 중얼거리는 자폐증 환자들로 가득 찼다. 스트레스 때문에 녹초가 된 자아도취 트위터리안들은 그들이 타는 자동차처럼 하이브리드 인간이 되었다. 방전된 배터리들과 오염된 방송 프로그램의 누적된 불합리. 하지만 당연하게도 이 환멸 역시 나에게서 온 것이다. 불이 꺼졌을 때도 사람들은 젊었다. 세상에 불이 다시 켜졌고 우리는 늙어버렸다. 내가 더 이상 소외되지 않는 지금, 시간의 색깔은 어떻게 바뀔까? 몇 년 동안 나에게 '당신은 얼마나 용감한지'라고 반복하면서 사람들은 나에게 정말 큰 용기를 주었다……. 그러나 이제, 누가 나를 불쌍히 여겨줄까? 내가 '사리판단 하는' 모습을 보고 누가 나한테 감탄할까? 나는 시력을 되찾고 낙담했다.

나를 둘러싼 열정, 내가 치료받으면서 생겨난 경이로움은 장애가 있을 때는 결코 느끼지 못했던 고독이라는 수치스러운 감정을 남겼다. 생존 본능과 자존심 때문에 억지로 행복하려 했던 의무감은 이제 조심성이라는 단순한 코드로 대체되었다. 이제 난 잘 못 지내는 것이 용납되지 않는다.

그리고 사실 난 아주 잘 지낸다. 적어도 검사를 말하는 거라면 그랬다. 배에 타기 전 나는 옹플뢰르의 안과에서 검사를 받았는데, 의사는 눈의 세포들이 인공 각막에 적응하는 것은 그렇게 빨리 되는 게 아니라고 했다. 수술한 의사가 예상한 바와 같이 몇 주가 지나자, 시력은 완벽하게 회복되었다. 그래서 나는 부신피질 호르몬과 거부 반응 제어제가 잠재적이고 부차적인 결과를 일으켜 신경쇠약을 일으킨다는 설명에 따라, 쓰는 약들을 줄여나갔다—덕분에 프레드가 안심했다. 그녀는 내 정신 상태가 나에게서 나온 것이 아니라고 생각하고 싶어 했다. 그러니, 실명 상태야말로 그녀의 편이었던 것이다.

나는 성욕을 잃어버린 사실과 새로 생겨난 수줍음을 그녀에게 감추기 위해 할 수 있는 한 최선을 다했다고 말하고 싶다. 하지만 그런 척하는 것은 무척 어려웠다. 심지어 어둠 속에서조차 그녀가 아무리 애무를 해도 흥분에 다다르지 못했다. 그녀와 잠자리를 할 때면, 다른 이미지가 겹쳐져서 그녀의 존재가 왜곡되고 내 느낌은 변질되며 환상은 산산조각 났다. 어색한 미소를 띠고 취조관 같은 눈빛으로 나를 바라보는 프레드는 내가 전에 쾌락을 느끼며 추리했던 것과 전혀 다른 모습이었다. 이제 프레드는 나에게서 벗어났다. 그래서 나는 그녀를 속였다. 뱃멀미와 복잡하게 뒤섞인 생활 탓을 했다. 다프네와 니콜이 자동 항해 프로그램을 작동시키자, 옆 선실에서 들려오는 조화롭지 못한 시끄러운 소리들이 예민한 내 귀에 부딪혔다.

프레드가 속삭이는 사랑의 단어들, 아름다운 저음, 유머라는 방패, 향기가 아직도 곁에 남아 있다. 그리고 나의 밤을 통제하는 새로운 욕망은 잠이 깼을 때 욕구불만을 남겨 점점 죄의식을 약화시켰다. 물론 난 여전히 당신을 사랑해. 하지만 예전과는 다른 방식이야. '물론'과 '여전히'는 '아직도'를 의미한다. 나이와 외모의 차이만 문제가 있는 것은 아니에요, 프레드. 난 이제 보호받을 필요는 없지만, 위험한 짓을 감행할 수는 있어요. 나에게 안정감을 주는 모든 것을 위태롭게 할 수 있어요.

이제 내가 인생에서 무엇을 하게 될지 전혀 알 수 없다. 물론 난 항상 계획이 많다. 휴가가 끝나고 돌아가면, 나는 다음번 여름용 기획으로 「새로운 눈」이라는 가제가 붙은 프로그램안을 방송국에 제안할 생각이다. 나는 래프팅도 다시 할 것이고 스키도 다시 탈 예정이며, 양궁을 거쳐 테니스에서 패러글라이딩에 이르기까지, 과거에는 불가능했던 모든 스포츠에 도전할 것이다. 또한 자동차 운전에도 도전할 생각이다. 내 장애인 카드를 취소시키기 위해 거쳐야 할 엄청난 행정 절차에 대해서는 아무런 언급도 하고 싶지 않다. 하지만 거기에서, 바로 지금 프레드와 함께한 이 휴가의 다음 단계가 나를 공포로 몰아넣었다. 육지로 돌아갈 시간이 임박했건만 나는 우리가 친밀하게 지내지 못한 것에 대한 변명도, 뱃멀미에 대한 변명도 준비하지 못했다. 특히 쥘이 없는 트루빌 해변은 상상할 수도 없었다. 쥘이 1년 내내 기다렸던 미칠 듯한 행복. 끝도 없이 계속되던 우리의 물놀이, 갈매기를 쫓던 쥘의 모습, 쥘은 하네스를 차지 않는 시간에는 끝도 없이 강박적으로 암캐들을 향해 꼬리를 치곤 했지……. 해양관리센터 안전요원들이 붙인 별명처럼 그야말로 해변의 돈 후안이었다. 도대체 나는 왜 예약을 취소하라는 제안을 거절했던 걸까?

나의 쥘이 너무나 그립다. 너무너무. 쥘만이 내 고민들을 미리 느낄 줄 알았고, 내가 우울할 때면 기분을 풀어줄 줄 알았으며, 내게 즐거움을 주고 또 그것을 자신의 즐거움으로 삼을 줄 알았다……. 멀미가 찾아들 때면 요트는 너무나 멋졌고, 풍경 역시 마음을 사로잡았다. 도버 해협의 반짝이는 불빛은 찬란했지만, 그러거나 말거나. 내가 보고 싶은 것은 쥘뿐이었다. 연결 고리를 끊은 건 나였다. 나는 일부러 자크 오스망 박사의 사무실에 나와 관련된 모든 연락처가 든 휴대전화를 놓고 왔다. 아예 그들의 소식을 알려달라고 요구하지도, 받을 수도 없도록 말이다. 나는 쥘이 전적으로 다른 삶을 시작하고 새 주인과 함께 둘만의 관계를 만들어가길 바랐다. 나처럼 결함에 영향받지 않고 균형을 되찾아 자기 역할을 다시 회복하도록 내버려두어야만 했다. 알리스, 쥘을 위해 잊어.

하지만 잊을 수 없었다.

볼보 택시 뒷자리에 앉은 나는 바뇰레 거리를 지날 때부터 앞발로 내 발목을 휘감고 잠든 쥘의 코 고는 소리를 조용히 들으면서, 오스망 박사의 사무실에서 일어났던 일들을 사소한 부분까지 다시 떠올려보았다. 조금 전 경험은 정말 터무니없는 일이었지만, 나는 오히려 몇 년간의 정체기 끝에 비로소 편안한 상태로 깨어난 것 같은 느낌을 받았다. 이 개에게 나란 존재는 그야말로 한 줄기 희망이었다. 그웬돌린이 나에게 불가능한 것을 요구하면서도 내 상상력을 신뢰하듯이—이것이 나를 유능하게 만드는 단 하나의 방법이다—쥘은 나에게 모든 것을 기대한다. 다양한 아이디어, 직관, 배짱 등등. 나의 진짜 경쟁력은 바로 이런 것들이다. 사랑에 빠진 나는 산도 옮길 수 있다. 그웬돌린이 아버지에게 거의 파산 직전인 비료 공장을 물려받았을 때, 난 브르타뉴 지방 최초로 활성화된 생태학을 이용한 사업체를 만들었다.

2002년 여름, '차바사이트'란 이름의 화산암이 일단 가루가 되면 돼지우리에서나 날 법한 지독한 악취를 풍기며 쪼그라든다는 사실을 발견했다. 나는 사업상 계획을 위해 그웬돌린을 북부 이탈리아로 데리고 갔다. 나는 이 광석의 특성을 공부해서, 지독한 냄새 탓에 1년에 대여섯 개의 계약이 끊기는 베르드그린 비료에 써먹을 만한 자연 탈취제를 만들어내고 싶었다. 그런데 연구하던 중 나는 세기적인 아이디어를 떠올렸다. 브르타뉴 지방 캥페를레에서 그 아이디어를 시험하려 했는데, 회사에서는 그 전에 특허를 받아야 한다고 압박해왔다. 실험 결과는 피니스테르 주를 열광하게 했다. 빻아서 돼지 사료에 섞어 넣은 차바사이트는 냄새를 분출할 때 질소 36퍼센트를 제거하면서 암모니아수를 끌어냈다. 그렇게 정화된 가축 분뇨는 더 이상 흐르는 물을 오염시키지 않았고 강가에는 초록빛 해초들이 생겨났다. 사업을 진행하면서 재정 상태는 심각해졌고, '포르시퓌르'라는 식품보조제의 생산 비용 충족을 위해 브르타뉴 지방 최고의 햄 브랜드 테르다르모르 사로부터 자본금 일부를 투자받았다.

파산 직전이었던 중소기업은 주식 가치 재평가를 통해 인수 합병되었고, 더 이상 나의 흔적이라고는 찾을 수 없는 대기업이 되었다. 행정관청에 수수료를 반환하는 문제에 대해 나는 이사회에 반대 의견을 피력했다. 주주들과 나 사이에서 선택을 강요당한 그웬돌린은 회사의 이익 때문에 희생되어, 나를 내쫓고 테르다르모르 사의 아들과 결혼하고 말았다. 당시 그녀는 나를 원망했다. 그웬돌린은 르 클

루즈 부인보다 드 프레쥬 부인으로 불리고 싶어 했지만, 돼지영양학의 국제적 지도자라는 새로운 위상을 위해서는 아랍계 채식주의자와 결혼하는 것보다 햄 조각과 동맹하는 편이 훨씬 어울렸다. 나를 향한 그자의 질투, 극단적으로 배타적인 르펜• 식 감성과 그웬돌린에 대한 그의 영향력은 나에게 앙갚음을 하며 끝이 났다.

그웬돌린이 내가 경쟁자에게 그 신기술을 팔아버리려 했다고 비난하며 내게서 특허권을 빼앗고, 그녀 인생과 회사 내 조직도에서 나를 삭제해버렸을 때—변호사들이 아주 능숙한 솜씨로 조작한 허위 서류가 가세했다—나는 빙산에 갇혀 앞으로 나아가기를 멈춰버렸다. 심장은 차가워지고 감정은 얼어붙어, 나는 나만의 세계 속에 틀어박히고 말았다. 이후 나는 사람을 믿지 않았고 나 자신에만 온 힘을 쏟았지만 그런 짓은 나를 막다른 길로 몰고 갔을 뿐이다. 결국 난 아무런 쓸모도 없는 인간이 되었으니까.

미친 소리 같지만 나는 이 개와 비슷했다. 비난받고, 아무런 쓸모가 없었으며, 버려졌고, 불청객이 되었다. 하지만 내 능력을 믿어주는 누군가가 있다면, 전처럼 다시 달을 따러 떠날 준비가 되어 있었다. 쥘은 그것을 느꼈던 것이다. 녀석의 선택은 옳았다.

암스테르담 가에 다다르자 요란하게 전화벨이 울려 나는 다시 현실로 돌아왔다. 전화한 사람은 쿰바였는데, 비난하는 어조로 나를 나무랐다. 지난 수요일에 세탁기 배수관 꼭지를 완전히 잠그지 않았다

• 프랑스 극우파 정당 국민전선의 대표.

는 것이다. 내가 그녀의 세탁기를 빌려 쓸 때면 가끔 물이 흘러넘쳤는데, 그녀는 우리 집 마룻바닥에는 구멍이 많아서 또다시 주인집으로 물이 샐 위험이 있다고 걱정했다.

나는 하마터면 택시 기사에게 목적지를 바꾸라고 말할 뻔했다. 하지만 오스망 박사가 말한 것처럼 쥘에게는 '심리 평가'가 필요하다. 쥘의 새 주인이 생명권 침해로 소송을 걸었다. 동물 학대 사실 증명서가 있어야, 녀석이 동물보호소로 가지 않고 안락사도 피할 수 있을 것이다—나 역시 위험한 개를 은닉했다는 잠재적인 용의에서 완전히 벗어날 수 있고 말이다. 다행히 쿰바가 내 집 열쇠를 한 개 더 갖고 있었기 때문에, 나는 그녀에게 지난번처럼 샤워 커튼으로 압델 카데르의 천막 부대를 덮어달라고 말했다. 그리고 베르통 부인을 진정시키고 흘러내린 물을 좀 닦아달라고 부탁했다.

"아이고, 내 팔자야." 씩씩하고 희생심 가득한 목소리로 쿰바가 한숨을 내쉬었다.

택시가 생라자르 역을 죽 따라가자, 쥘이 별안간 잠에서 깨어나 짖으며 내가 앉은 쪽 문으로 펄쩍 뛰어올랐다.

"용변이 마려워서 그러는 건가요?" 택시 기사가 불안한 목소리로 물었다.

그런 건 아니라고 기사를 안심시켰다. 지침서에는 없는 신호였다. 나는 사료 주머니 안에서 동그란 사료를 한 줌 꺼내 쥘에게 내밀었다. 하지만 녀석은 내 다리를 긁으며 더 격렬하게 계속 짖기만 했다. 백미러로 쏘아보는 기사의 시선을 의식하며, 주머니에서 마르틴이

준 '마법의 주문' 리스트를 꺼냈다.

"조용히!"

쥘은 즉시 입을 다물었지만, 유리창을 녹이기라도 하려는 듯 혓바닥으로 유리를 공격하기 시작했다.

"저런, 이봐요, 저것 좀 막아봐요!" 택시 기사가 빨간불에 멈춰 서며 항의했다.

"쉬어!"

쥘은 즉시 핥던 동작을 멈추고 나를 향해 몸을 돌려 애원하는 눈빛으로 바라봤다.

"여자들을 지금 당신이 한 것처럼 조련시킬 수만 있었다면, 난 애인이 네 명은 있었을 거요." 기사가 감탄하는 표정으로 중얼거렸다.

기사에게 잠시만 기다려달라고 말했다. 희망이 불쑥 솟아나 방망이질하는 심장을 안고 쥘의 목줄을 잡은 다음, 차 문을 열었다. 녀석은 화살처럼 튀어나가더니 옹기종기 모여 있는 아이들과 가짜 롤렉스 시계를 파는 장사꾼들, 진열된 배낭들을 모조리 제치며 광장을 가로질렀다. 나는 수상스키 선수처럼 녀석의 목줄 끝에 매달려 불안한 자세로 장애물들을 요리조리 피하며 녀석의 후각에 의지한 채 녀석의 결정에 따라 달려갔다. 알리스가 이미 돌아왔을지도 모른다—혹시 떠나려는 순간일까? 어쩌면 도저히 믿기지 않는 우연, 융의 이론에 따른 공시성•이 알리스의 기차 시간에 딱 맞춰 우리가 이 역 앞을

• 심리학자 카를 융이 주장한 '의미가 있는 우연의 일치'.

지나게 한 것일까?

쥘은 에스컬레이터로 나를 이끌었다. 이제 녀석은 조금도 머뭇거리지 않고 줄을 당기며 곧장 나아갔다. 그러고는 26번 승강장 앞에 딱 멈춰 섰다. 열차의 출발이나 도착을 알려주는 알림판에는 아무 내용도 없었다. 잠시 후 쥘은, 바닥에 닿을 듯이 코를 붙이고 킁킁거리며 텅 빈 승강장을 여기저기 돌아다니기 시작했고, 웅덩이에서 웅덩이로, 기둥에서 기둥으로 의심스러운 흔적들을 쫓았다. 그러던 중 갑자기 한쪽 다리를 들어 구부리더니, 쥐들이 뱅뱅 돌고 있는 선로에 시선을 고정했다. 쥘은 그 자리에 앉아 긴장을 풀고 혀를 쭉 뺀 채, 기다렸다. 나를 향해 재빨리 한쪽 눈을 찡긋하기에 나도 같이 동참하라는 뜻인가 하고 생각했다.

역무원이 오더니 중앙 알림판에 숫자가 뜰 때에만 승강장 출입이 허락된다고 말했다. 나는 역무원에게 이 승강장에 다음 기차가 언제 있을 예정인지 물었다.

"26번 승강장에는 보통 도빌행 기차가 섭니다. 다음 기차는 25분 후 도착해서 오후 1시 17분에 출발하죠."

도빌이라……. 도빌이 둘의 휴가지였던 걸까? 알리스가 늘 쥘을 데리고 갔던 장소인 걸까? 난 쥘의 눈빛에서 대답을 찾아보았지만, 잠들기 직전의 평온함만 발견했을 뿐이다. 나는 녀석에게 행동 전문가의 사무실에 약속이 있다는 사실을 일깨워줬고, 그다음에는 세탁기 물 때문에 일어난 소동을 정리하러 몽파르나스로 가야 한다고 말했다.

젤은 유감스러운 표정으로 승강장을 떠나 택시까지 발을 질질 끌며 걸었다. 자동차 문을 닫으며, 나는 내가 마음속에서 들려오는 소리에 이끌려 첫 기차에 뛰어오르는, 그런 부류의 남자가 아닌 것을 잠시 원망했다.

뱃멀미를 피하고자 내가 찾아낸 유일한 방법은, 고정된 한 점을 집중해 바라보는 것이었다. 나는 선실 깊숙이 틀어박혀서 노란 종이 위에 편지를 써내려갔다. 노란 종이는 흰 종이보다 덜 피곤했다. 점자로 된 자판과 목소리 정보에만 기대어 산 지 12년이 흐른 뒤, 내 눈은 다시 글씨를 배웠고, 내 손가락은 다시 볼펜에 익숙해졌다. 내가 쓴 문장들이 속마음을 숨기고 편지의 수신인을 속일수록 나의 슬픔은 순하게 길들었다.

친애하는 마카롱 씨

라뒤레를 통해 이 편지를 전하게 될지, 아니면 직접 보내게 될지 모르겠지만, 이 편지는 열일곱 살 이후 내가 손으로 쓴 첫 편지랍니다.

난 이 첫 편지를 받는 사람이 당신이 되길 바랍니다. 내가 시력을 되찾기 전에, 그리고 쥘이 다른 시각장애인을 안내하기 전에, 쥘과 함께 마지막으로 행복을 나눌 수 있었던 건 바로 당신 덕분이니까요.

사실 오를리 공항에서 당신이 그 아이를 보호해준 상황에 대해 충분히 감사드리지 못했어요. 휴가에서 돌아가는 길에 커피를 한잔 대접하고 싶습니다.

그럼 안녕히.

알리스 갈리엥

P. S. 우리에게 '어떤 순간의 향기'를 되찾아주기 위해 강력히 추진하겠다던 약속을 떠올리길 바랍니다. 당신이 가진 능력을 어림해봤을 때, 내가 진정 되찾고 싶은 타가다 딸기 맛을 곧 맛볼 수 있다는 걸 의심치 않아요.

마카롱에게 보내는 편지를 읽어보고 나는 당황스러워서 다시 편지를 썼다. 네 번쯤 다시 쓰다가 결국 포기하고 말았다. 나답지 않은 문체에, 속셈이 뻔히 보이는 그 편지는 읽기가 그리 쉽지도 않거니와 파악하기는 아주 쉽다는 생각이 들었다. 블랙아웃 상황이었던 12년을 보충하기 위해 다시 일기를 쓰기 시작한 만큼, 그동안의 단절은 그저 좀 긴 막간에 불과할 뿐이다.

자, 이제 나는 한 장씩 한 장씩 과거를 다시 떠올리고, 직설법 현재

와 곧 다가올 미래형으로만 살았던 과거를 다시 형식에 맞게 복원하리라 다짐했다. 온통 암흑이 되기 전의 내 인생을 회상하고, 그 끈을 다시 이어 그동안의 변화를 측정해보았다. 나는 치밀어 오르는 감정을 안정시키려 애썼고 본질을 표현하려 노력했다. 엄마와 쥘에 대한 것들을.

나는 '사고' 전에 행복했었던가? 정신과 의사가 '강간당한' 장소에 대해 말하는 것이 회복에 도움이 될 거라고 충고했듯이, 사실을 인정해야 한다. 나는 너무나 힘들었다. 스키장의 리프트와 급류 속 래프팅으로 점철된 시간. 아버지의 세계. 겨울에는 어두운 활강로에서, 여름에는 급류에서 보낸 수많은 시간. 그 두 가지에 대한 열정과 재능. 내 인생은 그 뒤를 따라 흔적을 남겼다. 수많은 경쟁과 끝도 없는 교육이 이어졌던 나날들. 아버지는 나를 잃는 것을 견디지 못했다. 나는 아버지의 여왕이었고, 올림픽 메달을 목에 걸 희망이었다. 아버지에게는 아들도 여럿 있었지만 쓸만하지 못했다. 그 비극적 사건에서 회복해 정신을 차린 것은 아버지가 아니라 나였다. 아버지는 울음을 터뜨리며 나에게 말하고 또 말했다. '내가 너에게 트레이닝 말고 어떤 대안을 내놓을 수 있겠니?'

엄마가 바통을 이어받았다. 나에게 바칼로레아를 치르게 했고, 나와 똑같이 점자를 배웠으며 음악, 노래, 그림을 배웠다—전부 다 인생에 멋과 즐거움을 더할 수 있는 것들이다. 보이지 않는 세계에 홍취를 돋우는 것. 엄마는 끊임없이 내 주위를 소란하게 만들었고, 동정심을 제거한 연대감의 끈과 유쾌한 중압감을 유지했다. 엄마는 나를 남자들과 화해시키기 위해 애인들을 만들었다. 내 치료를 구실 삼아 엄마는 자신의 열여덟 살을 되찾았다. 그건 좋은 일이었다. 그리고 무엇보다 엄마는 나에게 개를 한 마리 얻어주기 위해 갖은 애를 썼다.

실망스러울 만큼 긴 대기자 명단을 앞에 두고, 엄마는 우리를 안내견 실습 가족이라고 적었다. 우리는 에즈빌리지 학교를 통해 선택된 어린 강아지들을 받아 평범한 환경에서 안내견 실습과 병행해 키웠다. 1년 정도 시간이 흐르자 강아지들은 자격증을 따는 날까지 잠깐 휴식하기 위해 주말밖에 들르지 못했고, 얼마 후에는 안내견 학교에 합류하기 위해 완전히 우리를 떠났다. 그 강아지들은 내가 아닌 다른 시각장애인들에게 배정되었다. 그러던 어느 날, 그중 한 마리가 우리에게 와 나에게 배정되었다. 바로 쥘이었다.

내 인생이 요동치던 때 훈련 교사가 우리를 짝으로 묶은 건 어쩌면 운명이었다. 안내견 실습 가족 시절, 나는 강아지들을 떠나보낼 때 너무 힘들지 않으려고 그 작은 것들에게 애정을 많이 쏟지 않았다. 쥘은 어릴 때 내 그런 마음을 느꼈던지, 내게 맡겨지자 어린 시절에 못다 나눈 사랑을 마음껏 표현했다. 깜짝 놀랄 정도의 민첩성으로 쥘은 거리와 버스, 기차, 수영장, 바다, 썰매 등을 내게 다시 가르쳐주었다. 하지만 더 놀라운 것은, 쥘이 나에게 사물들의 이미지를 보내 읽도록 이끌었다는 것이다. 장애물의 형태도, 계단이 있는 자리도 읽도록 인도했으며, 우리가 마주치는 사람들의 거짓된 행위와 내적 아름다움도 읽게끔 이끌었다. 쥘은 나를 위해 좋은 게 무엇인지, 내게 자기 나름의 관점과 해석을 마음속으로 전달했다. 내가 어떻게 반응해야 할지 어떤 결정을 내려야 할지 몰라 생각만 하고 있으면 쥘이 내게 은밀히 알려주곤 했다. 숨소리에 변화를 주고 귀에다 대고 특정한 소리를 내거나, 촉각으로 정보를 알려주거나, 심지어 때로는 어떤 장면, 어떤 풍경, 어떤 몸을 텔레파시를 통해서 전해주었다. 쥘은 숨을 불어 나에게 이미지를 만들어주는 존재였다. 쥘 덕분에, 그리고 쥘을 위해, 나는 진짜 화가가 되고 싶단 꿈을 꾸게 됐다. 쥘이 팔레트를 물어서 가져다주던 그 순간, 색깔을 고르라고 다양한 색깔의 물감들을 나에게 밀어주기 전, 바로 그 순간 때문에 말이다.

내가 그를 '잘 훈련된 네 개의 발'이라고 인정하자, 엄마는 쥘을 믿기 시작했다. 비로소 엄마는 내게서 손을 놓고 자신의 루게릭병을 치료하는 데 전념했다. 근육이 위축되는 이 병을 엄마는 그동안 모두에게 감추고 있었다. 하지만 이미 너무 늦었더랬다. 우리는 역할이 바뀌었다. 나는 엄마가 피할 수 없는 상황을 받아들이도록 도왔고, 엄마가 내게 해주었듯이 도움이 필요한 상황을 견디도록 힘을 북돋웠으며, 엄마가 나를 끌어올렸던 내리막길을 부드럽게 내려갈 수 있도록 도왔다.

그 날, 쥘이 나를 깨운 지 10분이 지났을 때, 엄마의 죽음을 알리는 전화벨이 울렸다. 엄마의 재를 바다에 뿌리자 쥘이 재를 쫓아 물속으로 뛰어들었다. 아버지와 오빠들은 쥘이 다시 배로 올라올 수 있도록 도왔다. 녀석이 내 발등에 물을 뱉어냈다. 마치 어머니를 데리고 왔다는 듯이.

눈물이 뚝뚝 떨어져 노란 종이에 써내려간 글씨가 흐릿해진다. 나는 팔꿈치를 구부려 머리를 묻었다. 사랑하는 나의 쥘은 새로운 생활 속에서, 새로이 책임져야 하는 사람과 함께 행복할까? 어쩌면 그 아이는 나를 원망하고 섭섭해하며 벌써 나를 잊었을까? 물론 그러는 게 쥘을 위해 더 낫다. 모든 일은 나로부터 비롯되었다. 그 아이는 스스로를 원망해야 할 이유가 없다. 쥘을 버린 건 나다. 그리고 내가 혼자가 아니라는 것도 쥘은 알고 있었다. 나는 쥘 덕분에 내 인생에서 두 번의 사랑을 만날 수 있었다. 쥘의 훈련 교사였던 리처드, 그 남자는 나에게 너무나 많은 것을 주었지만 내 몸은 그에게 너무 많은 거짓말을 했다. 나에게 쾌락을 다시 알려주는 것, 그것이 그의 목적이자 강박관념이었다. 리처드는 나를 만지기까지 몇 달을 기다렸다. 내가 예의상 즐기지 못했을 뿐이라고 확신하는 데는 몇 주가 걸렸다—바보처럼. 어쨌든 임무는 완료되었고, 그는 다른 불우한 여자들에게 헌신하러 떠났다.

프레드 벨랑제가 내 인생에 나타난 것이 그때였다. 에즈빌리지 학교에서 캠페인이 열린 날이었다. 당시, 프레드는 스위스 라이프 재단의 홍보팀에서 일했는데, 그 재단이 매년 라이온스 클럽과 함께 개 열 마리를 연수시키는 데 재정 지원을 했던 것이다. 쥘과 나는 연습장 한가운데에서 장애물 넘기 실습을 했다. 수많은 파이프, 가설물로 가득한 훈련 트랙, 불꽃이 넘실거리는 보행 통로, 보도 위에 놓인 쓰레기통들, 당일에 뾰족한 망치로 뚫은 움푹한 구멍들과 다양한 수준의 장애물들을 넘어야 했다—개들이 익숙해질 수 없도록, 쉽게 예상하고 분석하지 못하도록 코스가 계속 바뀌었다. 중간에 방해하기 위해 오토바이들이 불쑥불쑥 나타났고, 이삿짐 차량, 소매치기들도 나타났다. 전년도와 마찬가지로 쥘과 나는 관객상을 받았다. 프레드가 내게 트로피를 수여했다. 그녀는 쥘의 꼬리를 지그시 밟고는 쥘이 보기에 나를 너무 세게 포옹했다. 쥘에게 훈장을 꽂아주면서는 하네스를 뚫고 쥘의 피부를 찌르고 말았다. 쥘이 아파서 옆으로 펄쩍 뛰는 바람에 프레드는 시상대에서 떨어져 세 군데가 부러졌다.

우리는 카프다일의 호텔에 그녀의 안부를 물으러 갔다. 보름 후 우리는 그녀를 따라 파리로 갔다. 소란스러운 분위기, 화려한 축제, 즐거운 웃음소리들, 과분한 연인 옆에서 행복은 숨 가쁘게 다가왔다. 지구 어디든 다 알고 있는 섬세하고 화끈한 그녀는 우리를 코르시카로 데려가기 위해 간단한 전화 한 통으로 제트기를 빌렸다. 밸런타인데이 선물로는 보주광장에 있는 메디치 갤러리에서 첫 전시회를 열어주었다. 쥘은 금세 그녀에게 익숙해졌다. 하지만 내 두 보호자 사이에서는 어디까지가 각자의 경계선인지, 각자의 특권은 무엇인지를 겨루는 분쟁이 빈번히 발생했다. 프레드는 나에게 아무 말도 하지 않고 크리스찬 루부탱 구두를 여러 번 샀고, 쥘은 그 구두들에 복수하곤 했다.

나는 내 방식대로 내 영역을 보호했다. 프레드에게 아무 말도 하지 않고, 나는 혼자서 RTL방송국에 목소리를 팔러 갔다. 프레드는 그녀가 특별하다고 보장했던 값비싼 브랜드 중 하나를 광고하는 대가로 내가 그 굉장한 계약서를 포기하게 했을 테니까. 나는 최저임금을 받왔지만 아주 자랑스러웠다. 거절당할지 모른다는 두려움과 자존심 때문에, 나 이전에는 물질적 가치밖에 신뢰하지 않았던 그녀를 돈으로 사지 않고도 사랑할 수 있는 것이 자랑스러웠다.

"그 아래는 괜찮아?"

나는 안심시키는 어조로 '응' 하고 대답하면서 『르누벨 옵세르바퇴르』 아래에 편지를 숨겼다. 쥘을 떠올리며 쓴 다정한 단어들을 그녀에게 들키고 싶은 생각은 없었다. 나는 프레드가 착각하기를 바라지 않는다. 지금 나는 그녀를 위해 이미 경험한 것을 일깨우는 중이 아니라, 정면에서 나 자신을 바라보는 중이었다. 거울로 보는 게 더 나을 것이다. 내가 발견한 그 여자는 감사하는 마음, 사랑스러운 우정, 양심의 가책 때문에 스스로 덫에 걸렸다고 느끼고 있었다.

프레드가 선실로 내려와 내 귀밑에 입을 맞췄다.

"올라와야지, 예쁜이? 이러면 네가 저 애들을 싫어한다고 믿겠어."

뭐지, 나를 예쁜이라고 부르는 이 새로운 괴벽은? 항상 나를 부르던 '귀염둥이'라는 표현이 이제는 그녀를 대하는 나의 시선과 어울리지 않는다는 뜻인가.

"자, 어서 와. 해가 나왔어, 조금이라도 햇볕을 쬐봐! 같이 간단한 게임이라도 해주면 아주 친절해 보일 거야, 딱 한 번만이라도. 다프네가 널 위해 맨해튼을 한 잔 준비했단 말이야."

난 더 이상 그 사람들을 보고 싶지 않다고 대답했다.

"나를 포함해서야?"

"물론 아니죠."

"난 네 생각을 확실히 알고 싶어, 알리스."

그녀는 선실 문을 요란스레 닫으며 나갔다. 잠시 후, 나는 가방 안에 편지들을 넣고 갑판으로 올라갔다. 나는 그들에게 잘해야만 할 의무가 있다. 바다로 멀리 나아갈수록 더욱 기분이 언짢아졌다. 나는 내가 시력을 회복함으로써 그녀들이 얻는 유일한 이점이 이제부터 네 명이 카드 게임을 할 수 있단 사실뿐이란 걸 확실히 깨달았다.

에릭 봉의 진료실은 팔레루아얄 정원을 질서정연하게 둘러싼 낡은 건물 중 한 곳에 있었다. 택시 기사가 우리를 몽펭시에 거리에 내려주었고 우리는 광장을 가로질러 발루아 갤러리까지 걸어갔다. 나는 아치형 통로 아래 102번지에 서서 인터폰 위에 적힌 이름들 중 에릭 봉이란 이름을 찾아보았다. 마침내 나는 도룡뇽 그림 옆에 있는 5층 버튼을 눌렀다.

문이 찰칵 소리를 내며 빠끔히 열렸다. 쥘이 이마로 문을 밀고는 내가 지나가게끔 잡고 있었다. 환심을 사려는 동작처럼 보였지만 사실은 훈련된 행동인 것 같다. 녀석은 홀의 서늘한 어둠 속으로 앞장서서 들어가, 엘리베이터의 쇠창살 앞에 서서 버튼을 눌렀다. 하지만 버튼은 최신식 터치 시스템이었고, 녀석의 발톱은 버튼 가장자리로 미끄러졌다. 나는 쥘 대신 엘리베이터 버튼을 눌렀다. 녀석은 엉금엉금 기어 다시 아까의 자리로 돌아가서는 내게서 등을 돌렸다. 십중팔구 기분이 상한 것이다. 이어 엘리베이터 문이 열리자 녀석은 계단으로 올라가기 시작했다.

*

하이힐과 흰색 브이넥 블라우스 차림에, 창백하게 화장을 한 비서는 포르노 영화에 등장하는 간호사와 비슷한 분위기를 풍겼다. 그녀는 내 인사에 답하기 전 쥘에게 먼저 "안녕"하고 인사했다.

"오스망 박사님이 긴급 상황이라고 설명해주셨어요. 봉 선생님은 야심과 쇼콜라 사이에 두 분을 보실 거예요."

특별히 우대한다는 뜻으로 알아듣고 나는 열렬히 고마움을 표했다. 우리는 대기실로 안내받았다. 1900년대 규방처럼 진열장에는 프랑스어, 영어, 러시아어, 중국어로 된 교사용 지침서와 다양한 상장들이 한데 진열되어 있었다. 『동물들은 우리에게 말을 한다』, 『그의 고양이를 이해하라』, 『당신 개의 정신세계』, 『조류와 대화하기』…….

나는 딱 하나 남은 빈자리에 가서 앉았다. 세련된 노인의 어깨 위에 앉은 앵무새와 부르카를 입은 여인의 오른쪽 무릎에 달라붙어 떨고 있는 치와와 사이에, 커다란 술 장식이 달린 진홍색의 벨벳 쿠션 의자가 비어 있었다. 내 발 위에 몸을 얹은 래브라도는 오줌 자국이 별처럼 총총히 얼룩진 비단 카펫을 신경질적으로 긁기 시작했다.

"저 아이도 생후 스트레스요?" 요란하게 장식된 웃옷이 어깨 위에 앉은 앵무새의 깃털과 잘 어울리는 옆자리 노인이 물었다.

나는 시간적 여유를 좀 얻으려고 퀄이 소중한 존재를 잃었다고 대답했다. 투우사처럼 허리를 잔뜩 뒤로 젖힌 키 작은 노인은, 내 대답에 전혀 개의치 않고 자신과 앵무새가 얼마나 소통하기 어려운지에 대한 설명을 늘어놓았다.

"안녕하세요, 하고 인사해, 쇼콜라."

쇼콜라라고 불린 앵무새는 아무런 소리도 내지 않고 한쪽 발을 올려 부리를 긁었다.

"봐요. 당신이 싫은 얼굴을 해서 그러는 거요. 쇼콜라는 완전히 비사교적인 아이가 되었다오. 녀석이 좋아하는 가수들의 노래를 아무리 틀어놓아도 소용없고, 이제는 문에서 나는 소음조차 흉내 내지 않는구려."

나 역시 앵무새처럼 입을 꼭 다물고 동정심을 표시했다. 내 시선은 정면에서 눈물을 흘리고 있는 젊은 여자의 손가락 위에 앉아 이를 악다물고 있는 햄스터에서 시작해, 루이비통 케이지의 창살을 통해 주인의 투피스를 긁으려 애쓰는 진주 목걸이를 한 샴고양이를 지나, 얼굴은 익숙하지만 안타깝게도 이름이 기억나지 않는 어떤 배우의 의자 밑에서 경계 태세를 취하고 있는 그레이하운드에게로 향했다. 위기에 처한 동물들을 옆구리에 낀 열 명가량의 인간들이 동물과 함께 커플 치료를 받으러 온 듯한 느낌이 들었다.

"봉 선생한테 상담받는 게 처음이오?" 앵무새를 데려온 노인이 의심스러운 어조로 질문을 던졌다.

나는 후회하는 표정을 지어 보이며 고개를 끄덕였다.

"그는 유럽에서 가장 훌륭한 행동요법사라오. 난 근래 들어 일주일에 한 번, 로잔에서 오고 있지. 지난달에는 내 말과 담판을 지으려 봉 선생이 직접 출장을 오기도 했고. 그 녀석은 누가 자기 위에 올라타는 걸 거부했는데, 결과적으로는 단순한 오해였다오. 우리 사람들은 별로 깊이 생각하지 않는 거지."

"야심!" 비서가 문 안쪽으로 엉덩이를 들이밀며 억양을 높였다.

호흡과 시야를 확보하기 위해 부르카에 뚫린 망사 천 구멍 아래로 장갑 낀 손가락 하나가 올라왔다. 치와와가 잠들어 있었다. 비서는 다 이해한다는 표정으로 미소를 짓고는 나를 향해 몸을 돌렸다.

"쥘."

입구까지 안내하는 젊은 여자의 뒤로, 꼬리를 축 내린 래브라도와 내가 차례로 따라갔다. 층계참으로 통하는 문에 손을 올리고 그녀가 말했다.

"정원으로 가서 놀아요."

그녀는 내게 공을 내밀었다. 내가 아무런 반응도 하지 않자, 공을 쥘에게 주었고, 녀석은 공을 이 사이로 섬세하게 물었다.

"두 분은 식당 테라스 앞에서 공놀이를 하세요. 관찰 단계는 첫 상담에 중요한 요소입니다. 5분이면 충분할 거예요."

나는 계단을 급히 내려가는 쥘을 뒤따랐다. 정원의 모래 섞인 먼지 속에서 녀석의 목줄을 벗겨주었다. 쥘은 내 두 발 사이에 빨간 공을 놓고, 나의 움직임을 관찰하며 천천히 뒤로 물러났다. 나는 공을 주워 페탕크를 할 때처럼 공을 던졌다. 쥘이 잽싸게 달려가더니 펄쩍 뛰어올라 공중에서 공을 물어 잡았다. 그러고는 마치 폭탄에서 뇌관을 제거하듯 아주 조심스럽게 공을 바닥에 내려놓았다. 우리들 위쪽, 가장 꼭대기 층에 보이는 열린 창문 구석에서 무언가가 빛에 반사되며 반짝거렸다. 틀림없이 행동요법사가 우리를 관찰하고 있는 쌍안경일 것이다.

나는 공을 줍기 위해 쥘이 있는 쪽을 향해 걸어갔다. 그러자 갑자기 녀석이 몸을 휙 돌려 오른쪽 뒷발에서 힘을 빼더니, 내가 있는 방향으로 공을 되돌려보냈다. 공이 나한테서 불과 3미터 거리에 떨어지는 것이 보였다. 녀석이 내 주위를 빙빙 돌면서 짖기 시작했다. 나를 질책하는 표정이었다. 나는 다시 공을 던졌다. 쥘은 공이 날아가는 것을 물끄러미 바라보고는 고개를 한쪽으로 기울이고, 한숨을 쉬며 내 얼굴을 뚫어지게 바라보았다. 그러고는 벌러덩 드러누워서 네 다리를 구부렸다. 나는 녀석 앞에 무릎을 꿇고 앉아 배를 쓰다듬어주었다. 개에게도 '갸르릉거린다'고 표현하는지 모르겠지만, 쥘이 갸르릉거리는 것과 완전히 똑같은 소리를 냈다.

별안간 녀석이 벌떡 일어나더니 펄쩍 뛰어올라, 이번에는 나를 넘어뜨렸다. 나는 바닥에 납작 엎드려 내 셔츠를 샅샅이 뒤지는 녀석의 코 때문에 간지러워서 몸부림을 치며, 주머니에 든 쥘 사용법 메모를 꺼내려 애썼다. 이내 나를 놓아준 쥘은 깡충깡충 뛰어 화단으로 들어가, 벤치 다리 냄새를 맡고는 나무에 자기 몸을 비볐다. 그러고는 작은 대포의 받침돌 위에 한 발을 올렸는데, 그 대포는 정확히 정오가 되면 돋보기가 햇빛을 모아 도화선에 불을 붙이는 시스템으로, 옛날에는 5월부터 10월까지 천둥 같은 쾅쾅 소리를 내면서 파리의 괘종시계를 조정하는 데 사용되던 것이었다—비지피라트• 플랜이 창설되기 전까지.

시간을 보았다. 5분이 지났다. 나는 설명서에 적혀 있는 것처럼 휘파람을 세 번 불었다. 쥘이 쏜살같이 달려가더니, 어린 소녀와 어머니가 채소탈수기 안에 든 거북이를 데리고 나가며 열어놓은 문을 통해 밖으로 나갔다. 쥘은 더 이상 나에게 신경 쓰지 않고 계단으로 달려갔다. 여전히 엘리베이터에 불만을 품은 모양이었다. 층계참에서 다시 만났을 때 녀석은 발 매트 위에서 발을 닦고 있었는데, 그 옆에서는 어떤 사람이 오토바이를 타고 온 듯 벽에 헬멧을 걸고 쥘의 엉덩이를 조사하고 있었다. 동물보호단체가 보낸 긴급 구조 수의사가 틀림없었다.

"오스망 박사가 우리에게 위험을 알렸습니다." 그가 몸을 일으키며 말했다. "우리는 조서를 작성해서 고소할 겁니다. 그럼 즐거운 오후 보내세요."

그는 전화로 조사 결과를 진술하며 엘리베이터를 눌렀다. 세 번째 초인종 소리에 봉 선생의 비서가 문을 열어주었고, 우리를 곧바로 상담실로 안내했다.

"당신의 보고서가 흥미롭더군요." 에릭 봉이 뒷짐을 지고 인사 대

• Vigipirate. 프랑스 국가안보경고 시스템.

신 중얼거렸다.

그는 나이를 측정할 수 없는 동양인 금욕주의자처럼 생겼는데, 허리가 굽었고 계절을 타지 않는 기다란 보라색 캐시미어 스웨터를 입고 있었다.

"우리는 처음 만나는구나, 쥘." 그가 쥘의 앞에 책상다리를 하고 앉으며 얼굴을 쥘과 나란히 맞추고는 주의 깊고 부드러운 어조로 말했다. "평화롭고 조화로운 안식처에 온 것을 환영한다."

문제의 안식처는 덧문으로 둘러싸인 다다미방으로, 젠 스타일로 꾸며진 작은 정원이 있었고, 종이 초롱 안에서 은은한 불빛이 비쳤으며, 마사지 살롱에나 나올 법한 음악이 흐르고 있었다. 머리가 뱀 모양인 천사 조각상 위쪽에서 분수가 향초 불빛 아래로 콸콸 소리를 내며 흘렀다.

선생은 자신의 시선을 잘 견디고 있는 래브라도를 뚫어지게 바라보았다. 그들은 마치 서로 정보를 교환하는 것처럼 보였다. 쥘의 헐떡거리는 호흡이, 자신과 마주한 상대의 규칙적인 호흡에 장단을 맞추기 위해서인 것처럼 조금씩 안정을 찾아가고 있었다. 별안간 봉 선생이 웃음을 터뜨렸다. 나는 왜 웃는지 물었다. 내 쪽은 돌아보지도 않은 채 그는 바닥을 가리키며, 입을 다물라는 표시로 손가락을 튕겨 딱 소리를 냈다. 나는 그들과 같은 높이로 벽에 기대어 앉은 채 그들의 면담이 끝나기를 기다렸다.

"쥘이 보여주는 정신적인 이미지들이 내가 창문을 통해 본 것을 입증하네요." 봉 선생이 놀랍도록 유연하게 몸을 일으키며 내게 설명했다. "쥘은 당신을 개로 취급하고 있어요."

나는 우리가 여기에 온 것이 쥘이 비폭력적이라는 증명서를 발급받기 위해서라는 것을 떠올리며 격하게 부정했다.

"당신이 잘못 생각한 거예요." 봉 선생이 정중하지만 단호하게 반박했다. "내가 조금 전에 당신에게 한 말은 칭찬이에요. 쥘은 당신을 평범한 인간이 아닌 자신과 동등한 존재로 여깁니다. 동료로서요. 안내견에게는 몹시 드문 일입니다. 쥘이 보여준 바에 의하면, 당신이 쥘과 주인을 구해줬군요."

나는 아무 말 없이 가만히 있었다. 그러고 나서는, 오스망 박사가 그에게 오를리 공항에서 우리가 어떻게 만났는지, 간단하게 얘기했나 보다고 생각했다. 그런데 그가 이렇게 덧붙였다.

"왜 기차를 타지 않은 겁니까?"

나는 갑자기 미친 듯이 방망이질하는 심장박동을 진정시키기 위해 발가락을 오므렸다. 혹시 모를 객관적 가능성을 위해 난 생라자르 역에서 쥘이 했던 행동을 묘사했다. 그는 손을 들어 내 설명을 멈추었다.

"당신에게 아무런 질문도 안 할 테니 그냥 쥘을 따르세요. 쥘은 질문하지 않습니다. 이미 대답을 알고 있으니까요. 만약 동물들이 수백킬로미터 떨어진 거리에서 주인을 되찾은 경우들을 전부 다 기록한다면—때때로 동물들이 몰랐던 장소에서 되찾은 경우까지 포함하여—내가 쓴 책들은 내 책꽂이를 다 채우고도 넘칠 겁니다. 쥘이 젊은 여자와 당신 사이에서 달리고 있는 그 해변은 뭘 의미하는 겁니까? 그냥 추억의 한 장면입니까, 아니면 목표입니까?" 봉 선생에게 대답하는 대신, 이번에는 내가 질문을 던졌다.

"선생님은 쥘의 생각을 읽는 건가요?"

"아뇨, 쥘이 내게 정보를 주는 겁니다. 단 하나의 커다란 원칙은, 정신적인 관계를 야기하는 소통에 대한 우리의 욕망입니다. 동물들은 그것만을 기다리고, 때가 오면 즉시 포착하죠. 그들이 지닌 가장 큰 문제는, 보세요, 우리에게 자신들의 이야기를 듣게 하는 것이 어렵다는 겁니다. 동물들은 우리의 몰이해가 반감이나 처벌과 비슷하다고 느껴요. 내가 해결한 갈등의 70퍼센트가 몰이해를 바탕으로 하고 있었어요. 나머지 30퍼센트는, 그들의 생각을 잘못 받아들이는 주인에 대한 스트레스죠. 이 두 경우에 동물들은 공격적인 성향을 띠게 되거나 쇠약한 상태에 이르게 됩니다. 이렇게 말하게 되어 안타깝지만, 쥘의 경우에는 두 가지가 결합되어 있어요. 물론 나는 오스망 박사에게 허위 증명서를 보낼 겁니다. 쥘은 폭행을 당했기 때문에 체포되지는 않을 거예요. 하지만 만약 당신마저도 쥘을 버린다면, 이 개는 위험한 개가 될 겁니다."

등줄기로 식은땀이 흐르는 것이 느껴졌다. 봉 선생이 더욱 강한 어조로 말을 이었다.

"쥘에게 세상은 더 이상 둥글게 돌지 않습니다, 당신과 함께 있는 세상만 제외하고요. 쥘은 당신을 지시 대상인 동시에 학생으로 보고 있어요."

나는 질문을 하려고 입안을 침으로 적셨다.

"무엇을 보고 그런 말씀을 하시는 건가요?"

"내가 창문을 통해 본 것이죠. 쥘은 당신한테 공을 던졌습니다. 그것은 존경의 의미 이상입니다. 상호 간 충성 표시이죠. 지배자를 지배하는 행위입니다. 하지만 당신은 노는 방법을 몰랐어요. 그래서 쥘은 놀이를 포기했습니다. 당신을 어떻게 교육해야 할지 모르는 거죠. 이것이 쥘을 혼란스럽게 만듭니다. 쥘은 당신을 주인에게까지 인도하고 싶어 해요. 왜냐하면 쥘은 그때부터, 그녀에게 필요한 조수는 당신이라고 느끼고 있으니까요. 게다가 그는 강박적으로 당신들 두 사람을 연결시키려 하네요."

나는 진짜 감정을 감추기 위해 회의적 태도로 빈정거렸다.

"선생님께서 동물을 사람처럼 여기는 신인동형론을 신봉하지 않는 게 확실합니까?"

그가 우월감을 드러내며 턱을 쳐들었다.

"만약 그랬다면 사람들이 나에게 와서 상담 한 번에 400유로를 쓰지는 않았을 겁니다. 네, 나는 신인동형론도 견인동형론도 신봉하지 않아요. 나는 동물의 진동을 들을 뿐이고, 그것을 우리 동족들의 제한적인 두뇌가 이해할 수 있는 언어로 변환시키는 겁니다. 특히 대답으로, 사람들의 사과를 전달해주죠."

"사람들의 사과요?"

"동물들은 거짓말, 부당함, 배신에 극도로 예민합니다. 동물들에게 발생하는 암 대부분은 주인의 부주의라는 과오에서 야기된 것이죠. 동물이 과시하는 공격적 성향은 다른 모든 언어 형식이 실패했을 때,

범인에 대해 알려주기 위한 최후의 수단입니다. 예를 들어 쥘의 주인, 그녀 이름이 뭐죠?"

"저 녀석이 그건 말을 안 하던가요?"

"농담할 시간 없습니다. 대기실 보셨잖아요. 나는 당신을 두 고객 사이에 넣어준 겁니다. 핵심만 얘기합시다."

"알리스."

"알리스는 독립할 수 있는 상황이 되자 쥘을 배신했어요. 쥘은 그녀 대신 세상을 보는 역할이었는데 알리스가 더 이상 그의 눈을 원하지 않게 됐다는 건 배신이죠. 쥘이 나에게 보여준 게 이겁니다. 하지만 쥘이 그녀를 보호할 수 없었던 상황에서 당신이 그녀를 구했던 거죠—공항에서, 바로 그거예요. 탑승할 때 그랬던 거죠?"

"네."

"……만약 당신이 그의 영역을 건드렸다면 당신으로 인해 쥘이 경험해야 했을 질투와 부당함을 당신이 지운 거예요. 쥘은 이제 자기 영역이 없어진 거죠. 그래서 당신에게 알리스를 주는 겁니다. 당신을 통해 다시 권력을 잡기 위해서요. 조금 전에 당신에게 공을 던져준 것처럼 말이죠. 하지만 당신이 공을 잡을 줄 몰랐으니, 당신은 쥘에게 거짓말을 한 셈이 되는 겁니다. 쥘이 당신에게 걸고 있는 희망을 배반하게 되는 거죠. 주인에게 선물을 함으로써 그녀를 되찾으리라는 희망."

나는 침을 삼키고 멍한 목소리로 질문을 던졌다.

"선생님 말씀은, 쥘이, 우리 셋이 일종의…… 가족이라는 단위를 이루길 원한다는 건가요?"

"신인동형론을 신봉하는 사람은 내가 아니라 바로 당신이네요. 쥘은 그저 알리스에게 당신이라는 새로운 개를 한 마리 선물하려는 겁니다. 그게 다예요. 당신의 매개를 통해 자신이 계속 존재하기 위해서 말입니다."

그가 깊은 한숨을 쉬며 코앞에서 두 손을 맞잡았다.

"쇼콜라에게도 똑같은 유기의 문제가 있어요. 당신 때문에 기다리게 된 그 앵무새요. 암컷은 알을 낳은 다음부터 쇼콜라를 더 이상 보려고 하지 않아요. 그 앵무새 커플 주인은 자기 집에서 알이 태어났다는 사실을 엄청 자랑스럽게 여기면서도 쇼콜라를 소홀히 대했고, 결과적으로 굉장히 냉정하게 다루었어요. 그런 경우란—직업상의 비밀을 누설하는 건 아닙니다만—말 위에 더 이상 오를 수 없는 나이가 되자 말을 원망하는 퇴역한 마부와 마찬가지인 겁니다. 쇼콜라 주인은 앵무새에게 감정을 전가했던 거죠. 그에게 중요한 것은 기네스북에 오르는 것뿐이었습니다. 쇼콜라는 아주 재능이 있었어요. 주인을 기쁘게 하려고 3천 단어나 익혔으니까요. 하지만 더 이상 세상의 중심을 차지하지 못하게 되자, 쇼콜라는 파업을 했답니다."

"그래서, 내 문제로 다시 되돌아오면요?"

봉 선생은 잠시 말을 멈추었다. 마치 모순적인 인간 수준으로 다시 내려오기 위해 논리적인 동물에게서 어렵게 빠져나와야 하는 것처럼. 그는 시선을 돌리며 웅얼거렸다.

"그녀를 위해 세상을 보는 개."

그는 책상으로 가서 자리에 앉아 두툼한 몽블랑 만년필 뚜껑을 열고, 상단에 주소와 성명이 인쇄된 종이를 한 장 꺼냈다.

"과거에 시각장애인이었던 주인을 되찾기 위해 한 남자를 찾아낸, 쫓겨난 안내견. 훌륭한 출발점입니다. 아주 참신한 경우죠. 쥘을 치료하도록 노력하겠습니다."

나는 그가 처방전을 적는다고 생각했다—사실 그는 다음 책을 쓰기 위한 메모를 했던 것이었다. 그는 내게 쥘의 문제를 해결할 방법을 알려주지 못한 대신, 자신의 글 주제를 하나 발견한 것이다.

"쥘의 본능을 따르고, 쥘의 기다림에 답하세요. 그러면 더 이상 아무도 공격하지 않을 겁니다."

잠시 후, 봉 선생이 몽블랑 만년필 뚜껑을 닫으며 결론 내렸다.

"무엇보다 래브라도가 사냥개라는 것을 절대 잊지 마세요. 사냥감을 물어오도록 훈련된 사냥개라는 사실을요. 쥘은 주인에게 당신을 물어다 주는 겁니다. 잘 대처하시고, 돌아가는 상황을 저에게 알려주세요."

나는 그가 능수능란한 사기꾼인지 혹은 천재적인 영매인지, 아니면 단순히 영감을 찾는 기회주의자인지 알 길 없이 그곳을 나섰다. 하지만 봉 선생은 우리에게 공통점을 만들어주었다. 쥘은 책에 나오는 등장인물처럼 자기 역할 속에서 길을 찾을 것이다. 제삼자의 상상력과 환상은 열매를 맺으리라. 내가 우리 어머니에게 영감을 주었던 소설은 6만 부가 팔렸다—현재까지 내가 얻은 가장 큰 성공이다. 작가의 인기에 힘입어 쥘은 거뜬히 나를 능가할 것이다.

우리는 기다리고 있던 택시에 다시 올라탔다. 기사는 내게 다음 목적지를 물으며, 스도쿠 게임을 끝냈다. 미터기에는 84유로가 찍혀 있었고 나는 대답하기 전에, 택시 요금이 협회에 제대로 청구되는 것인지 확인했다.

*

테르모필 가에 도착하며 나는 최악의 상황을 예상했다. 예상은 여지없이 적중했다.

“래브라도를 사다니 참 잘한 짓이네. 걔네들이 그렇게 물을 좋아한다며?” 쿰바가 허리가 끊어질 듯 깔깔거리며 웃었다.

실제로 쥘이 너무나 즐거워하며 물웅덩이에서 뒹굴었기 때문에, 마룻바닥의 물을 닦는 우리를 도와준 셈이 되었다. 베르통 부인이 올 때까지는 모든 게 순조로웠다. 베르통 부인은 플란넬 천으로 된 가운을 입고 머리엔 파란색 컬 클립을 세 개나 만 채 고양이가 천장에서 떨어지는 물방울에 젖지 않도록 품에 안고 나타났다. 그녀는 나를 내보내려고 마음먹은 듯했다. 부인의 수고양이는 쥘을 본 순간, 캬악! 하는 날카로운 소리를 내고 털을 곤두세우며 몸을 완전히 부풀려 쥘을 향해 뛰어올랐다.

쥘은 겁에 질렸다. 녀석은 낮은 탁자 쪽으로 뛰어올랐고, 보호용 샤워 커튼 위로 미끄러지며 진열된 기병들을 뒤엎어 헝겊 천막촌, 사포로 만든 모래 언덕들, 플라스틱 미니 종려나무들을 산산조각 냈다.

쥘은 나름대로 오말 공작의 군대들과 압델 카데르의 이동 천막을 반복해서 잡고 또 잡았다. 쿰바와 내가 떼어놓으려 애쓴 전투병 두 마리는 단 3초 만에 그 값비싼 모형들에 큰 부상을 입히고 물속에 수장시켰다. 우리의 의도와는 반대로 베르통 씨가 남긴 것들을 전부 다 망가뜨리면서 말이다. 잠시 휴전 상태가 돼서야 우리는 그 난장판에서 정신을 잃은 베르통 부인을 발견했다.

위급한 상황 속에서 구급대가 도착해 베르통 부인이 이송되었고, 내가 불법 전대차 계약으로 그 방을 사용했다는 것이 밝혀지면서 원래 집주인이 개입했고, 현금으로 지급해온 금액은 고려되지 못한 채 거부당했으며, 기물 파손과 무단 거주로 고소당해 무력으로 쫓겨나고 싶지 않다면 당장 방을 비우라는 명령이 떨어졌다. 쿰바가 집주인에게 항변하며 뱉어낸, 앞으로 다섯 세대에까지 전해질 저주의 위협은 기동 경찰을 호출하는 또 다른 결과만 가져왔을 뿐이었다.

그래도 협상의 기회가 있을 것이고, 하루나 이틀 정도는 시간을 얻을 수 있을 것이다. 최소한 하룻밤이라도. 하지만 그게 무슨 소용이겠는가? 나는 가만히 앉아 권고사직당하는 부류가 아니다. 그웬돌린이 해고했을 때, 나는 컴퓨터만 챙겨서 5분 만에 사무실을 떠났다. 그리고 오늘의 돌발적인 상황은 어떤 논리적인 일관성을 끌어냈다. 몇 시간 만에 월급과 살 곳을 잃는다는 것은 논리적인 필연에 따른 것이다. 곧바로, 다른 곳에서, 다른 운명이 나를 필요로 하고 있다.

굳이 기다리게 할 필요가 있을까?

*

쥘은 남의 눈을 피하기 위해 구석에 몸을 조그맣게 웅크린 채, 4년 전 내가 여기에 도착했을 때 메고 온 100리터짜리 배낭을 다시 채우는 모습을 바라봤다. 점퍼 하나, 조끼 하나, 청바지 둘, 폴로셔츠 여섯 벌, 예비용 운동화 몇 켤레, 요구르트용 파동 검사기, 맥북, 주석으로 가득한 희귀본 여섯 권과 아이패드, 그 위에 몇 권의 책들. 나는 오랫동안 머물던 평화로운 기항지에 처음 들어갔을 때와 마찬가지로 가볍게 떠났다. 이 상황은 나 자신에게 긍지, 도취, 신뢰감이라는 감동을 안겨주었다. 내 본성에 대한 존경이며 근원으로 돌아가는 과정이었다. 현실 혹은 내 기억을 대신하는 어머니의 상상력에서 비롯된 베두인족이라는 태생이 다시 내 인생을 통제하기 시작했다. 나는 텐트를 사야만 했고, 내가 선택한 장소에 텐트를 쳐야만 했다. 심지어 그 선택한 장소가 쥘이 내게 부추긴 곳이라 해도.

소지품에 쥘의 사료 주머니와 하네스를 슬그머니 집어넣고, 돌이킬 수 없는 감정을 느끼며 가죽띠를 졸라맸다. 그리고 쿰바의 사도마조히즘 도구들 가운데에 자리한 수반을 가득 채운, 내가 기르던 수중식물에게 안녕을 고했다.

“어디에서 자야 할지 정 모르겠거든, 이리 와서 저것들 옆에 머무르도록 해. 당신은 늘 환영이야. 그걸 기억해. 설령…….”

나는 그녀가 끝맺지 못한 문장을 속으로 완성하면서 미소를 보내 그녀를 안심시켰다. 설령 남자들이 평일에 예약을 한다 할지라도. 그녀는 재빨리 대화를 이었다.

"어떤 일이 일어나더라도, 행운의 별을 따라가고 베르통 부인을 원망하지는 마, 알았지? 혹시라도 당신 때문에 그녀가 살 곳이 없어진다면, 내가 그녀를 받아들일 거야."

배낭의 빵빵한 가죽끈을 두 손으로 잡고, 그녀는 내 인생의 물난리 원인은 자신이 아니었음을 기억하게 하려고 나를 흔들어댔다. 나는 고마움을 표시했다. 하지만 지금은 나 자신을 측은히 여길 때가 아니었다. 위기의 시기에 우수에 젖는 것은 내게 늘 최악의 적이다.

오후 2시 20분이었다. 쥘이 이끄는 대로 끌려가면서, 나는 녀석에게 우리가 갈 길을 내맡겼다. 쥘은 무거운 걸음걸이로 레몽로스랑 거리를 내려가, 샤토 가로 들어선 뒤 파스퇴르 대로를 향해 카탈로니아 광장을 가로질렀다. 녀석에게 실수란 있을 수 없었다. 팔레루아얄의 은밀한 친구가 칭찬한 자기 재능을 확인하고는, 별안간 생라자르 역으로 날 곧장 끌고 간다거나, 가는 도중 도로를 벗어나는 바람에 내가 플랜 B로 급선회해야 하는 실수 따위 말이다.

지하철 파스퇴르 역에서 쥘은 결연히 역에 등을 돌리고 왼쪽 길로 접어들었다. 나는 방향을 잘못 잡았다고 설명하며 멈추려 했지만 헛수고였다. 내 지시는 마치 변화가 불가능한 프로그래밍에 부딪치는 것 같았다. 결국 아무 소용없이 녀석의 목만 조르는 줄 당기기를 포기했다. 쥘은 보지라르 가를 다시 올라가 베르사유 궁전의 문을 향해 걸음에 속도를 냈다. 가브리엘팔레즈 병원 정면에서 녀석이 갑자기 걸음을 멈추고 어떤 벤치 아래에 웅크리고 앉아, 마치 목적지에 도착한 것처럼 행복한 표정을 지었다.

불안감이 다시 찾아들면서, 나는 알리스가 눈에 합병증이 생기는 바람에 마지막 순간엔 어쩔 수 없이 휴가를 취소하고 여기로 데리고 왔던 걸까 하고 생각했다. 병원 접수대에 가서 뭔가를 좀 물어보기 위해 벤치 다리에 줄을 묶었다. 하지만 녀석이 화가 나서 짖어대는 소리를 듣고, 내가 잘못 짚었다는 지적 같아 귀를 기울였다. 실제로 병원 간판에는 노인 요양시설이라고 적혀 있었다.

나는 벤치로 돌아와 비둘기 똥 두 덩어리 사이에 털썩 앉았다. 나는 절망에 빠져 플랜 B를 소환했다.

"지발, 우리 아가, 그래, 잘 지내지? 지금 교정쇄를 다시 읽는 중이라서, 내일 다시 전화하마……."

"아니, 딱 한 가지만 물어보려고요……. 오늘 밤에, 거실 소파…… 혹시 비어 있을 예정인가요?"

"왜? 게다가 네가 거리를 방황하고 있다고는 말하지 마라!"

나는 이렇게 물으려다 참았다. '뭐에 더한 게다가?' 나는 반감을 드러내려는 게 아니라 도움을 요청하는 것이다.

"엄마, 딱 하루나 이틀 밤이면 돼요. 정신만 좀 차릴 시간이면 된다고요."

"그래, 그렇겠지. 잘 알겠다. 다만 지금은 장크리스티앙이 거기서 코를 골고 있단다."

나는 더 고집부리지 않았다. 시끄러운 코골이 때문에 침대에서 쫓겨난 어머니의 애인과 함께 소파를 나누는 것은 내 능력 밖의 일이다. 쓸데없이 어머니를 방해하지 않으려 조심하며 어머니의 다음 책 주제가 무엇인지 물었다.

“일흔세 살에 마침내 사랑을 발견한 어떤 어머니의 고독이 주제인데, 다만 아무것도 예상대로 진행되지는 않는 이야기야. 음, 좋아. 만약 진짜로 다른 해결책을 찾지 못한다면, 이리로 오거라. 장크리스티앙은 딸네 집에서 자라고 보낼 테니.”

마치 자신이 놀라운 희생을 한다는 투여서, 나는 어머니가 내 개를 굉장히 좋아하게 될 거라고 대답해 짓궂은 즐거움을 누렸다.

“너의, 뭐라고?”

“40킬로그램 정도 나가는 래브라도예요. 아주 온순해요.”

“넌 그게 제정신이라고 생각하니? 지금 네가 처한 상황에서?”

“선물 받았어요.”

벤치에 묶었던 목줄을 풀어 가죽끈을 쥔 손으로 쥘의 머리를 쓰다듬었다. 녀석은 예의 바르게 꼬리를 살랑살랑 흔들며 다시 베르사유의 문을 쳐다보기 시작했다.

“지발, 제대로 좀 설명하렴. 설마 네가 일하러 가는 동안에 나더러 그 개를 돌보라는 거니?”

“아뇨, 아녜요. 안심하세요. 저 일자리를 잃었거든요.”

어머니는 옆집에서 들리는 끔찍한 공사 소음 탓을 하며 내 말이 들리지 않는 척했다. 나는 어머니가 나와 관련된 문제로 불안한 상태에 놓이는 게 좋다. 상징적인 의미지만, 나를 다시 쓰레기통에 처박고, 대사관 보도 위에 다시 상자를 꺼내놓는 어머니를 보는 게 좋다. 어머니가 나에게 유일하게 빚진 것은 출판이 성공했다는 기쁨이다. 물론 나는 어머니가 그 이후에 나온 책들이 모조리 실패한 것에 대해 무의식적으로 나를 비난하고 있다는 것을 안다. 하지만 내 입장에서 보면 우쭐한 일이다. 어머니가 쓴 소설 중 최고의 주제가 되는 것, 내겐 그것으로 충분하다. 적어도 그 덕분에 나를 정당화할 수 있다. 어머니는 나로 인해 자신이 원하는 것은 뭐든 다 할 수 있다. 나는 어머니가 떠안는 모든 죄의식의 피난처에 자리하고 있으니까.

"널 피하는 것은 아니야, 우리 아가. 하지만 개와 같이 있든 아니든 간에, 내가 아주 좁은 곳에 산다는 거 알잖니."

'우리 아가'는 잘 알고 있다. 파리에서 가장 비싼 거리에 산다는 것은 필연적으로 면적을 축소해야 한다는 의미이니까. 저작권료보다 더 많은 금액을 연금으로 받으면서부터, 어머니는 클리시 대로의 45평에서 베르네유 거리의 11평으로 옮기는 것으로 사회에 복수했다. 더 많은 돈을 챙기기 위한 술수였다. 교활한 술책을 위해 전부를 걸었고, 나를 위해 남겨둔 것은 아무것도 없었다.

"네 친구 중에 그래도 널 재워줄 여유 공간이 있는 애들이 있을 거야, 그렇지?" 어머니는 마치 내가 자신의 아량을 악용하려 들기라도 한 것처럼 되풀이했다.

나는 내 친구들은 모두 그웬돌린 편이라고 대답할 뻔했다. 하지만 그것은 그녀와 아무 상관도 없는 일이었다. 만약 어머니가 나를 비난한다는 것을 확실히 알아차렸다면, 그렇게 나를 동정하는 것을 견디지 못했을 것이다.

"내 친구 뤼세트 앙슬레한테 전화해보렴. 뤼세트는 혼자되고서부터 루브시엔느에서 방을 세놓고 있으니까. 아마 개도 받아줄 거야."

비난의 대상이 자기라는 걸 느끼기라도 한 것처럼, 줠이 별안간 벌떡 일어섰다. 어떤 암호 같은 음조로 두 번 낑낑거리는 소리를 낸 후, 녀석은 자신을 묶은 목줄을 당겨 나를 일으켰다. 그러고는 나를 이끌어 우리 앞에 멈춰 서려는 버스 앞으로 데리고 갔다. 18구의 시청에서 포르트 드 베르사유로 가는 80번 버스였다. 생라자르를 경유하는 노선이었다. 나도 모르게 입가에 미소가 떠오르는 순간, 나머지 일들은 모두 잊혔다.

"그럼 잘 지내세요, 엄마. 교정쇄 잘 보시고요."

*

놀랄 것도 없이, 기차표를 사자마자 줠은 나를 26번 승강장으로 곧장 안내했다. 스피커에서는 오후 3시 33분에 출발하는 도빌행 다음 열차가 운행상 이유로 24번 승강장에 들어온다는 안내 방송이 나왔다. 이 상황을 개에게 설명해야 했다. 익히 습관이 된 승강장에서 녀석을 끌어내기란 불가능했다. 그래서 나는 봉 선생이 사용한 테크닉을 써보았다. 줠의 키 높이에 맞춰 무릎을 꿇고, 우리를 알리스의 품으로 보내줄 24번 승강장 열차에 내가 녀석과 함께 오르는 머릿속 이미지를 보냈다. 나는 이 심리요법을 열 번 이상 반복했다. 꽤 원만한 성공이 아닐까 하는 생각이 들었다. 그러나 녀석은 대답으로 딱

한 번, 나를 몇 번 핥았을 뿐이었다. 나는 그 행동을 이렇게 해석했다.
'그만 닥치고 나만 믿고 따라와.'

내 생각에 쥘을 설득하는 데 도움이 된 것은, 아이들과 서프보드를 들고 24번 승강장으로 몰려든 여행객들의 물결이었다. 반면, 스피커에서 도빌이라는 단어를 반복해서 외치고 있는데도 불구하고 우리가 서 있는 승강장은 텅 비어 있었던 것이다.

쥘은 파리를 빠져나갈 때쯤 잠이 들었다. 나는 몇 시간 후 나에게 벌어질 일에 대해 손톱만큼도 상상하지 못했다. 하지만 아직까지는 쥘이 내 인생에 쳐들어와 일으킨 소동보다 내가 살면서 만들어낸 혼란이 더 충격적이었다. 발명품들, 독서에 열정과 에너지를 쏟아부으며 사건, 사고를 끊임없이 일으키곤 했던 내가, 최초로 운명을 얽매는 중요한 결정을 내렸다. 이 개를 따라가겠다는 것!

비좁은 선실에서 밤새 나를 뒤흔든 악몽은 아침이 되자 푸른 멍 자국을 남겼다. 나를 깨우는 것은 항상 같은 장면이다. 당황해서 쩔쩔매는 마초 위에 말을 타듯이 올라탄 나는 그의 성기가 얼마나 빈약하고 테크닉이 없는지를 자세하게 설명하면서, 거칠게 몸을 빼낸다. 그러고 나서 아이스크림 숟가락으로 그의 성기를 침착하게 떼어낸다. 나는 이 꿈이 싫었다. 이 꿈이 연상시키는 그것도 싫었고 함축하고 있는 그것도 싫었다. 어쩌면 난 맹목적인 복수를 꿈꾸기 위해 시력을 되찾은 걸까?

그곳이 생각보다 어둡지 않아서였다. 고등학교 지하실에서 나를 강간한 세 놈은 자기들 얼굴을 알아보지 못하도록 내 눈에 산성 물질을 뿌렸다. 그놈들은 여전히 마르세유 감옥에 수감 중이다. 더 이상 아무 문제도 없다. 12년 전부터 나는 도널드 덕의 조카들을 부르

듯, 그들을 '꼬마 비버들'이라고 불렀다. 나는 그들을 조롱거리로 삼으며 마음속에서 죽여버렸고, 그 이후 단 한 번도 그들에 대한 꿈을 꾸지 않았다. 열여덟 살부터 스물세 살이 될 때까지 난 6개월마다 그들을 만나러 갔다. 일종의 이타적 잔인성을 통해 그들이 망각하지 못하도록, 같은 잘못을 되풀이하지 않도록, 그리고 속죄에 대한 욕망을 자극하기 위해서였다. 이 행위는 나의 심리치료사를 거북하게 했지만 내게는 무척 이로운 일이었다.

빛 없는 삶을 가벼운 마음으로 여행하기 위해, 독을 품은 적개심에서 해방되기 위해, 나는 그들에게 크리스천에게는 없는 용서, 전적으로 이기적인 용서, 비뚤어진 용서—내가 되풀이해서 말하기 좋아했던 '창녀의 용서'를 허락했다. 그 용서는 겉으로는 너그러워 보이는 내 자비의 손길에 닿아 혹독하도록 후회하는 그들의 모습을 즐기게 해주었다. 나는 딱 붙는 스커트와 어깨가 드러나는 블라우스를 입고 면회실에 찾아가, 그들이 자신들이 저지른 범죄에 갇혀 고통받는다는 것을 알게 되면 알게 될수록 내가 공기처럼 자유롭게 그곳을 드나드는 것에 얼마나 큰 위로를 느꼈는지 모른다. 그때가 내 온몸을 속이면서, 사고가 일어나기 전처럼 느끼고 살았던 유일한 시간이다. 두려움도, 비난도 없이.

파리에 자리를 잡고 나서 난 진짜로 그들을 버렸다. 그들은 내 아버지를 통해 스키 학교로 편지를 보내왔다. 내가 그립다고, 모든 것이 가능하다고 믿게 한 다음 자신들을 버려둔 것은 야비하다고 썼다. 모든, 뭐? 나는 그들에게 야금야금 갉아먹을 수 있는 뼈와 같은 절대

적 환상을 주었다. 그들이 자유로워지는 날, 나는 성스러운 창녀가 되어 나를 그들에게 선사하고, 그들을 사회에 복귀시키기 위해 택시를 타고 직접 데리러 갈 거라고 믿게 했다. 이것이 그들이 의미한 구원이었던 것이다. 머저리들.

그들 중 한 명이 자살을 시도한 사실이 라디오에 나온 적 있었지만, 나는 아무렇지도 않았다. 나는 질서정연하고 즐거운 욕망으로 현재를 살면서 10년 이상을 보냈다. 마치 '사고'는 과거일 뿐이라는 듯, 지나간 나날에서 벗어나 과거가 닿지 않는 곳에서 말이다. 그런데 왜 그 욕망이 존재 이유를 잃은 지금 석방될 그들에 대한 두려움이 다시 시작되었을까. 그 가학적인 꿈들을 통해 두려움을 쫓아내고 싶었던 것일까?

아무것도 보이지 않는 그 깜깜한 어둠 속에서 나는 좋은 사람이었다. 그곳에서는 나 자신을 제대로 알아보기 어려웠다.

*

건지 섬에 내렸다. 항구의 울긋불긋한 집들, 앵글로·노르만어•의 오래된 사투리로 적힌 안내 표지판들, 지방색 강한 스튜 요리, 전원을 배경으로 난 오솔길들, 고인돌……. 그리고 오트빌 하우스가 있었다. 빅토르 위고가 망명 시절 살았던 그 집에는, 그의 이니셜이 새겨

• 1세기의 노르만 정복 이후 잉글랜드에서 사용했던 프랑스어계 언어.

진 육중한 가구들과 재능 없는 그림들 그리고 원탁들이 가득 차 있었다. 가이드가 명랑하게 호의를 베풀며 말하길 그 원탁들은 소위 사후의 메시지를 듣기 위해 둘러앉는다는 교령 원탁이라고 했다. 다프네 커플은 아무것도 듣지 않았다. 둘은 다투고 있었다. 문학에 대한 의견이 대립했고(위고 대 발자크), 기항지에 대한 의견이 달랐으며(나소 대 건지 섬), 뱃놀이 배에 대한 생각이 반대였다(쌍돛대 범선과 돛 한 개를 가진 소형 범선인 슬루프에 대해 각각의 단점을 내세웠다). 두 사람은 고작 3주 전에 결혼했을 뿐이지만, 서로 다투는 속도로는 단연 이혼의 선구자가 될 위험이 아주 컸다.

프레드는 망루로 향하는 좁은 계단으로 나를 끌고 갔다. 이 유리 다락방에서 위고는 원고에 번호를 매기지도 않고 큰 책을 놓는 서적대에 서서 원고들을 던지며 글을 썼다. 다소 참기 힘든 외설적인 단어를 사용하며 프레드는 쥘리에트 드루에•가 떨어진 그 원고지들을 차례로 줍는 동안 치마를 걷어 올린 채 도기 자세로 흔들어댄 커다란 엉덩이에 관해 떠들어댔다.

혼자 있고 싶었다. 여행객 무리와 다시 만났을 때, 가이드는 위고와 반려견 추나의 멋진 관계에 관해 얘기하는 중이었다. 이제 그만. 나는 친구들에게 산책 좀 하고 올 테니 갑판에서 만나자고 말했다.

히스와 수국이 무성한 오솔길을 통과해 항구까지 다시 내려갔다. 인터넷 펍으로 들어가 기네스 파인트 한 잔을 주문하고, 인터넷에 접

• 프랑스의 여배우로 오랜 세월 동안 빅토르 위고의 애인이었다.

속해 옹플뢰르에서 출발한 이후 내내 잊지 않고 있던 메일을 보냈다. 클레르 쇼푸르 여사에게. 그녀는 단 15분 만에 나를 망가뜨린 인간들과 공범이 된 고등학교 3학년 때 나와 가장 친한 친구였던 세드릭의 어머니이다. '사고'가 발생한 날인 11월 8일이 되면, 클레르 쇼푸르 여사는 매년 내 회사 메일함에 동정심을 드러내는 메일을 보냈고 나는 한 번도 답장을 보내지 않았다.

단 한 줄의 문장, 첫인사도 끝인사도 쓰지 않은 채, 나는 그녀의 아들이 내게서 앗아간 시력을 다시 찾았다는 단 한 줄의 문장을 적어 보냈다. 이 상황은 죄악을 지우지도, 형기를 줄일 수도 없겠지만, 어머니의 마음을 가볍게 할 것이다. 진정한 용서는 바로 이것이다. 내가 지나쳤던 진정한 용서.

마지막 클릭으로 메일을 보낸 순간, 나는 엄청난 해방감을 경험했다. 마치 내 두 눈이 부작용도 후유증도 없이 정말로 치유된 것 같았다. 어두운 환영이 걷히고, 단숨에 두 눈 가득 찬란한 빛을 되찾은 것만 같았다.

나는 맥주잔을 비우고 인조 가죽 의자에 등을 기댔다. 이 길을 계속 가기 위해, 이제 나는 11월 8일이 만든 또 다른 영향을 해결해야만 할 것이다. 남자관계 말이다. 이번엔 간단한 클릭 한 번으로는 충분하지 않을 것이다.

쥘은 여행하는 내내 잠만 잤다. 그만 자라는 신호를 아무리 보내도 녀석은 도빌이라는 단어가 스피커에서 울려 퍼질 때까지 꿈쩍하지 않았다. 그 단어를 듣자마자 녀석은 펄떡 일어나 열차의 문 앞으로 가 보초 서는 자세를 취했다.

열차에서 내려 역 앞 광장에 다다르자, 뇌우가 번쩍거리며 차가운 안개비가 떨어졌다. 쥘은 단숨에 트루빌 방향으로 가는 오른쪽 길로 접어들었고, 투크 강에 걸쳐진 다리를 건너도록 나를 인도했다. 녀석은 꼬리를 흔들고, 바닥에 코를 대고 킁킁거리며 강둑을 거슬러 올라가다가, 사람들에 가로막힐 때는 곧바로 짖어대기도 했다.

이제까지 내가 노르망디 지방에 대해 알고 있던 것은 차바사이트를 돼지 사료로 재처리하는 베르드그린 제품 센터 중 한 곳이 위치한 캉의 공업 지구가 전부였다. 진흙이 잔뜩 섞인 바다의 비릿한 내음 속에서 목재 골조가 겉으로 드러난 노르망디식 집들은 내게 무척 낯설었다. 나에게 있어 바다란 아버지가 대사관에 근무하던 시절에 본 다카르와 싱가포르의 바다, 페르시아 만 그리고 워싱턴에 임명되는 바람에 헤어져야 했을 때 남쪽 해안인 그로뒤루아에서 캠핑하면서 본 게 전부였다. 당시 외교관이었던 아버지는 시리아 태생 아들을 받아들이기 어려워했다. 나이를 먹고 혼자 휴가를 떠날 수 있게 된 내가 다른 놈들과 구분되기 위하여, 내 첫사랑들에게 순결한 추억을 안겨주기 위해 선택한 건 겨울 스포츠였다.

바다에 가까워질수록 쥘은 더 흥분했고, 움직이는 속도는 더욱 빨라졌다. 녀석이 선호하는 장소인 게 확실했다. 아니면 알리스가 하네스를 풀어 쥘을 임무로부터 해방시켜줬던 곳이었거나. 녀석이 지그재그로 빠르게 걷는 바람에 내 등에 붙은 덩치 큰 배낭은 3미터마다 지나가는 행인들을 막았고, 나는 기둥이며 진열대에 부딪혔지만 녀석은 눈곱만큼도 흔들리지 않았다.

알리스는 가족들이 있는 집에 머무는 것일까, 아니면 민박이나 호텔에 있는 것일까? 쥘이 키리아드 호텔 앞에 멈춰 섰다. 카지노 주차장과 마주한 우울한 분위기를 띤 별 세 개짜리 호텔이었다. 하지만 녀석은 그저 페라리 앞쪽 타이어 옆에서 뒷다리 한쪽을 올리려 멈춘 것뿐이었다. 뿜어져 나온 오줌발이 차체가 납작한 페라리의 와이퍼 살수 장치로 사용되었다. 임무를 완수한 녀석은 쏜살같이 광장을 가로질러, 카지노 옆에서 마무리 공사 중인 호화로운 건물의 정면을 따라 달렸다. 알록달록 화려한 텐트들이 늘어서 있고, 안개가 껴서 호릿하게 보이는 육지와 바다의 경계를 가르는 모래 묻은 널빤지 길로 들어갔다. 이리저리 널린 방수복들과 유모차들, 그리고 꽉 들어찬 파라솔들 사이를 요리조리 피해 가면서 쥘은 더욱 빠른 속도로 달렸다. 속도를 줄이기 위해 목줄을 당기며 몸을 뒤쪽으로 젖히다가 나는 널빤지 사이에서 발목을 삐끗했다. 동시에 어떤 서퍼와 정면으로 부딪혀서 그만 쥘의 목줄을 놓치고 말았다. 서퍼가 나를 붙잡고 뒤흔드는 바람에 그걸 멈추기 위해 욕을 얻어먹었고, 사과하며 그의 몸에 묻은 모래를 털어주는 사이, 쥘은 사라져버렸다.

녀석은 다음 거리 모퉁이에 있는 플로베르라는 작은 네오노르망디 스타일 호텔 앞에서 나를 기다리고 있었다. 이 호텔은 바다 쪽으로 끊임없이 날아오르는 갈매기 떼와 거리 한쪽에 늘어선 플라타너스들 속에서 시끄럽게 지저귀는 찌르레기들에 둘러싸여 있었다. 사랑하는 남녀 한 쌍이 우산을 펴려고 애쓰며 무거운 유리문을 밀었다. 쥘이 그들의 다리 사이로 파고들었다. 나는 미안하다고 사과하고 홀로 들어갔다. 그때 금회색 머리카락을 틀어 올린 풍만한 부인이 두 팔을 벌리고 카운터에서 나왔다.

"오, 우리 쥘! 요 녀석, 너 여기서 뭐 하는 거야?"

쥘이 그녀의 품으로 뛰어들었다. 부인은 프로 레슬링에서 본 듯한 기술로 녀석을 꽉 끌어안고 요란하게 즐거워하며 빙빙 돌다가, 한 30초 정도 후 내가 있는 것을 알아채고 나서야 멈추었다.

"누구신지?" 부인이 래브라도를 놓아주면서 까다로운 표정으로 물었다.

질과 함께 온 사람이라고 밝혔다. 즉시 그녀의 얼굴이 밝아졌다.

"말도 안 돼! 아, 반가워요! 그런데 알리스가 왜 나한테 미리 알리지 않았을까? 예약은 내일 저녁이거든! 좋아, 상관없어요. 22호실에 예약한 독일인들은 저녁 8시에나 도착할 테니까. 그 사람들을 33호실로 옮기면 되지. 자, 끝! 난 엘리자베스 리팡이에요, 반가워요. 실망하지 않을 거예요. 지옥 같은 7월이 될 거란 예고가 있었거든. 그러니, 조금 전 내린 안개비는 믿지 마요. 에, 그런데 당신은 그리 마르지 않았네. 근육이 튼실해. 역시 알리스야."

난 겸손한 표정으로 감사를 표했고, 그녀는 계속해서 내 왼손의 근육을 만지며 손가락뼈들을 꾹꾹 눌렀다. 격식을 차리지 않는 그녀의 수다를 듣고 있자니, 꽃 핀 해안가의 별 세 개짜리 조용한 호텔이라기보다는 자크 브렐 노래가 흐르는 플랑드르 선술집에 있는 듯한 느낌이 들었다. 나는 그녀가 쏟아내는 말을 좀 줄여보려고 메고 있던 배낭을 벗었다.

"참견하는 건 아니지만." 엘리자베스가 잘 안다는 듯 한쪽 눈을 찡긋하며 덧붙였다. "당신 같은 누군가와 함께 있는 그녀를 보는 게 아주 기뻐요."

순간, 내 얼굴에서 미소가 사라졌다. 유치한 반인종차별주의였다. 항상 나를 안심시키려고 서두르던 보수주의자들처럼. 고용 시장에서 내 문제는, 내 얼굴이 아니라 학위에 맞춰야 한다는 것이었다. 나는 지나치게 학력이 높았고, 그런 짐을 가지고 다니기엔 나이가 너무 많았다.

"알리스는 차 안에 있나요? 주차장 문을 열어줄게요, 자……. 다시 빗방울이 떨어지기 전에 어서 주차를 하세요. 짐을 들고 올 루카스를 보내줄게요."

상황에 맞는 단계적인 변명을 즉석에서 꾸며대면서 나는 우리가 기차를 타고 왔다고 대답했다. 쥘과 나, 둘이서. 그리고 알리스는 나중에 올 거라고 말했다. 부인은 놀라서 한 걸음 뒤로 물러섰다. 내 말에 그녀는 확실히 의심하는 표정으로 변했다.

"개가 여기 있는데 어떻게 그녀가 나중에 올 수 있죠? 뭐야, 이 뒤죽박죽인 상황은?"

상황이 바뀐 것을 느끼기라도 한 듯 쥘이 보란 듯이 애정을 뽐내며 몸을 말아 내 다리를 감쌌다. 나는 호텔 주인에게 좋은 소식을 알렸다. 알리스가 각막 이식 수술을 받아 다시 앞을 볼 수 있게 되었다고 말이다. 그녀는 입을 떡 벌리더니, 래브라도 쪽으로 휙 돌아서 별안간 몸을 굽혀 녀석의 주둥이를 붙잡고 성가실 정도로 문질러댔다.

"대단해! 그럼 넌 더 이상 할 일이 없구나, 요 녀석! 이제 제대한 거로구나!"

곤란한 생각이 들어 입을 삐죽 내밀며, 나는 그녀가 쥘의 아픈 곳을 건드렸다는 것을 이해시키려 했다. 엘리자베스는 몸을 일으켜 카운터로 돌아가더니, 즐거운 표정으로 놋쇠로 만든 커다란 버섯 끝에 매달린 작은 열쇠를 내밀었다.

"당신 집에 온 걸 환영해요, 쥘이 길을 잘 알 거예요! 아, 알리스가 이제 시각장애인이 아니라니, 정말 한 방 먹은 기분이야! 에휴, 모든 걸 잃은 그 불쌍한 아가씨, 5년이나 봐왔는데! 쥘은 이제 또 해변에서 신나게 뛰어놀겠구먼. 좋아, 쥘도 휴가를 보내야지. 내가 요놈을 대신하면 되니까. 알리스는 정말 내 마음을 아프게 했어요. 그렇게 젊은 여자가 말이야. 알리스는 룰렛 게임에 시간을 많이 보내기도 했지. 때때로 이렇게 선한 신도 있다는 걸 믿어야만 해요."

나는 그녀를 따라 엘리베이터까지 걸어갔고 쥘은 전속력으로 계단을 올라갔다. 도박판에서 판을 부추기는 래브라도를 상상하기란 어려웠지만, 호텔 사장의 마지막 말에서 알리스가 도박을 자주 했다는 사실을 추론할 수 있었다. 그녀의 휴가지에 등장한 내 존재는 답답한 가운데 갑자기 새로운 국면을 맞았다. 개를 잃은 과거의 시각장애인이 혼자서 마음을 달랠 이유가 없으리라고는 단 한 순간도 생각한 적이 없었다. 그런 면에서 오스망 박사의 의견은 만족스러웠다. '내가 아는 한, 그쪽에 지금 남자는 없습니다.' 특히, 여러 다양한 사건들 속에서 아무 걱정 없이 중매쟁이 노릇을 했던 쥘의 맹렬한 확신에 영향을 받았다. 어떻게 해야 이 상황에서 현명하게 빠져나갈 수 있을까? 아주 명확한 것은, 호텔 사장이 나를 알리스의 새 남자로 여기고 우리 두 사람을 위해 예약한 것으로 생각한다는 것이다.

"호기심 많은 여자로 보이고 싶지는 않지만," 그녀가 객실 문을 열어주면서 다시 입을 열었다. "예전부터 그녀와 알고 지낸 사이였나요, 아니면 올해 새로 만난 건가요?"

"사실, 그런 게 아니라……."

그녀가 탐욕스러운 표정으로 내 말을 끊으며, 무엇보다도 자신이 입이 가볍다고 생각하지 않았으면 좋겠다고 말했다. 그녀는 내가 그렇게 생각하지 않았다고 말해주기를 기다렸다. 나는 알리스와 그녀의 애인에 대해 더 많이 알아내기 위해 호텔 사장의 기분을 어떻게 북돋아야 할지 머리를 굴렸다. 하지만, 혹시라도 그들이 오는 도중에 사장에게 전화를 할 경우, 그녀가 실수를 저지르지 않도록 이야기를 잘 꾸며내야 했다. 참지 못하고 위층에서 짖어대기 시작한 쥘의 보호를 받으며 난 서문을 다시 시작하려 했다.

"아! 쥘은 22호실을 정말 좋아한다니까." 그녀가 감격해서 말했다. "여기까지 바래다드리고 이만 가봐야겠어요. 난 물리치료실에 약속이 있어서. 나중에 봐요. 어쨌든 간에 행복하길 빌어요. 곧 알게 될 거예요, 여기가 사랑하는 사람들한테 행운을 가져다주는 호텔이라는 걸."

그녀는 2층 버튼을 누르고 내 앞에서 엘리베이터 덧문을 다시 닫았다. 덜컹거리는 낡은 엘리베이터가 왁스와 자외선 차단제 냄새를 풍기며, 짝이 맞지 않는 의자들과 안락의자들로 복잡한 아르데코 양식의 층계참에 멈춰 섰다. 쥘은 문틀을 긁으며 복도 저 안쪽에서 나를 기다리고 있었다. 22호실의 문을 열었다. 쥘이 뛰어들어가 욕실을 한 바퀴 휙 돌아보고는, 비난하는 표정으로 내 얼굴을 뚫어지게 바라보았다. 나는 배낭을 내려놓고 문을 닫았다. 나는 작은 침대와 서랍장 하나가 있고, 바다가 보이는 창문 아래에 테이블이 놓인 자그마한 어린이용 침실로 들어갔다. 스트라이프 무늬 커튼이 어른용 침실과 그 방을 구분 지었다. 노란 깃털 이불이 덮인 킹사이즈 침대가 반목조 차양이 달린 발코니의 창문과 마주하고 있었다. 발코니의 정원용 의자 위에 앉은 갈매기 한 마리가 시선을 빼앗았다. 갈매기는 마치 내가 룸서비스를 가져다주기라도 할 것처럼, 자기 집에 있는 듯한 표정을 지었다.

쥘이 뒤에서 튀어나와 유리창 앞에 서더니, 갈매기를 쫓으려 짖기 시작했다. 갈매기는 무표정하게 쥘을 위아래로 훑어보더니 어깨를 으쓱하듯 날개를 조금 폈다. 나는 둘이 대화하도록 내버려두고 다시 어린이용 방으로 돌아왔다. 누군가 문을 두드렸다. 문을 열었다.

"안녕하세요, 고객님!" 나이가 많은 객실 담당 메이드가 노래하듯 흥얼거렸다.

그녀는 아주 기분 좋은 표정으로 들어오더니 가져온 그릇을 곧바로 욕실로 갖다 놓았다.

"안녕, 쥘! 다시 봐서 기쁘구나!"

쥘이 침실에서 튀어 나와 세면대 밑에 놓인 당근과 쇠고기로 몸을 던졌고, 10초 만에 다 먹어치웠다. 나는 노부인에게 혹시 빈 침실이 있는지 물었다.

"아, 없습니다, 고객님. 이 시기에는 항상 객실들이 꽉 찬답니다. 그럼, 좋은 시간 보내세요."

문이 다시 닫히자 나는 옆쪽에 있는 커다란 침대에 드러누웠다. 하루의 감동과 피곤이 몰려와 딱 한 가지 말고는 아무런 욕망도 남지 않았다. 눈을 감고 머리를 텅 비운 채 12시간 정도 자고 싶다는 한 가지 욕망! 어쨌든 우선은 이 침실을 무단 점거한 뒤 내일 아침이 끝날 무렵에 비워주는 것 말고 다른 방법은 떠오르지 않았다. 메이드들이 내가 밤을 지낸 흔적을 지울 것이고, 알리스는 호텔 카운터에 도착해서 그녀의 개가 22호실에서 기다리고 있다는 짧은 메모를 발견하리라. 난 이름과 휴대전화 번호, 그리고 여기까지 나를 이끌고 온 사건들을 간단히 축약한 내용을 남길 것이다. 그다음은 운명에 맡기는 수밖에 없겠지.

쥘이 침대로 올라와 나를 코로 몇 번 밀어내는 통에 나는 매트리스 끝까지 굴러갔다. 그러고 나자 녀석은 베개에 파고들며 몸을 길게 쭉 뻗었다. 내가 녀석의 자리를 차지했었나 보다. 그렇다면 알리스의 남자는 언제나 왼쪽 구석에서 잤던 것이겠지. 장크리스티앙이 코를 골기 시작하면 우리 어머니가 했던 것처럼, 주인의 애인이 코를 골면 쥘도 그를 어린이용 침실로 쫓아냈을까? 이렇게 묻는 마음속 소리가 들렸다. '나는 어떻게 될까, 쥘?'

쥘이 기지개를 쫙 켜면서 만족스러운 소리를 냈다. 녀석의 뒷발이 내 장딴지를 건드렸고 나는 녀석의 낙관주의가 내 몸속에 퍼지도록 가만히 있었다. 테르모필 거리에서 이사하며 결국 난 내가 이재민에게 권했던 텐트와 같은 110유로짜리 2인용 케차 자동 텐트를 찾을 수밖에 없었다. 이제 나는 언덕 위로 텐트를 치러 가야 할 것이고, 어느 날에는 휴대전화 배터리를 충전하며 일하기 위해 카페에 죽치고 앉아 있게 될 것이다. 하지만 설령 내 전화가 끝내 울리지 않더라도, 설령 애인이 질투할까 봐 두려워진 알리스가 나를 무시한다 해도, 돌아가는 길의 절망적인 운명이 다시 시작되기 전까지 난 이 휴가의 환상을 지킬 것이다.

갑자기 쥘이 침대에서 뛰어내리더니, 쫓아오라는 뜻을 담은 눈빛으로 나를 돌아보았다. 내가 움직이지 않자 녀석은 방을 나누어 놓은 커튼을 향해 돌진했다. 문이 열리는 소리가 들렸다. 쥘이 잠금장치 위를 앞발로 힘주어 누른 것이 틀림없었다. 혼자 생리적 욕구를 해결하는 개는 참 편리하다. 나는 잠을 청하며 눈을 감았다.

20초 후쯤, 쥘이 헐떡대는 소리가 들려 깜짝 놀랐다. 그가 이빨로 자기 목줄을 물고 와 내 오른손에 내려놓았다. 산책하자고 끌어당겼다. 두 눈에 눈물이 차올랐다. 일찍이 어떤 사람도 이렇게 날 챙겨준 적은 없었다. 쇠고기 당근 요리의 텁텁한 냄새가 코를 자극하며 내가 아침을 먹은 후 아무것도 먹지 않았다는 것을 상기시켰다. 나는 쥘이 하자는 대로 따랐다.

*

비가 멈추고, 오렌지색이 섞인 회색빛이 구름 사이로 드러난 하늘을 후광처럼 둘러쌌다. 쥘은 널빤지 길로 나를 안내한 후, '레 델리스'라는 아이스크림 가게 앞에서 멈췄다. 거기서도 쥘은 호텔에서만큼 잘 알려져 있었다.

"평소처럼 해줄까?" 아이스크림을 파는 점원이 쥘에게 물었다.

그녀는 비어 있는 콘을 하나 꺼내 초콜릿, 캐러멜, 딸기 세 가지 아이스크림을 공 모양으로 동그랗게 눌러 올린 다음, 녀석의 주둥이에 물려 주었다. 계산대에 기대서 있던 쥘은 아이스크림을 흘리지 않으려고 고개를 옆으로 비스듬히 기울였다. 그러고는 미끄러지듯 엎드린 다음, 나를 향해 몸을 돌리며 아이스크림을 권했다. 짭짜름한 맛이었다면 더 좋았겠지만 녀석을 실망하게 하고 싶지 않았다. 난 쥘이 알리스와 같이 행했던 휴가 의식을 나와 함께 반복하고 있는 것이리라 추측했다. 이빨 자국만 조금 났을 뿐 거의 상하지 않은 비스킷 콘을 녀석의 주둥이에서 빼내, 예의 바르게 부러 큰 소리를 내며 맛있게 먹는 동안, 점원은 똑같은 조합의 아이스크림을 쥘에게도 만들어 주었다.

휴식을 취하러 향한 벤치에서 쥘의 정교한 테크닉에 감탄하지 않을 수 없었다. 녀석은 옆으로 누워 두 발을 십자로 교차시켜 그 사이에 콘의 끝을 꽂고 가슴에 대고 눌러 고정한 다음, 아이스크림 공을 혀끝으로 공략했다. 그러고 나서 고개를 뒤로 젖히며 나머지 아이스크림을 삼키는 것이었다. 축 늘어진 입술을 바쁘게 핥으며 쥘은 내가 내 몫의 아이스크림을 끝내기를 기다렸다. 그러고는 목줄 손잡이를 다시 내게 건넸고 우리는 널빤지 길 위를 계속해서 산책했다. 널빤지 길은 엽서에 나올 법한 아름다운 수평선 풍경을 가로지으며, 르 아브르의 정유 공장을 마주하고 있었다.

테니스 클럽의 철조망을 지나자 훨씬 고급스러운 별장들이 나타났다—입구가 해변으로 바로 연결된 진짜 작은 성이었다. 저런 집들의 지붕 아래 하녀의 목조 다락방에서 1년만이라도 살아보는 건 내게는 꿈과 같은 일이었다. 테르모필 거리의 천막이 연장된 그곳에서 나는 세상을 바꿀 위대한 발견의 대미를 장식할 것이다—현재까지는 적자를 더 늘리는 것 외에 다른 결과는 없었던 바로 그 발견 말이다. 오염 제거 요인인 박테리아가 변형시킨 갈조류를 이용해 비닐봉지 만들기, 새로운 약용 식물을 재배해 그 추출물로 로켓을 발사하기 위해 블랙홀에서 에너지 회수하기 등, 나는 서른 가지도 넘는 특허권의 선봉에 있지만, 그 특허권들은 나를 파산시켰고 그 특허권들을 소개받은 회사 대표들은 모두 냉담하게 반응했다.

내 문제는 항상 자금력이 없는 동시에 한계도 없다는 것이다. 모든 것이 내 흥미를 돋웠고, 모든 것에 주의가 분산되었으며, 모든 것이 나를 파산시켰다. 이것이 내가 때를 기다리는 이유이다. 쥘 덕분에, 녀석이 몇 시간 동안 내 인생에 다시 안겨준 격정적인 흥분 덕분에, 나는 이미 낙오자가 아니었다. 정말로 그렇게 느껴졌다. 지금은 퇴각 진지도 없는 불가능한 상황을 강요당하고 있지만, 양어머니를 기절초풍하게 만들기 위해 중학교를 공략했고, 그랑제콜• 입시 준비반과 그랑제콜을 공략했듯이, 다시 베두인족의 정복자가 될 것이다. 사랑의 배신에 짓눌리기 전까지만 해도 모든 것은 성공적이었다. 이 모든 것이 다 나를 뒷받침하고 있다. 보수적인 사상, 그날그날 간신히 생존해온 시간들. 나는 다시 의욕을 회복할 것이고, 명성과 희망을 되찾을 것이다—실패를 진정시키기는 했지만 쓸데없는 무위 생활을 남긴 그 아름다운 불자의 평온함 대신. 나는 다시, 앞으로 다가올

• 프랑스 고유의 엘리트 고등교육기관. 이른바 '대학 위의 대학'으로 불린다.

운명을 신뢰한다. 설사 알리스에게 다른 남자가 있다 할지라도 개가 선택한 것은 바로 나. 그 남자는 아마도 동물을 싫어하는 사람일 테고, 알리스에게 쥘과 자신 중에 선택하라고 말했을 테다. 음, 아니다, 알리스는 쥘과 나를 선택할 거다.

"7시입니다!" 스피커에서 커다란 목소리가 흘러나왔다. "해변 보호 시간이 끝나고 해수욕장 시설들은 문을 닫습니다. 멋진 저녁 시간 보내시기 바랍니다."

그 소리를 듣자마자 쥘이 내게서 목줄을 뺏더니 바다를 향해 달려갔고, 개들은 출입을 금지한다고 X표를 한 수많은 삼각 표지판들이 그 사실을 분명히 명기했듯이, 오픈 시간에는 해변에 들어가는 것이 금지된 동물들 십여 마리도 그 뒤를 따랐다. 나는 복서, 불도그, 셰퍼드, 그리고 잘 모르는 견종들과 함께 모래 위에서 이리저리 뒤엉켜 즐겁게 뛰어노는 쥘을 바라보았다. 여름이면 돌아오는 재회의 순간이었다. 서로 간의 코 훌쩍이기, 장난으로 싸움박질하기, 파도 속에서 전속력으로 달리기. 쥘이 보여주는 태평한 행복이 별안간 내게 우울함을 안겨주었다. 녀석의 눈에 나란 사람이 서비스 업자가 아닌 다른 사람으로 보이긴 할까? 알리스와 쥘 사이를 잇는 중개자나 배달하는 물건에 자부심을 느끼고 있는 배달부가 아닌 다른 사람으로?

조금씩 내리는 안개비에도 버티고 있던 몇 명 안 되는 해수욕객들이 주섬주섬 물건들을 챙겼다. 베테랑 해상구조원들이 떠난 '1930 관제탑' 아래 전자기 표시판에는 한 시간 후면 밀물이 밀려들 것이라는 사실이 적혀 있었다. 나와 함께 마지막까지 해변에 있던 사람은 플란넬 천 바지에 소년 같은 셔츠를 입고 라벤더 빛깔 모자를 쓴, 아주 몸이 곧은 나이 든 신사였다. 그는 느리고 규칙적인 걸음으로 뒷걸음질 치면서 모래 삽 끝으로 거대하고 기하학적인 형상을 만들고 있었다. 노인이 그리고 있는 형상은 나선형 구조와 소용돌이들로 둘러싸인 각각 다른 굵기의 진주알 목걸이 같은 것을 한 층씩 위로 올라가게 그린 완전무결한 원이었다—하늘에서 본다면 아주 굉장할 것이 분명했다. 나는 그 그림의 정밀함을 자세히 보기 위해 가까이 다가갔다. 노인이 삽을 공중에 든 채 동작을 멈추더니 원 가까이 몰려와 넘실거리는 잔물결을 경계하는 눈초리로 바라보았다. 잔물결이 밀려나가자 그는 고마움의 표시로 고개를 살짝 숙여 인사했다.

질풍같이 달려오던 쥘이 모래 위에 그려진 목걸이 가장자리에 다다르자 딱 멈췄다. 나이 든 신사는 쓰고 있던 모자를 손가락으로 매만지면서, 그에게 호의적인 미소를 보냈다.

"안녕, 우리 친구 쥘. 벌써 7월이구나, 그러니까……."

속이 텅 빈 그 목소리에는 세월의 무게를 상쇄하는 깊고 무의식적인 환희가 있었다. 하나의 작품, 어딘가 다른 곳 혹은 하나의 신념으로부터 지배당한 고독한 자들의 흔적.

"착한 알리스는 어쩌고?"

쥘은 마치 작품을 보호하려는 것처럼, 스핑크스 같은 자세로 바다를 바라보며 그림 바깥쪽에 앉았다. 쥘을 대신해 내가 대답했다. 화가는 고개를 끄덕이며 내 말을 경청했다. 각막을 이식해 알리스의 두 눈이 치료되었다는 소식은 노인을 슬프게 만들었다. 그는 한숨을 깊게 내쉬고 바닥으로 눈을 돌렸다.

"어쨌든 누군가의 꿈은 이루어지기도 하는군."

나는 보초를 자처한 우리의 충견이 파도를 쫓으려 짖어대는데도 불구하고, 밀려오는 파도와 지워지기 시작한 원의 바깥 선을 번갈아 바라보는 그의 시선을 좇아 가만히 바라보았다. 내가 입을 열었다.

"어르신께서 그리신 것, 정말로 아름다워요."

"매일 똑같이 그리려 애쓰고 있지요." 그가 무심한 어조로 대답했다. "나는 시간과 싸우고 있소. 류머티즘이어서 떨리는 손과도……. 어쩔 수 없는 일이지."

"이렇게 작업하는 게 직업이신가요?"

"직업이라." 노인이 단어의 의미를 찾는 듯이 되뇌었다.

"예술가이십니까?"

"아니오. 난 청소부라오. 난 더 이상 인간에게 관심이 없소. 그저 지성을 갖춘 세력과 소통해보려 애쓰고 있는 거요." 그는 내게서 눈을 떼며, 탐탁지 않은 표정으로 하늘을 유심히 살폈다.

나는 '크롭 서클'에 대해 생각했다. 각종 미디어에서 주기적으로 들려오는 설명에 따르면, 크롭 서클이란 장난을 좋아하는 사람이나 군인들 혹은 외계인들이 들판에 만들었다고 추측되는, 작물로 이루어진 기하학적인 문양이다.

"그게…… 잘되어가나요?"

그는 짓눌린 체념이 담긴 시선을 내게 보냈다.

"당신 의견은 어떻소?" 밀려들며 자신의 작품을 조금씩 지워가는 바닷물을 가리키면서 그가 물었다.

"어르신께서는 그 '지성을 갖춘 세력'에게 무슨 말씀을 하시는 건가요?"

"다시 나를 찾으러 오라고."

그가 점점 더 호의를 갖고 나를 대하는 것을 보고, 나는 그가 내 말을 존경의 뜻으로 해석한 게 틀림없다고 잠시 생각했다. 나는 과감하게 질문을 던져보았다.

"그럼 어르신께선 UFO에게 메시지를 보내는 건가요?"

"저 그림에 포함된 내용에 대해서 말하는 거라면, 그렇소. 그들은 내가 아홉 살이던 해, 어느 날 밤에 나를 버렸다오. 아무것도 기억나지 않지만 그때 이후 나는 따분해졌지. 난 분명 아주 흥미진진한 문명과 접촉했던 것이 틀림없다오……."

나는 금세 지긋지긋해질 아마추어 UFO 연구가이자 순한 광신자와 상대하고 있다는 생각이 들어, 내가 하늘에서 떨어진 작은 회색 인간들의 이상적인 친구가 아니라는 것을 그에게 이해시키려고 천체물리학에 대해 얘기하기 시작했다. 그런데 너무나 놀랍게도 그는 같은 분야에 대해 내게 대답을 들려주었다. 블랙홀, 다중우주론, 일시적 공간 결함, 끈 이론……. 노인은 나와 꽤 비견할 만한 수준이었다. 어쩌면 똑같은 전문가 수준일지도 모르겠다.

"나는 픽 뒤 미디 천문대에서 40년 동안 렌즈를 닦는 청소부로 일했소. 거기에서 연구에 몰두하던 많은 위대한 천재들과 접촉하고 서로 영향을 주고받으며 현장에서 경험을 쌓았지요. 하지만 흥미로운 것은 전혀 못 봤소. 심지어 106센티미터 망원경인 장티이로 보아도 마찬가지였소. UFO도, 태양계 내에 사는 외계인의 흔적도 못 봤고, 우리와 소통하여 지구로 들어오려는 징후도, 그에 상응하는 행성 정렬도 전혀 못 봤지……."

그가 입고 있던 셔츠를 들어 올렸다. 갈색 기가 도는 흐릿한 붉은 반점들이 가슴에 흩뿌려져 있었다. 날 때부터 있던 자국이거나 피부병으로 생긴 흔적이리라. 가슴 털이 하얗게 세고 주름도 많았지만 그가 모래 위에 그렸던 원들과 비슷한 형태를 희미하게 볼 수 있었다.

"이것이 그들이 내게 남겨준 전부요." 그가 설명했다. "이것이 표시이자 날인이며 전달할 표본일까? 나는 전혀 모르겠소. 그래서 은퇴한 후부터, 그들에 대한 좋은 추억을 떠올리기 위해 이 그림을 확대해서 다시 만들어내려고 애쓰는 거요. 내가 어디에 있는지 그들이 알 수 있도록, 만약 그들이 원하기만 한다면 난 그들에게 재량권을 맡기리라는 것을 알 수 있도록 말이오. 이제는 그들이 너무 늦지 않기를 바랄 뿐이오. 나도 이제 여든 살에 가까워지니 말이오. 어쩌면 그들 역시 젊은이들에게만 관심 있는지도 모르지."

바닷물이 노인이 신은 모카신을 적셨다. 그는 꿈쩍도 하지 않고 똑같은 어조로 말을 이었다.

"어쩌면 그들은 존재하지 않는지도 모르겠소. 게슈타포가 우리 부모님을 죽인 그날 밤에, 내가 읽고 있던 러브크래프트•의 소설에서

• Lovecraft. 1930년대 활동한 미국의 호러·판타지·공상 과학 소설가.

바로 튀어나온 상상의 소산일지도. 나 역시, 지하실에 숨어서 누군가가 나를 찾으러 오기를 간절히 바랐지……. 하지만 독일군이 오기를 바란 건 아니었소. 그것은 우리의 인생을 지배하는 이루어질 수 없는 꿈이라오. 그렇게 생각지 않으시오?"

나는 곧바로 대답하지 않았다. 모래 위 작품 보호하기를 포기하고 적과 내통하는 파렴치한 표정으로, 적군이었던 파도 속에서 즐거운 듯 뒹굴고 있는 젊이 보였다. 난 슬그머니 물었다.

"할아버지 피부에 그 자국은 뭔가요?"

"아마도 그 상상이 처음 시작되면서 생겨난 자국인 것 같소. 크리스천들이 자신들 몸으로 옆구리 상처, 출혈, 못 박힌 구멍 같은 예수의 수난을 다시 기억하는 것처럼 말이오. 다시 말해 자기암시지. 난 신을 믿지 않소. 내 생각엔 인간이 나쁜 것 같소. 악마만 만들어 냈으니. 우주 어딘가에는, 수고할 가치가 있는 인간의 다른 형태가 존재하길 바랄 뿐이지."

노인이 손수건을 꺼내 삽을 닦았다. 그러고는 반쯤 미소를 지으며 결론을 내렸다.

"의혹을 품으면서도 내가 여기 있다는 것을 알리려 모래사장에 계속 그림을 그리는 거라오. 하루하루 시간이 훨씬 빨리 지나갑디다. 휴양객들한테는 대화 주제를 제공했지요. 뼈마디가 아팠지만 이 작업 덕분에 난 유연성을 지키게 되었다오. 당신은요?"

젖지 않은 모래 위로 몸을 옮기려고 몇 걸음 뒤로 물러나며, 노인은 다시 명확하게 질문을 던졌다.

"당신은 우주로 뭘 한 거요?"

"아무것도 안 했어요."

밀물이 밀려와 노인이 온종일 만든 작업을 망가뜨리는 동안 나는 쓰레기통과 관련된 내 태생에 대해, 녹조류에 반하는 돼지고기 식이요법과 그웬돌린에게 특허권을 강탈당한 사건에 대해, 추출용 식물들, 마카롱 가게, 알리스에게 첫눈에 반한 것, 미래 계획에 대해 털어놓았다. 플로베르 호텔에서 보낼 오늘 밤과 텐트를 쳐야 할 내일 밤에 대해서도……. 노인은 순수한 미소를 띠고 나를 바라보았는데 그 미소 덕에 스무 살은 젊어 보였다. 그를 위해 나는 입양된 외계인이 되었고, 공상 속 이웃, 모래사장의 형제가 되었다. 생물학 천재였던 파리 12대학의 내 지도 교수 이후, 이렇게 포괄적인 주제로 얘기를 나눌 수 있는 대화 상대는 만난 적이 없다는 것을 인정한다—그 지도 교수가 나로 하여금 요구르트 젖산 박테리아를 추적하게 만든 장본인이었다. 나는 그녀에게 청혼했지만 그녀는 지금의 남편과 이혼을 원하지 않았다.

줠은 우리가 친구가 된 것이 마음에 드는지 우리 주위를 껑충껑충 뛰어다녔다. 녀석은 가끔 던지기에 적당해 보이는 나뭇조각을 물고 와 발밑에 내려놓고는 우리 둘 중 한 사람이 그 나뭇조각을 바다로 던져주기를, 대화를 끊지 않고 참을성 있게 기다렸다. 줠이 이끌어온 이 여행의 끝에서 알리스를 되찾지 못하더라도, 나는 이 노인을 다시 만날 수 있을까?

수평선을 가로지르는 구름 아래로 태양이 슬그머니 미끄러져 들어가자, 노인은 자기 이름이 모리스 블룸이라고 알려주고는, 자신의 집에서 저녁 식사를 하자고 초대했다. 나는 정중하게 사양했지만, 널빤지 길을 향해 뻗은 손가락을 보고 즉시 생각을 바꾸었다. 젊은 이미 장소를 알고 있는지 척후병처럼 앞장서서 걸어가 100미터 멀리, 마리포사 별장 앞에서 우리를 기다렸다. 해변에서 가장 아름다운 집 중 하나였다. 장밋빛 벽돌과 화이트 스톤으로 지어진 그 작은 성에는 제도 연필처럼 뾰족한 아르두아즈* 탑도 있었다.

우리는 모래 속에 박힌 낡아빠진 계단 여섯 개를 올라갔다. 1층 문을 열면서 모리스 씨는 나에게 그곳의 내력을 이야기했다. 이자로만 생활하던 그의 할아버지가 노름빚을 갚기 위해 조금씩 나누어서 팔아먹은 집안의 부동산이었다고 한다. 이제 그에게는 중이층에 있는 공간 두 개와 탑 꼭대기만 남았다. 우리는 반은 나프탈렌이고 반은 초석으로 이루어진 강렬한 고독의 냄새가 떠다니는, 아주 오래된 벽지로 꾸며진 거실로 들어가 등나무 의자에 앉았다. 아우슈비츠 강제수용소 가스실에서 돌아가신 그의 부모님 사진과 픽 뒤 미디에서 심연 속으로 사라진 그의 아내의 초상화 사이에서 우리는 파프리카 칩, 모노프리**에서 구입한 훈제 송어, 유통기한이 지난 베이비벨 치즈와 과일 통조림으로 저녁 식사를 했다. 그러나 묘하게도 독학으로 쌓은 집주인의 문화적 소양과 별 노력 없이도 자연스럽게 배어나는 친절

- * 청회색의 청석돌.
- ** 프랑스의 대표적인 대형마트.

함이 분위기를 쾌활하게 만들었다. 포마이카로 멋지게 치장한 커다란 텔레비전 아래에서 쥘은 듣기 좋은 소리를 내며 뼈다귀를 물어뜯었는데, 녀석은 그것과 이미 오랫동안 친분을 쌓은 것처럼 보였다.

묽게 탄 인스턴트커피를 마신 후, 집주인은 벽장에서 손전등을 꺼냈다.

"나의 비둘기 집." 손전등을 성배처럼 내게 내밀며 그가 중얼거렸다, "난 젊은 시절의 가장 아름다운 시간을 그곳에서 별을 관찰하며 보냈소. 하지만 이제는 관절염 때문에 올라갈 수가 없다오. 아직 거기에 사람이 머물 수 있을지 한번 봐주시오. 괜찮다면, 텐트보다는 그곳이 좀 낫지 않겠소?"

시대에 뒤떨어진 노인의 천진한 호의에 당황한 나는 얼떨떨한 기분으로 탑 꼭대기에 올랐다. 여기저기 곰팡이가 핀 문이 비둘기 집 입구에 매달려 있었고, 좁고 가파른 계단을 올라야 목적지에 이를 수 있었다. 쥘이 그 몸집으로는 놀라울 정도로 민첩하게 움직여 앞장섰다. 공기가 움직이자 먼지가 풀풀 날렸고 삐걱거리는 마른 소리가 사방에서 들려오는 가운데, 나는 숨을 참고 손전등을 비추며 2평 남짓한 공간으로 들어갔다. 창문 네 개는 각각 도버 해협, 도빌, 르 아브르, 그리고 트루빌의 높은 언덕에 점점이 수놓아진 성들로 향해 있었다. 소소한 바람 소리와 은은한 달빛 아래 360도가 다 보이는 전망이었다. 가구는 거의 없었다. 둥근 테이블 위에는 바람에도 꺼지지 않는 석유 램프가 하나 놓여 있었고, 용수철이 튀어나와 구멍이 난 태피스트리 천으로 된 낡아빠진 의자 한 개, 참나무 기둥과 들보들 사이에서 불안하게 균형을 잡고 있는 야전 침대가 있었다. 북쪽으로 난 창문은 유리가 깨졌고, 그 앞쪽에는 작게 조각난 지저분한 찌꺼기들이 바닥을 잔뜩 뒤덮고 있어 올빼미가 간헐적으로 들락거린다는 것을 짐작할 수 있었다. 내 열정에 그다지 큰 영향은 미치지 못할 풍경이었다. 쥘은 부동산 중개업자처럼 주의를 잔뜩 기울여 신중하게 내 반응을 살폈다. 녀석은 꼬리를 흔들며 내 뒤를 따라 내려왔다.

“난 절대 문을 잠그지 않아요.” 모리스 씨가 말했다. “그러니 썰물 때에 욕실을 사용할 수 있다오.”

다르게 말하자면, 모리스 씨가 외계인에게 보내는 우편엽서를 모래사장에 그리는 시간 동안 말이다.

우리는 자정이 되기 조금 전에 그 집에서 나왔다. 나는 금세 잠에 곯아떨어질 것 같았지만, 플로베르 호텔 22호실로 돌아와서는 창문 아래 테이블에 앉아 쥘과 함께 보낸 하루에 대해 알리스에게 편지를 썼다.

초안을 여섯 번이나 쓴 다음, 나는 킹사이즈 침대의 깃털 이불 위에서 잠든 안내견과 재회했고, 탑 꼭대기로 은둔자 행세를 하러 가기 전 마지막으로 안락한 밤을 보냈다. 쥘이 자는 동안 뀌어대는 방귀를 피하려 섬유 유연제의 레몬 향이 밴 베개에 코를 박고는, 내일이면 알리스가 다른 남자와 사랑을 나눌 침대에 누워 그녀의 사생활을 공유하고, 그녀에 대한 꿈을 꾸기 위해, 알리스에 대한 이미지를 모아보았다. 다양한 이미지가 서로 겹쳐졌다. 나는 다른 남자가 되었고, 그녀 몰래 그를 대신했다. 오를리 공항에서 알리스가 품었을 환상 속 남자의 모습으로 말이다—낙관적으로 생각하자.

8시 20분에 쥘이 나를 깨웠다. 이미 진흙과 해초투성이인 데다 타르 같은 걸로 몸이 푹 젖은 채였다. 지난밤의 유일한 기억은 쥘이 어떤 시체를 한 구 파내려고 무덤의 흙을 격렬히 파내는 그런 악몽뿐이었다. 그의 수고로 움푹 파인 구멍에서 장의사 사람들이 쓰레기통을 하나 끌어냈는데 그 통에는 편지를 넣을 수 있는 기다란 구멍이 하나 있었다. 쥘은 내가 알리스에게 보내려 정성껏 써놓은 편지를 그 구멍에 넣어버렸다.

*

"당신이 직접 그녀에게 전하지 그래요." 내가 22호실 우편함에 방 열쇠와 함께 놓아둔 편지 봉투를 빼내며 플로베르 호텔 사장이 조언했다.

쥘이 데뱅 거리에 있는 '베니티 독' 반려동물센터에서 몸단장을 하는 동안, 나는 그녀에게 자세한 이야기를 들려주었다. 잠시 후면 그녀가 쥘을 찾으러 갈 것이고 쥘의 주인인 알리스가 도착할 때까지 쥘이 참고 기다리게 할 것이다. 난 쥘과 안녕을 고하는 곤란한 장면을 피하고 싶었다.

"그래도 정말 유감이네, 만약 이렇게 혼란스럽지 않았다면……." 풍만한 노르망디 사장이 카운터 옆 바에 앉은 내 무릎을 다독이며 한숨을 내쉬었다.

그녀가 확실히 내 편이라는 사실에 용기를 얻은 나는 알리스와 함께 생활하는 사람에 대해 좀 더 알아보려 애썼다.

"절대 악착스레 파헤치지는 않겠어요." 그녀가 내 앞에 커피를 다시 내놓으며 단호한 어조로 대답했다. "다들 각자 원하는 대로 사는 거지. 어쨌든 간에 당신은 비겁하진 않네요. 자, 떠나요. 당신 발에 맞는 신발을 금세 찾게 될 거예요."

심리 치료사가 내 엉덩이를 톡톡톡 두드리며 하룻밤 숙박비와 아침 식사, 그리고 쥘의 단장 비용을 안 받겠다고 해서 큰 부담을 덜어주었다.

"알리스의 계산서에 적어놓지, 뭐. 그녀가 당신에게 갚아야 할 비용인 것 같으니. 만약 문제가 있으면 문자를 남길게요. 알았죠?"

싱숭생숭한 상태로 등에 배낭을 메고 싸늘한 태양 아래 플로베르 호텔을 떠나, 마리포사 별장까지 널빤지 길을 걸어 내려갔다. 모리스 씨는 늦잠을 자는 게 분명했다. 덧문은 닫혀 있었고, 그가 작업하기에는 밀물이 아직 너무 높았다—구릿빛 피부의 휴양객들이 모래사장을 온통 차지하고 있었다.

나는 관리인에게 청소기를 빌려 비둘기 집에 내 물건들을 갖다놓으러 올라갔다—올빼미 집이라고 부르는 게 더 어울릴 것 같았지만. 한 시간가량 청소를 한 끝에, 불빛에 둘러싸인 은신처는 만족스러운 모습을 갖추게 되었다. 깨진 유리창에 플라스틱 판을 막 끼운 참이었다. 갑자기 좁고 가파른 계단에 쥘이 나타났다. 센터에서 미용해준 단정한 털들 사이사이로 해초가 듬성듬성 붙어 있고 또다시 온

몸에 모래가 묻은 녀석이 짧고 초조한 포옹으로 나에게 몸을 비비고는, 원형 탁자 밑으로 가서 조그맣게 몸을 웅크렸다. 짧은 신호음이 울려 스마트폰 화면으로 시선을 돌리니 호텔 사장이 보낸 메시지가 막 떴다. '쥘이 침실에 없어요. 당신이랑 같이 있나요?'

왜 쥘이 플로베르 호텔에서 달아났는지를 물을 필요는 없었다. 불안감 그리고 오로지 혼자 주인과 대면해야 하는 두려움 때문이었으리라. 아무런 잘못도 안 했는데 주인은 이미 한 번 녀석을 버렸다. 녀석의 눈빛 속에서 갑자기 나 자신을 보았다. 나는 선물이었다. 동시에 핑계이자 누추한 옷을 가리는 겉옷이며 사냥으로 얻은 결과물이었다. 쥘은 집으로 슬그머니 다시 들어갈 수 있도록 주인에게 남자를 선물하는 것이다.

쥘, 그 녀석은 나를 의심하지 않았다. 별 노력 없이 가장 약한 암컷을 차지했다는 자신감에서 나를 자신과 동급으로 여겼다. 녀석은 결정적으로, 22호실의 남자, 누구도 매력적으로 느끼지 못할 듯한 그 남자를 대신할 사람으로 나를 선택한 것이다. 하지만……. 난 태어나자마자 버려진 존재야, 쥘. 사람들은 매번 같은 방법으로 행동하지 않아. 나는 은신처에서 눈에 띄지 않도록 살아오며 때가 되기를 기다렸지. 내가 최전선에 보낸 것이 바로 너란다, 쥘.

나는 쥘의 목줄을 잡고 밖으로 나온 후, 호텔이 있는 방향의 널빤지 길 위로 녀석을 이끌려 시도했다. 하지만 녀석은 이미 위장된 행동이라는 것을 눈치챘다. 틈새에 발톱을 박아 넣고 네 다리로 버티고 선 채 꼼짝도 하지 않았다.

"걱정거리가 있나?" 팔 밑에 삽자루를 끼고 그림을 그리러 가려던 모리스 씨가 근심스러운 목소리로 물었다.

무엇이 문제인지 설명하자 그는 고집부리는 나를 만류했다.

"알리스가 플로베르 호텔에 도착하면 자네가 직접 그녀에게 쥘을 데려다주게. 쥘의 본능을 따라야 해. 녀석이 자네보다 그녀를 잘 아니까."

내 대답은 기다리지도 않고 노인은 쥘의 목줄을 풀어주었다. 쥘은 총알처럼 쌩하니 달려 탑 안으로 몸을 숨겼다. 체념한 나는 문자를 보내 호텔 사장을 안심시키고, 알리스가 도착하면 알려달라고 부탁했다. 알리스를 놀라게 해주리라.

"그건 그렇고 잠자리는 편안하던가?" 모리스 씨가 물었다.

"네, 아주 좋습니다. 감사합니다. 그런데 혹시 요구르트를 한두 병 갖고 계신다면……."

전날 내가 하고 있는 젖산 박테리아 작업에 대해 그에게 얘기했기 때문에, 그는 냉장고에 남아 있는 요구르트 두 병을 서둘러 꺼내주었다. 바닐라 맛이 나는 요구르트였다.

"이거라도 괜찮은가?"

"당연하죠. 이 안에도 아주 많은 박테리아들이 있답니다."

"오, 그런가?"

"그중에서도 스트렙토코쿠스 테르모필루스•와 락토바실러스 불

• 젖산균의 한 종류로 구형의 균이 사슬로 이어져 있으며 고온에서 잘 자란다.

가리쿠스•가 있죠. 가장 예민한 살아있는 박테리아들이랍니다."

"그 균들이 자네 작업에 대답하나?"

"다양한 자극에 반응하죠. 네, 그렇습니다."

노인이 약간 부러운 표정으로 나를 응시하더니 한숨을 내쉬었다.

"자네는 운이 좋구먼."

그러고는 삽을 어깨에 메고 무심한 우주의 존재들에게 자신의 소식을 알리러 떠났다.

• 역시 젖산균의 한 종류로 유제품 제조에 아주 중요한 균이다.

트루빌은 완벽하게 조화롭다. 사람들, 분위기, 풍경, 빛……. 나지막이 들려오는 소리들, 바람, 해초 내음, 탐스럽게 드러난 열매, 발가락 사이로 파고드는 모래, 태양의 따뜻한 손길 아래 풍겨오는 숲의 내음, 또는 안개비의 선선한 느낌 같은 모든 것들이 내가 상상했던 이미지와 일치한다. 모든 게 다 예쁘고, 즐겁고, 피서객 무리로 빽빽한데도 산뜻하다. 그 아름다움이 나를 괴롭혔다. 시골 사람들 특유의 붙임성과 광활한 공간의 뒤섞임, 바닷물이 빠질 때 넓어지는 갯벌 속으로 들어갈수록 더 멀리 퍼지는 소음, 쥘이 아닌 다른 개들이 짖어대는 소리와 갈매기들이 내는 요란한 소음으로 깨져버린 침묵. 이 휴가는 더 이상 우리 것이 아닐 것이다.

여름마다 만났던 장소들, 그 시간들, 그 리듬을 사랑하게 만들고 훨씬 더 풍요롭게 느끼도록 해준 것은 프레드의 구구절절한 설명보다 해변을 달리는 사냥꾼으로서의 본능을 발휘하며 행복해하던 쥘이었다……. 호텔부터 해변에 이르기까지, 주의해야 할 뜻밖의 상황도, 조심해서 건너야 할 골목도 없는 이곳에서 쥘은 자유롭고 태평한 평범한 개, 오로지 먹기와 놀기, 씻기, 소란 피우기 그리고 주인의 애정만이 목적인 평범한 개가 되었다. 왜 나는 오스망 박사와의 논쟁에서 뒷걸음치고 말았을까? 나는 남아 있는 쥘의 삶을 끝나지 않는 휴가로, 행복한 은퇴로 만들 수 있었다. 앞으로 내가 겪을 시각적인 감동도 그 아이와 함께 나눌 수 있었을 텐데. 안내견은 안내용 기계가 아니다. 더 이상 안내를 못하게 되면 작동을 멈추는 기계가 아니다. 오스망 박사는 내가 쥘과 나눴던 사랑, 포옹, 거울 의식, 놀이를 고려하지 못했다—훈련을 통한 건 아니지만 함께 생활하며 발전해온 규칙들 말이다. 7년 전부터 쥘은 나에게 연결된, 무엇으로도 대체할 수 없는 유일한 관계라는 걸 잊은 것이다.

프레드에게 차마 그 얘기를 할 수는 없었다. 외로움이 나의 의기소침한 상태를 더 악화시킬 거라고 믿고 나를 잠시도 혼자 두지 않는 그녀는 우리가 여기 도착했을 때, 물이 좀 빠지자 맨발로 내 뒤를 쫓아왔다—그녀는 신발 벗는 것, 걷는 것, 헤엄치는 것, 특히 카지노 밖에서 시간 보내는 것을 그렇게 싫어했는데도. 프레드에게 말하지는 않았지만 난 이미 결심했다. 그녀가 룰렛의 계절을 시작하고 포커 파트너들을 되찾으면, 나는 그다음 날 첫 기차에 올라타 파리로 돌아갈 생각이었다. 안내견연합회로 달려가 휴대전화를 찾은 다음, 쥘이 배치된 시각장애인의 주소를 알아내 당장 그리로 가서 쥘이 원하는 것을 선택하도록 할 작정이었다. 이 방법이 이기적이라 해도 어쩔 수 없고, 막 싹트기 시작한 관계를 끊게 된다 해도 어쩔 수 없으며, 쥘이 혼란스러워한다 해도 어쩔 수 없다. 후회 속에서 스스로 무너지기보다는 차라리 갈등을 받아들이는 쪽을 택하련다. 쥘을 경매에 내놓은 가구처럼 여기고, 안타깝게도 정서를 고려하지 않는 위기관리인이자 능력에만 집착하는 사람의 충고를 받아들였다는 죄책감이 나를 괴롭혔다. 쥘에게는 시각장애인으로서의 나를 잃는 것이 아니라, 나를 갑자기 잃은 것이 비극적 사건이었다면? 나에게 그 아이의 능력이 더 이상 필요하지 않기 때문에, 내가 자신을 버리리라는 사실을 나보다 먼저 알아챘다면? 그렇다. 쥘을 죽을 만큼 고통스럽게 만드는 건 일을 잃는다는 사실이 아닌 거다.

어떻게 쥘이 다른 시각장애인을 보조할 수 있으리라는 말에 설득당했을까? 나는 절대로 쥘이 아닌 다른 개와 함께할 수 없었을 것이다. 쥘은 내 욕구, 내 직관, 내 반응에 너무도 최적화되어 있어서 완벽히 나에게 맞춰 반응한다. 심지어 먼 거리에서도. 오스망 박사가 완전히 잘못 판단했다. 이제 확실히 알겠다. 내 쪽에서 보인 이기적인 태도, 바로 그것 때문에 박사가 그렇게 처방한 것이다. 쥘과 연결된 다리를 끊으라고. 쥘이 지금 진짜로 자신이 버려졌다고 믿고 있다면, 제삼자와 새로운 관계를 맺도록 돕는 단 하나의 방법은 내가 여전히 그 아이를 사랑하고, 앞으로 모든 게 다 잘될 것이며, 다른 사람에게 헌신하도록 내가 허락한다는 것을 보여주는 것이다.

"자, 우리 저녁 먹으러 갈 거지, 응?" 걸스카우트 소녀단장 같은 활력으로 의기소침한 마음을 덮으며 프레드가 넌지시 물었다. "넌 어떤지 모르겠지만, 모래가 흘러서 바닥이 점점 움푹 파이고 있어."

몸을 반 바퀴 돌렸다. 우리가 이렇게 멀리 왔다고는 생각도 못했다. 시력을 되찾고서 내가 잃어버린 능력 중 하나는 시간에 대한 감각이었다. 거리에 대한 측정 감각도. 트루빌의 조그마한 집들과 나무들이 우거진 언덕은, 어린 시절에 날씨가 좋지 않아 밖에 나갈 수 없는 일요일이면 꽤 많은 시간을 보내곤 했던 종이 마을과 비슷했다. 나는 종이를 가위로 오려 접은 다음 풀로 붙여 아주 말끔한 거리들을 만들곤 했다. 거리가 멋지게 완성되었을 때는 너무 기뻐 난폭할 정도로 요란하게 발을 굴러댔다. 열일곱 살의 그 밤이 있기 전까지 난 인간이라는 존재를 그리 좋아하지 않았다. 그것은 내가 본 인간의 뒷모습 때문이었는지 모른다.

"여기에서 보름간 보내는 시간이 네게 좋은 영향을 미칠 거야." 대답을 바라지 않는 어조로 프레드가 선언했다.

도망가고 싶은 욕망이 솟구쳤다. 손목시계를 보았다. 수술이 성공한 것을 기념하여 프레드가 선물해준 카르티에 백금 시계였다. 우리가 식당에 도착하면 난 화장실에 가는 척할 것이다. 그리고 계산대에 메모를 한 장 남기고, 온 힘을 다해 도망칠 예정이다. 카지노 광장에는 택시가 있고, 역에는 7시 50분 기차가 도착하리라. 미안해요, 프레드. 하지만 난 어떤 말이나 침묵보다, 이 방법으로 당신에게 상처주는 게 좋아요. 적어도 당신에게 나를 원망할 진짜 이유가 생길 테니까요. 혹은 나를 이해할 진짜 이유요.

플로베르 호텔 22호실로 들어갔을 때, 난 그 사실을 알고 있었다. 줠 없이는 트루빌에서 하룻밤도 보낼 수 없다는 사실을.

살면서 이렇게 열심히 일한 적이 없었다. 창문 틈새로 들어오는 외풍과 너무 낡아서 용수철이 튀어나온 의자 때문에 허리가 휘고 목이 뻐근한 가운데, 나는 간교하고 명쾌한 정신으로 일에 집중했다. 정치적인 공격을 피할 수 없을 계획서, 제약 산업이 뿌리칠 수 없는 이익을 제시하는 서류를 하나씩 차례로 완성했다. 기술상 해법을 호기심을 자극할 만한 문안과 깜짝 놀랄 법한 사용법으로 풀어냈다.

오후 6시 40분이 되자 쥘이 동요하기 시작했다. 녀석이 바다에 자유롭게 들어갈 수 있는 해수욕장 폐장 시간이 임박했기 때문은 아니었다. 아마도 심각한 불안감이 녀석을 흥분 상태로 몰아간 것 같았다. 하지만 일을 중단할 순 없었다. 쥘이 난간 기둥을 긁었다. 목줄을 입에 꽉 물고 나를 뚫어지게 바라보았다. 그러고는 목줄을 다시 내려놓고 하네스를 찾으려 배낭을 뒤적였다. 금세 하네스를 찾아 내 발밑에 내려놓고는 기다렸다. 짖고, 다시 기다렸다.

본의 아니게 녀석이 하는 행동을 따라가느라 나는 생각의 실마리를 잃어버렸다. 하네스, 그것은 줠에게 있어 직업적 정체성이자 자부심이며, 알리스에 대한 비망록이었다. 하네스가 알리스와 줠, 둘의 마지막 만남을 떠올리게 하며 녀석을 안심시켰다. 나는 그 반대였다. 다시 마카롱 가게 점원으로 일한다는 것은 생각할 수 없는 일이다. 전도유망한 발명가로서 지구를 구원할 자에게 부디 활동 무대가 생기기를.

나는 줠만큼이나 흥분했던 정신을 다잡고, 은행가나 기업가의 마음을 파고들어 그들이 침 흘리게 할 만한 화려한 자료를 만들려 애썼다. 그렇다. 분해 시간을 4세기에서 36시간으로 단축한 내 박테리아로 생분해성 포장용지를 만들려면 비닐봉지를 만들 때 단순히 설탕을 30퍼센트 첨가하는 것보다 열 배는 더 비용이 든다. 나는 목소리를 높여 자료를 다시 읽고, 두뇌의 실용 파트를 작동시켜 자료의 영향을 분석했다. 짖는 소리가 세 번 들려오며, 내가 집중해 목소리를 높이고 있는 메아리를 찢어놓았다.

"조용히!"

줠이 입을 딱 다물며 움직임을 멈추고는 가까이 다가와 자료 위에 앞발을 얹었다.

"엎드려!"

녀석이 노트북 자판 위에 늘어진 양쪽 볼을 올렸다. 나는 짜증이 나서 녀석을 밀어냈다.

"움직이지 마! 네 자리로 가!"

녀석은 절대 이해할 수 없다는 표정으로 나를 바라보았다. 쥘은 계단 앞까지 어슬렁거리며 걸어가더니 나가자는 표시로 허공에 한 발을 뻗었다. 그래, 거기가 녀석의 자리였다. 지금쯤 분명 알리스가 도착했을 플로베르 호텔 22호실이.

"엎드리라고 했다, 쥘!"

녀석은 꼬리를 축 늘어뜨리고 낑낑거리며 다시 나에게로 돌아왔다. 그러고는 제자리에서 열 번 빙글빙글 돌고서, 테이블 발치에 몸을 동그랗게 말고 엎드려 애원하는 눈빛으로 나를 응시했다. 나는 노트북 화면으로 다시 눈을 돌렸다. 친구, 난 아직 준비가 안 됐다네. 우선 이 서류를 마무리해야 한단 말이야. 그리고 이 매력적인 계획을 들고 가서 알리스에게 고백할 거야. 개 때문에 모든 걸 잃은 처량한 이방인의 모습으로 나타나진 않을 거야.

이제 포기했는지 쥘은 눈을 감고, 겹친 앞다리에 조용히 주둥이를 얹었다. 아니면 내가 이러는 이유를 이해했거나 내 불안감을 공유하기로 한 것인지도 모르겠다. 심판의 순간을 늦추고 싶을 만큼 불안한 감정, 완전히 버림받을지도 모른다는 두려움, 현실을 직시해야 하는 공포. 가능한 여러 현실 중 어느 누구에게나 최악인 현실은 바로 이런 것이리라. 알리스가 '한 주인 아래 한 동물'을 주장하며 이미 새로운 개를 데리고 왔을지도 모른다는 것이다.

나는 얼굴을 들었다. 쥘도 고개를 들었다. 사실 집중하기가 힘들었다. 운명의 날을 피하거나, 이 상황을 빼고 생각하거나, 머릿속을 비우기란 불가능했다. 나는 파일을 저장하고 노트북을 껐다.

그때 휴대전화에 온 메시지를 발견했다.

'미안해요, 내가 납품업자들과 약속이 있어서 이제 알았네요. 알리스가 한 시간 전쯤 도착했다는 소식을 들었어요. 지금은 외출했다네요. 아자 아자!'

나는 펄쩍 뛰어올라 재킷을 걸치고, 이젠 더 이상 하네스를 원치 않는 쥘에게 하네스를 내밀었다. 녀석은 생각을 바꾸었다. 쥘은 과거의 기억에 얽매이지 않고 지금 있는 그대로 자신을 드러낼 것이다. 자유롭고 독립적으로 떠돌아다니는 현재의 모습을. 나와 마찬가지로 말이다. 내가 신인동형론자처럼 행동했는지, 아니면 나의 내적인 작업이 그에게 영향을 미쳤는지는 모르겠다. 하지만 우리는 같은 희망에 바탕을 두고 같은 결정을 내리면서, 갑자기 고무된 기분이었다. 만약 내가 새로운 남자라면 녀석도 이제 새로운 개인 것이다.

우리는 깔끔하게 모양을 냈다. 내 빗으로 쥘을 빗겨준 다음, 빗에서 녀석의 털을 뽑지 않고 내 머리를 단장했다. 우리는 서로의 냄새를 맡았다. 이제 우리는 결코 떨어질 수 없으리라.

쥘이 먼저 계단을 내려가고 난 뒤를 따랐다. 이윽고 바다 쪽으로 난 자갈 정원을 통해 마리포사 별장을 떠났다. 쥘은 고개를 높이 들고 널빤지 길을 걸었다, 냄새를 쫓지도, 흔적을 찾지도 않고. 녀석은 자신이 어디로 가는지 잘 알고 있었고, 나 역시 그 사실을 아는 듯 녀석처럼 꼿꼿한 자세로 걸었다.

조개껍데기가 부딪히는 소리와 진흙 자국들 사이에서 기진맥진해진 프레드는 잔뜩 지친 한숨을 30분이나 내쉰 후, 널빤지 길 가까이의 우리가 자주 이용하는 카페테리아 '갈라테이아'의 등나무 의자에 털썩 몸을 던졌다. 14번 테이블에 앉아 그녀는 타는 듯이 붉은 태양이 질 때의 갖가지 모습을 아주 자세히 묘사해주곤 했었다……. 하지만 이제는 음식이 꽉 찬 입으로 떠들 필요가 없다. 옆 테이블들의 짜증과 불만도 이제 없다. 나는 선글라스를 벗어 우리 둘 사이의 냅킨 위에 놓았다.

"멋진 산책이었어요. 고마워요, 프레드."

"좋았어? 삐친 건 끝난 거야?"

"난 안 삐쳤어요. 쥘에 대해서 생각한 것뿐이에요. 그게 다예요. 쥘이 그립지 않아요?"

"내가 그리운 건 너야. 난 네가 옆에 없는 것만 같아……. 파리에 있을 때보다 더 끔찍해. 파리에서 넌 주의가 산만했고 다른 사람들만 바라봤어. 배에서는 나를 피했고. 여기서는 그마저도 아니야. 난 투명 인간이 된 것 같아."

그녀가 굳은 목소리로 말했다. 별안간 그녀가 내 선글라스를 낚아채더니, 한쪽 다리로 눈을 찌를 뻔하며 서툴게 썼다. 그 모습을 보니, 아까 마음먹었던 것처럼 아무 말도 없이 그녀를 버리고 떠나버릴 수 없게 됐다. 뭐든 할 말을 찾아야만 했다.

"미안해요, 프레드. 그래요, 지금 난 예전의 내가 아니에요. 나도 알아요. 과거의 흔적을 되찾을 필요가 있고, 내겐 시간이 필요해요……."

"더 이상 네 눈 속에 비친 내 모습을 볼 수가 없어! 난 못생기고 늙은 것 같아, 난 너무……. 하지만 그건 중요하지 않지. 자, 주문하자!" 그녀가 대화를 마무리하기 위해 밝게 말을 이었다. 옛날에는 그토록 내 맘에 들었던 냉정하게 빠져나가는 감각을 곁들여서.

프레드가 손가락을 튕기자 종업원이 우리 쪽으로 다가왔다.

"새로 오셨나 보군요. 콜레트는 없나요?"

"그게 누군데요?"

"여기 사장이죠."

"음, 안 계세요. 왜요?"

"뭐, 그냥 물어본 거예요. 열두 개짜리 굴 세 접시와 가자미 두 마리요. 한 마리는 뫼니에르로, 한 마리는 그릴에 구워주세요. 그리고 상세르산 화이트 와인도 한 병 주시고요."

"네, 알겠습니다."

종업원이 컴퓨터에 주문 내용을 입력하러 떠나길 기다렸다가 짚어 물었다.

"내가 혹시 다른 메뉴를 원하지는 않는지 묻지도 않네요."

"그게 바로 내가 피하고 싶어 하는 종류의 질문이지."

프레드가 감미로운 표정으로 나를 보고 웃었다. 후회스러운 고백을 막 뱉어냈을 때면 자주 그랬던 것처럼. 내게는 없는 이런 다정한 묵인이 어떻게 우리 사이로 자꾸 되돌아오는 걸까. 그녀가 쓰고 있던 내 선글라스를 머리 위로 올렸다. 그녀의 눈이 그렇게 빨리 마르다니, 말도 안 돼.

"난 말이야, 내가 뭘 원하지 않는지 알아, 알리스. 우리 관계가 부표 취급당하는 것. 무의미하게 걸려 있는 낡은 부표. 난 네 위치가 바뀌는 걸 견딜 수 없어. 사람들이 널 불쌍히 여기는 건 못 견디겠어. 사람들이 내 등 뒤에서 얘기했던 것, 그런 것 따위는 아무렇지도 않아."

"사람들이 무슨 얘길 했는데요?"

"네가 시각장애인이어서 내가 운이 좋다고 했어. 나한테 어울리지도 않는 미인을 따먹으려고 내가 그 상황을 이용한다는 둥. 물론 사업하는 데 있어서는 나한테 완벽히 어울리는 말이지! 하지만 그 반대는 절대 아니야! 불쌍히 여기네, 신세를 지네, 그런 건 절대 아니라고! 다른 사람들은 널 불안하게 하지만 내 옆에 있으면 안정되잖아. 그런 이유들 때문에 네가 내 곁에 머무는 거겠지. 그게 아니면 난 널 떠날 거야. 내 위치라면, 내가 원하는 여자들은 누구든 내 것으로 만들 수 있어. 너도 알잖아. 난 예전과 똑같이 널 사랑해, 하지만 네가 사랑하는 척하는 거라면 난 절대 견디지 못할 거야."

그녀의 두 손을 내 두 손으로 다정히 잡았다. 내 목소리가 정확하게 울리기를 바랐다.

"난 그런 척하지 않아요, 프레드. 다만 지금 난 내가 어디에 있는지 모르겠어요. 그게 다예요."

"갈림길에 서 있는 거지. 정상이야. 하지만 빨리 결정하도록 해. 빙글빙글 도는 거, 그건 내 스타일이 아니거든."

우리는 빵이 담긴 바구니를 놓을 수 있도록 얽고 있던 손가락을 풀었다. 프레드는 버터와 작은 회색 새우, 그리고 비고르노•를 달라고 했다. 그러고 나서 갑자기 내 미래에 대해 얘기하기 시작했다. 모레, 노르망디에서 그녀의 고객 세 명과 함께 저녁을 먹기로 한 약속을 잊지 말라고도 했다.

"만약 네가 그림을 포기한다면 모델이 될 수도 있을 거야. 모델을 하기에 딱 맞는 아주 멋진 상황이잖아. 알랭 아플루••에게 끝내주는 캠페인이 될 거야. 자, 여기, 괜찮은 카피도 있어. '과거에 시각장애인이었던 이들도 안경이 필요합니다!' 그리고 우리는 각막 기증에 관심을 끌 수 있는 캠페인을 벌여서 사업적으로 연결하는 거지. 확언

• 노르망디에서 많이 자라는 작은 고둥.
•• 프랑스의 유명한 체인 안경점.

컨대 알랭은 나를 따라올 거야. 어때, 할 마음 있어?"

난 왜 안 하겠느냐고 대답했다. 프레드가 다시 원기를 회복하고, 예전처럼 파렴치하면서도 너그럽고, 교활하면서도 매혹적인 모습을 되찾은 것을 보니 아주 만족스러웠다. 그녀가 옳다. 위치를 바꿀 필요는 없었다. 난 다른 여자들처럼 예쁜 숙녀면 된다. 그게 전부다. 장애에서 벗어난 나는 아무것에도 흥미가 없고, 그 점을 난 잘 알고 있다. 프레드는 자신이 원해서 스스로 고생하는 것일 뿐, 절대 나와 함께 빛나는 미래를 만들지는 못할 것이다. 나는 자격이 안 된다. 자아도 없고 진정한 재능도 없다. 자립심과 행운, 솔직함은 제쳐놓더라도, 야망 비슷한 것조차 없다. 그러니 빨리 그녀를 실망시켜버리면 그녀는 나를 떠날 마음을 먹을 것이다. 그럼 적어도 그녀의 자존심은 지켜줄 수 있으리라. 프레드가 지닌 무자비한 사냥꾼 이미지는 그녀가 맺고 있는 관계들—난 이 단어가 싫다—사이에서 아무런 타격도 받지 않을 것이다.

빵의 속살을 골라내 동글동글하게 뭉쳤다. 프레드는 주문한 와인이 아직 나오지 않아 짜증을 냈다. 고마운 마음과 배은망덕한 마음이 내 속에서 대립했다. 그녀에게 빚지고 있는 안정성과 도망가고 싶은 욕망. 그녀는 절대 구명대가 아니다. 그녀는 닻이다.

프레드의 손가락에 내 손가락들을 겹쳤다.

"난 당신에게 집착해요, 프레드. 예전처럼."

"그럼 변한 건 아무것도 없는 건가?" 프레드가 빈정거리는 어조로 던졌다.

"당신만 빼고 모든 게 변했죠."

"칭찬이야, 아니면 비꼬는 거야?"

"나한테 벌어진 상황에 대처할 시간을 줘요. 그게 다예요."

등 뒤에서 개가 낑낑대는 소리가 들렸다. 여기 도착한 후부터 개가 짖는 소리가 들릴 때마다 소스라쳤다. 프레드에 대한 조심스러운 마음 때문에 이번에는 일부러 돌아보지 않았다. 그런데 딱딱하게 굳은 그녀 얼굴이 돌연 나를 긴장시켰다. 비고르노를 찍은 그녀의 포크가 접시 위 허공에 멈췄다. 그리고 목소리가 들렸다. 그 목소리는 내 등 뒤에서 이렇게 말했다.

"실례합니다……."

나는 눈을 감았다. 감동에 휘몰아쳐와 꼼짝도 할 수 없었다. 정면으로 엄습해온 머릿속 이미지를 아직 잠시만 더 지키리라. 가짜 희망일 수밖에 없는 말도 안 되는 반전, 그 누군가와 비슷한 목소리, 과거의 내 인생 중에서 잊을 수 없는 마지막 추억이 떠오르고…….

발 하나가 무릎 위로 올라왔다. 내 허벅지에 주둥이를 묻는다.

무의식적으로 젊은 재회의 기쁨을 한바탕 즐겼다. 그러고 나서 시선을 내리깔고 뒤로 물러섰다. 꾸짖음을 당하리라는 두려움, 혹은 원망스러운 마음이 다시 떠올랐으리라. 내가 본 바에 의하면, 알리스는 그 여자의 손을 잡고 있었다. 난 불현듯 '그쪽에 지금 남자는 없다'고 나를 안심시켰던 오스망 박사의 말이 약간 묘한 어조였단 걸 깨달았다. 그 고약한 멍청이가 내 인생을 레즈비언의 품속으로 내동댕이쳤던 것이다.

"저 남자 알아?" 알리스 옆에 있는 여자가 알리스에게 물었다.

그 여자는 22호실의 갈매기가 그랬던 것처럼 나를 위아래로 훑어보았다. 두 눈 아래 살이 밑으로 축 처졌고, 양 볼은 움푹 팼으며 턱은 억세 보였고, 엷은 보라색 스웨터 위로 탈색한 곱슬머리를 늘어뜨린 그 여자는 프랑수아즈 사강과 미셸 폴나레프 사이를 집대성한 분위기였다.

“아, 네, 아는 사람이에요…….” 내 얼굴이 익숙한 양, 알리스가 나를 보고 미소 지으며 중얼거렸다. “마카롱 씨죠.”

알리스는 내 품으로 뛰어들어 숨도 쉬지 않고 질문을 퍼부었다.

“어떻게, 어떻게 이런 일이 가능하죠? 어떻게 당신이 여기에 있고, 도대체 어떻게 날 찾아낸 거예요? 혹시, 내 장애인증 번호로요?”

동석한 여자에 대한 의혹, 알리스에 대한 환상, 그리고 첫눈에 반한 감정에 씁쓸한 아이러니를 느끼며 나에게 딱 붙은 그녀를 떼어냈다. 쥘이 몸을 일으켜 우리에게 각각 한 발씩 내밀었다—임무를 완수했다는 기쁨으로, 혹은 자기만 소외될까 봐 두려워서 그런 것 같았다. 알리스는 녀석을 내려가게 하고, 나를 제대로 보기 위해서 옆으로 좀 비켜났다. 내 환상 속 그녀의 눈은 오묘하고 복잡했다. 공항에서 처음 그녀를 만났을 때, 선글라스의 검은 렌즈 때문에 아무것도 짐작할 수 없었지만 나는 그녀의 눈동자에 다양한 색깔을 입혀보았었다. 회색, 파란색, 초록색, 보라색 눈동자를 다 상상해보았다. 하지만 이렇게 반짝이는 노란색이리라고는 짐작도 하지 못했다. 내가 아무 말도 없이 침묵을 지키자 두 여자는 벌써 안달하기 시작했다.

“무슨 일이 벌어진 거죠? 어떻게 둘이 같이 있는 거예요? 그럼 쥘이……. 쥘이 새 주인과 무슨 문제가 있었나요? 그럼 당신이 얘를 구한 거예요……? 쥘을 훔친 건 아니겠죠! 으음, 일단 앉으세요……. 이쪽은 내 친구 프레드예요. 자, 어찌 된 거예요?”

알리스에게서 당황스러움과 흥분이 뒤섞인 감동이 풍겨 나왔다.

기쁘면서도 동시에 두려움이 섞인 감정이었다. 내 앞에는 완전히 새롭게 태어난 어린 소녀가 여신 같은 몸매를 하고 앉아 있었고, 난 감동으로 목이 멨다. 쥘이 불안한 표정으로 우리를 번갈아 가며 관찰했고, 통로를 가로막고 선 녀석 때문에 종업원들이 우리에게 주의를 주면서 쥘을 비켜서 지나갔다.

"제발 뭐라고 말 좀 해봐요!" 알리스의 친구가 짜증을 냈다.

내가 이중 주차를 했기 때문에 서둘러야 하며 저녁 식사 약속이 있다고 말하고는, 호텔 사장이 22호실 우편함에 남겨두지 말라고 만류했던 편지를 알리스에게 건넸다. 편지에서 그녀는 본의 아니게 내 실패담을 알게 되겠지만, 그녀와 쥘을 위해 전부 다 잘 끝났다고 분명히 밝혀뒀으니 괜찮을 것이다. 마지막으로, 즐거운 식사를 하라는 인사를 남기고 나는 몸을 돌렸다.

식당 출입구에 다다랐을 때, 쥘이 해산물이 담긴 쟁반을 뒤엎으며 달려와 문을 가로막고 드러누웠다.

"제발, 저리 비켜, 쥘……."

녀석은 낑낑거리며 반항했다. 자신을 믿어주지 않으면 내가 허공으로 떨어지기라도 할 것처럼 굴었다. 녀석은 알리스와 함께 이런 행동을 수백 번은 했을 게 틀림없다. 그래서 나는 오늘도 여전히 부끄럽지만, 내 인생의 흔치 않은 긍지 중 하나로 남을 방식으로 반응했다. 승마용 채찍이 엉덩이를 후려친 바로 그 자리에 경망스럽고 모욕적인, 가벼운 발길질을 했다. 쥘이 끔찍하게 여겼을, 녀석을 밀어내는 짓. 쥘은 벌떡 몸을 일으켜 내게 마지막 시선을 던졌다. 가슴이 에

이듯 아픈 시선이었다. 그리고 주인이 있는 자리로 돌아갔다.

한 번도 선택권을 가진 적 없었던 내가, 녀석이 결단을 내리도록 도운 것이다.

프레드는 그 사람을 잡고 싶어 했지만 내가 만류했다. 자리에 다시 앉아 테이블을 향해 걸어오는 쥘에게 두 팔을 벌렸다. 그런데 쥘은 포옹을 피하더니 내 의자 밑에 엎드렸다. 마치 내가 그저 퇴각 진지에 불과한 것처럼. 마카롱 씨도 쥘을 버렸다. 그래서 쥘이 나에게 돌아온 것이다.

편지 봉투를 여는 손가락이 떨렸다. '22호실에 머무는 알리스 갈리엥 씨께.' 단어들이 눈앞에서 흔들렸다. 감정에 취해 석양을 너무 오랫동안 응시했나 보다—더 이상 초점을 맞출 수가 없었다.

"내가 읽어줄까?"

프레드가 손을 내밀었다. 나는 편지를 건넸다. 그녀가 단조로운 어조로 읽기 시작했다.

"'안녕하세요, 알리스 갈리엥 씨, 내 이름은 지발 드 프레쥬입니다.

당신이 니스로 떠나던 날, 우리는 오를리 공항에서 만났었죠. 무엇보다, 당신이 받은 수술이 성공적이라니 너무도 기쁩니다. 내가 판단할 자격은 없는 문제이지만, 당신에게 알려야만 하기에 이렇게 펜을 듭니다. 당신의 래브라도는 새 주인에게 학대를 당했고, 집을 나와 나를 찾으러 공항으로 왔습니다. 라뒤레 판매대가 멋지게 흐트러진, 꽤 난장판인 재회였지요. 하지만 그 재회로 인해 나는 내 진정한 직업인 과학적 연구를 되찾게 되었습니다. 내 입장에서 보면 아주 잘된 일이지요. 그러니 안심하세요. 쥘에 대해 말하자면…… 쥘과 관련되어 파란만장하게 펼쳐진 잡다한 사건에 대해서 듣고 싶다면, 내 번호 06 01 22 28 13으로 전화해주세요. 다 말씀드리겠습니다. 오스망 박사가 쥘을 예정보다 일찍 은퇴시켰습니다. 이제 당신이 새로운 주인입니다. 당신과 쥘 모두 가능한 한 커다란 행복을 누리길 빕니다—그녀석은 그럴 자격이 있습니다. 쥘이 여기까지 올 수 있었던 것은 녀석이 지닌 사랑과 통찰력 덕분입니다. 난 그저 따라왔을 뿐이고, 그 역할에 만족합니다. 몇 가지 사소하고 일시적인 사건들을 제외한다면, 쥘이 잠시나마 나를 동반자로 선택한 것에 만족하고, 또 자부심을 느낍니다. 자, 그럼 이만 마칠게요. 곧 다시 만나게 되기를. 진심을 담아.' 그리고 'Z'라고 서명되어 있어."

무덤덤하고 어색하게 편지가 낭독되는 동안, 그 남자의 고뇌와 괴리감, 초라한 자존심으로 그가 그토록 아름답고 그토록 단순하다는 것을 발견하기 전, 내가 그 사람이라고 여겼던 다양한 얼굴들이 불쑥불쑥 나타났다. 프레드가 편지를 다시 접어 우리 사이에 놓인 봉투

속에 넣은 다음, 내 쪽으로 밀어주며 내 눈을 응시했다.

"난 그 남자에게 그다지 확신이 안 생겨."

태연한 체하려고 나는 쥘을 불렀다. 내 목소리에서 동요를 느낀 쥘이 즉시 숨어 있던 곳에서 나왔다. 있는 힘껏 쥘을 끌어안자 눈물이 멈추지 않고 흘러내렸다.

"너무나 그리웠어, 쥘, 우리 강아지. 네가 여기 있다는 게 믿기지 않아! 다 잘될 거야, 이제 우린 새로운 인생을 꾸리게 될 거야……. 이제 너와 함께할 모든 것들, 알겠어? 그리고 기다려봐, 앞으로 네가 할 수 있는 새로운 것들이 얼마나 많은지 몰라……."

어떻게 이리도 진지하고, 이리도 능숙하게 거짓말을 할 수 있을까? 쥘은 내 허벅지에 올렸던 두 발을 내리고, 주둥이를 내 무릎에 올렸다. 내가 내리는 지시를 받아, 내 청을 들어주고, 관리 및 운반 및 보안 임무 실행을 준비했다. 늘 그랬던 것처럼. 그런데 이상하게도 쥘이 차갑게 느껴졌다. 직업적으로 대한다는 느낌이 들었다. 우린 서로를 아는 척했지만 우리 사이에는 무엇인가 빠져 있다. 아니면 누군가가 빠졌거나.

"아냐, 말도 안 돼." 프레드가 다시 입을 열었다. "그 마카롱 양반이 우리를 바보 취급하게 해서는 더욱 안 되고. 그가 네 개를 이렇게 공짜로, 보이스카우트가 달려오듯이, 너한테 아무런 보상도 원하지 않고 데려다주었을까?"

내가 중얼거렸다. "믿어야 해요."

"날 우습게 여기지 마, 알았어? 그가 널 어떻게 바라보는지 봤잖아? 그는 우리가 커플인 걸 알아. 오스망 박사와 플로베르 호텔 사장은 그래도 나를 욕하거나 우리를 불편해하는 것 같지는 않은데, 너 봤잖아, 그는 마치 내가 없는 것처럼 행동했어. 네 개처럼 말이야. 어쨌든 반갑다, 쥘."

눈에 띄지 않게 쥘을 프레드 쪽으로 살짝 밀어 외교적 역할을 하도록 부추겼다. 쥘은 예의 바르게 인사를 했다. 프레드가 버터 바른 빵 조각을 내밀자 쥘이 나를 향해 몸을 돌렸다. 먹어도 좋다고 허락하자 바로 허겁지겁 먹어치웠다.

"적어도 이런 부분은 전혀 변하지 않은 것 같네." 프레드가 한숨을 내쉬었다. "그러니까 내 말은, 마카롱 판매에서 느닷없이 과학 연구로 옮겨간 그 의문의 흑기사는 네가 자신에게 큰 빚을 졌다는 것을 잘 안다는 거지. 그리고 너의 두 번째 행보를 기다릴 거야. 보통이 아니야. 허언증 환자는 절대 아냐. 그가 맘에 들어?"

난 대답하지 않았다. 프레드의 공격적 성질과 비열함이 그 남자가 보인 대단한 친절에 직면했다. 난 프레드의 그런 성정을 이해하지만 존중하지는 않는다. 내가 받아쳤다.

"그가 공항에서 화물칸에 탈 뻔한 쥘을 어떻게 구했는지 설명했을 때, 당신은 내가 그의 역할을 과대 포장한다고 말했잖아요. 이제 그게 아니란 걸 알겠죠."

"주목, 네 입장에서 말해볼게. 그는 사막의 왕 같은 타입에 귀족의 피가 흐르면서도 어떤 부분은 북아프리카 태생인 남자이니, 네가 매력적인 왕자들을 속이는 신데렐라로서 남자들과 화해할 이유로 충분하겠네. 갑자기 배가 하나도 안 고프다, 참 이상도 하지. 만약 내가 필요하다면, 난 카지노에 있을게. 이렇게 하면 넌 그놈을 조용히 부를 수 있고, 둘이서 이 테이블을 차지할 수 있잖아. 두 사람은 할 얘기가 너무 많아 밤을 새워도 부족할 거야, 그렇지?"

난 손목으로 그녀를 막아 강제로 다시 앉혔다. 그리고 나지막한 목소리로 강하게 말했다.

"첫째, 그는 저녁 약속이 있다고 했어요. 둘째, 난 당신하고 저녁을 먹고 있어요. 셋째, 난 휴대전화가 없다는 걸 다시 한 번 기억해줘요."

빈정거리는 미소를 띠며 프레드는 자기 블랙베리 폰에 번호를 찍어 나에게 내밀었다.

"좋아. 그에게 내일 점심 식사를 같이하자고 메시지를 보내. 난 포커를 할 테니까."

쥘이 쓰다듬어달라고 다가왔다. 이 아이가 나에게 보였던 긴장감, 소심한 원망은 당연히 사라지는 중이었다. 그게 느껴졌고, 그에 따라 내 마음속 압박감도 사라지고 있었다. 왼손으로 쥘의 정수리를 쓰다듬으며, 오른손을 프레드의 전화기에 올렸다. 이렇게 말하는 내 목소리가 들렸다.

"뭐라고 쓸지 당신이 불러줄래요?"

이 사건이 나만큼이나 그녀를 동요시킨다는 생각이 들었다. 그녀는 단숨에 보낼 내용을 불러줬다.

"'친애하는 Z, 쉼표, 방금 당신의 편지를 읽었는데 당신이 뭘 했는지 모르겠네요, 마침표. 내 친구 프레드 전화니까 이 번호로는 절대

답장하지 마세요, 콜론, 만약 내일 오후 1시에 시간 있다면, 쉼표, 플로베르 호텔에 메모를 남겨주세요, 마침표. 갈라테이아 식당에서 다시 만나요.' 웃는 표정이나 '키스를 보내며' 둘 중에 덧붙이고 싶으면 그건 네가 골라. 이렇게 하면 그의 꿍꿍이를 밝혀낼 수 있을 테고, 그러면 우리가 뭘 해야 할지 알게 되겠지."

난 그녀에게서 눈을 떼지 않고 문자를 보냈다. 그녀는 마지막 자리를 13 대신 12로 잘못 찍었다. 바로잡지 않는 게 더 나았다. 그 무의식적인 의지의 표현, 혹은 초라한 전략이 애처롭게 생각되었다. 한 번 더 그녀의 자존심에 상처를 낼 필요는 없었다. 내가 호텔로 전화하면 될 일이니까.

내가 은인을 되찾아주리라고 느꼈는지 쥘이 내 손을 핥기 시작했다. 쥘을 꼭 끌어안고 나는 온 마음을 다해 그 아이에게서 풍기는, 너무나 그리웠던 해초와 헤이즐넛 냄새를 흠뻑 맡았다.

지발 드 프레쥬. 이 이름이 좋다. 이 이름은 그 사람과 똑 닮았다. 이제 더 이상 마카롱 씨라고 부르기는 어려울 테지. 3주 만에 우리는 서로에게 친숙해졌다. 이름이 불러일으키지 못하는, 별명만이 주는 감정에 길들여진 것이다.

"알리스……. 그런 남자를 만나러 갈 거야?"

무관심으로 가장한 그녀의 진부한 표현이 어떤 논리적 공격보다 더 나를 불안하게 했다. 조심스레 반응하려 애쓰며 내가 말했다.

"이렇게 친절한 걸 보니, 그는 게이가 틀림없어요."

"헛소리는 말자고."

소믈리에가 그녀에게 와인을 보여주러 왔다. 쓸쓸하게, 하지만 관대하고 우아하게 프레드가 종업원에게 대답했다.

"이분께서 맛을 볼 거예요."

갈매기 떼가 우글거리고 아이들이 재잘거리는 소란한 거리를 가로질러 마리포사 별장으로 다시 돌아오면서, 나는 내 감정이 자긍심에서 자조, 흥분에서 후회에 이르기까지 숱하게 바뀌는 것을 느꼈다. 나 자신이 영웅처럼 느껴졌다가 자포자기했고, 맥이 쭉 빠졌다가도 다시 경탄했으며 결국에 나란 인간은 멍청하기 짝이 없다는, 그런 수많은 생각이 차례로 나를 휩쓸었다. 거부할 수 없는 알리스 갈리엥의 치명적 매력이 내 가슴에 구멍을 뚫었다. 이 상황이 우스꽝스러웠고 그녀를 위해 내가 치른 희생도 가소롭기만 했다. 그 뒤죽박죽인 상태에서 홧김에 헌신으로 위장한 반발심이 부끄러웠고, 쥘에게 잔인한 짓을 저질렀단 생각에 가슴이 아팠다.

하지만 바람에 흔들리는 은신처 꼭대기에서 트루빌의 불빛을 굽어보며 자료 작성에 다시 집중하자, 나는 다만 운명이 내가 요구한 것을 가져다준 것뿐이라는 깨달음이 들었다. 인생에서 의미 되찾기. 실패를 되돌리고, 내가 가진 지식과 생각들을 다시 신뢰하기. 잃어버린 꿈에서 쓰디쓴 안락함 끊어버리기.

나에게 이 기상천외한 공간을 자유롭게 쓰게 한 사람이 나처럼 불가능을 좇는 고독한 사람이자, 모래 위에 매일매일 걸작을 만들어내는 외골수이고 인간에게는 전혀 관심 없는 꿈의 장인이라는 것이 그저 우연일 뿐일까? 쥘의 본능은 사랑을 향해 나를 이끈 것이 아니라 해변의 늙은 친구와 만나게 함으로써 일할 수 있는 장소, 영감을 회복할 수 있는 공간으로 인도해주었다. 모든 일에는 의미가 있지만, 목적이 있는 일은 많지 않다. 아랍 속담처럼, 우연은 준비된 자에게 미소를 보낸다. 마음은 무거웠지만 정신은 맑았다. 다시 헌신할 수 있게 된 이상理想을 위해 난 자신을 되찾았다.

전화가 울렸다. 02로 시작하는 번호. 플로베르 호텔이 틀림없다. 신호음은 두 번 울리고 끊어졌다. 난 화면을 바라보며 잠시 기다렸다. 메시지는 오지 않았다. 알리스에게 다시 전화해볼까 망설이다가 그녀가 생각을 바꾼 것을 존중하기로 했다. 나는 탑 꼭대기 안 숨 막히는 열기 속에서 상의를 벗은 채 다시 일에 집중했다.

*

무언가를 두드리는 소리에 나는 소스라치며 잠에서 깼다. 환한 햇빛이 자판 위에 엎드린 내 한쪽 뺨을 비추고 있었다. 누군가 저 아래에서 문을 끈질기게 두드렸다.

"우리예요!"

나는 벌떡 일어났다. 머리가 들보에 부딪혔다. 아파서 정신이 없는 가운데 덜컹거리며 흔들리는 테이블에 매달렸다. 떨어질 뻔한 노트북과 서류들을 가까스로 붙잡았다.

"문이 열려 있네요. 올라가도 될까요?"

"네, 네……."

골조만 있는 진짜 나무 우리 같은 곳에서 빠져나오는 사이, 줠이 먼저 올라와 층계 꼭대기에 나타났다. 녀석은 주둥이에 크루아상이 든 작은 봉지를 물고 있었다. 파란 조깅복을 입은 알리스가 테이크아웃 컵을 들고 그 뒤에 나타났다.

"내 경험에 따르면 모리스 씨가 내려주는 커피는 마시기가 괴롭거든요. 잘 잤어요?"

난 잔뜩 당황해서 셔츠 소매에 급하게 팔을 꿰느라 애를 먹었다. 그녀는 전극에 연결된 요구르트 두 개 앞에서 딱 멈췄다.

"이게 당신이 말한 과학적 연구인가요?"

"그, 그렇죠." 청바지 지퍼를 올리며 우물거렸다.

나는 그녀에게 파동기록장치 도면을 가리키며 두방망이질하는 심장박동을 진정시키려 애썼다. 그녀를 비둘기 집으로 들어오게 해 젖산 박테리아가 어떻게 반응하는지 보여주었다. B 요구르트에 설탕을 넣자, A 요구르트가 높고 확실한 선을 그렸다.

"질투하는 건가요?"

"아뇨, 감지하는 거죠. 동물이나 나무처럼 우리의 감정 상태와 의도를 느끼는 거예요. '일차적 인식'이라는 건데—혹시 괜찮다면 박테리아들의 접속이라 해두죠—1970년대에 클레브 백스터라는 기술자가 증명했어요. 난 그의 작업을 다시 실험하고 확인한 거예요."

나는 빈정거림과 당황스러움 사이를 왔다 갔다 하는 알리스의 얼굴을 응시했다. 그녀는 내가 아무 말이나 하고 있다고 믿는 듯했지만, 내가 뱉어낸 단어들 뒤에 있는 것은 제대로 느끼고 있었다.

"당신의 요구르트가 나를 미리 감지했다고 이해해야만 하나요?"

"놀라울 건 전혀 없어요. 우리 몸은 80퍼센트가 박테리아로 이루어져 있으니까요."

알리스가 혀를 끌끌 찼다. 그리고 이렇게 결론지었다.

"모리스 씨가 당신을 높이 평가한다는 것보다 놀랍지는 않네요. 미안하지만 난, 열렬한 데카르트 신봉자거든요."

내가 서둘러 대답했다.

"나도 그래요. 데카르트는 1646년, 우연에 대한 인간 감정의 영향을 처음으로 연구한 사람이거든요."

"당신도 도박꾼이라고 말하지는 마요!"

알리스는 갑자기 얼굴을 붉혔다. 난 왜인지 알고 있었지만, 아무런 표정도 드러내지 않았다. 도박할 자금력이 없다고 대답하고는 꽤 만족스러웠다. 그녀는 재빨리 주제를 바꿨다.

"안타깝게도 난 바칼로레아만 보고 학업을 중단했어요. 당신은 어떤 과정을 밟은 거예요?"

"그랑제콜 입시 준비반을 거쳐 6개월간 시앙스포를 다녔어요. 그리고 농대, 식품산업 국립고등학원, 생물학, 천체물리학을 거쳐…… 블랙홀의 열역학에 대한 논문을 공부했죠. 그리고 그 시기에, 오염방지업체 직원으로 일하며 박테리아 변형체 중 한 가지에 대한 논문을 준비했어요."

여기에 함축된 말은 이랬다. 당신 앞에 서면 이런 것들은 더 이상 아무 소용없죠, 그저 당신이 나라는 남자를 사랑해주기만 한다면……. 그녀의 희미한 미소를 보자 계속 침이 고였다.

"하지만 나만의 전문적인 실험은 바로 돼지와 관련된 거예요. 돼지들이 자라는 환경의 유해성을 제거하면서 고약한 환경 조건을 개선하는 것. 난 이 연구가 아주 좋았거든요."

"쥘이 그 냄새를 느끼는 게 분명하네요."

그녀가 코끝을 크루아상 봉지에 박고 있는 쥘의 머리를 쓰다듬으며 말했다.

"이 아이를 돌봐준 것에 대해서 고마움을 표현하고 싶었어요. 그리고……. 사실, 난 선택의 여지가 없었어요. 쥘이 곧바로 나를 이리 끌고 왔으니까요."

알리스가 커피가 든 컵을 내게 내밀었다. 컵이 뜨거워 테이블 위에 내려놓았다. 그녀는 고개를 돌려 안쪽에 놓인 간이침대와 펼치지 않아 가지런히 덮인 이불을 바라보았다. 잠시 망설임의 시간이 흘렀다. 나는 때마침 나 역시 그녀에게 줄 것이 있다고 말했다. 배낭을 뒤져 그녀의 아이폰을 꺼냈다.

"오스망 박사가 당신에게 전해달라고 부탁했어요. 혹시라도 내가 박사보다 먼저 당신을 만나게 될지 모른다면서."

"알아요. 어제저녁, 호텔에서 박사에게 전화했어요."

"아, 그가 말했군요."

"그가 말했죠."

나는 그녀에게 휴대전화를 건넸다. 그녀는 조깅복 주머니에 그냥 손을 넣은 채 가만히 있었다. 오른손이 가늘게 떨렸다. 신호에 대답하듯이 나는 휴대전화를 그녀의 손바닥과 주머니의 안감 사이로 미끄러뜨렸다. 그녀의 허벅지 위에 닿은 내 손가락이 닿을 때 그녀가 눈썹을 살짝 추켜올렸다. 그것이 비난인지 아니면 서로의 감정을 확인한 것으로 해석해야 하는지 알 수가 없었다. 우리는 불과 20센티미터 거리에서 마주 보고 서 있었다. 그녀는 내가 주저하는 것을 느꼈고, 나는 그녀가 조심하고 있다는 것을 감지했다.

쥘이 내 주의를 끌기 위해 끙끙거리며 크루아상이 든 봉지를 꽉 물었다. 전날 내가 자신을 발로 찼던 일에 대해 사과를 요구하는 것 같았다. 알리스가 내 감정에 대해 오해하는 게 틀림없었다. 그녀는 명확히 하고 싶어 했다.

"그러니까, 내가 '곧바로'라고 말한 건……. 우리는 빵집 쪽으로 돌아왔거든요. 쥘은 입에 아무것도 물지 않은 채 오고 싶지 않았던 거예요. 내가 이해한 바에 따르면, 이 아이가 당신한테 몇 가지 걱정거리를 안겨줬나 봐요. 당신이 편지에서 얘기했던 '일시적인 사건들'이 설마 아주 심각한 건 아니겠죠?"

거북한 상황을 피하기 위해 난 쥘 앞에 무릎을 꿇었다.

"쥘에게 사과해야 하는 건 오히려 나예요. 어제저녁에는 당신 테이블을 어색하게 만들고 싶지 않았어요. 그래서 좀 난폭하게 굴었죠……. 미안하다, 쥘."

쥘에게 손을 내밀었다. 녀석은 내가 크루아상을 빼앗으려 한다고 믿고, 장난치며 옆으로 펄쩍 뛰었다. 나는 아무 데도 짚지 않고 몸을 일으켰다. 알리스의 눈으로 되돌아왔다. 그녀는 다시 양쪽 주머니에 손을 넣고 턱을 쳐들었다.

"사실은, 아니에요, 마카롱 씨. 난 우연히 거기 있었던 게 아니에요……. 죄송해요, 당신 이름을 제대로 바꿔 부르는 게 쉽지 않네요."

그녀가 내 쪽으로 한 발짝 다가섰다. 내가 보이는 반응이나 감정, 마음의 동요를 하나도 놓치지 않으려고 나를 뚫어지게 쳐다보는 시선 때문에 마음이 불안했다. 하지만 서로 마주 보지도 않으면서 이렇게 오랫동안 서 있는 것은 눈에 대한 예의가 아니라는 생각이 들었다. 우리는 이제 더 이상 시선을 돌릴 생각을 하지 않았다.

"아시죠, 지발 드 프레쥬 씨, 개에게 있어 끔찍한 거요. 개가 당신한테 막대기를 가져다주는데 당신이 그것을 원하지 않는 거예요."

심장이 다시 두근대기 시작했다. 내 어리석음을 탓하며 우리 둘 중 누가 막대기인 거냐고 물었다.

그녀가 나에게 천천히 몸을 붙이더니, 내 어깨에 두 손을 올리고는 내 뺨을 그녀의 입술 쪽으로 당겼다.

"쥘을 화물칸으로 보내지 않도록 도와줘서 고마웠어요. 또 다시 내게 돌려보내줘서 고마워요."

그녀는 나라는 존재가 행한 두 가지 쾌거에 마침표를 찍기 위해 내 오른쪽 뺨에 한 번, 왼쪽 뺨에 한 번 입을 맞췄다. 그녀가 그리 불쾌해하지 않는 듯한 내 땀 냄새 너머로 그녀의 재스민 향기가 풍겨왔다. 나도 그녀에게 대답했다.

"여기 와줘서 고마워요, 알리스."

나는 부드럽게 그녀의 허리를 잡고 천천히 입술을 가까이했다. 그녀의 몸이 살짝 뒤로 휘며 입술이 멀어졌다. 그녀는 배를 내 배에 붙이며 달콤하게 나를 밀어냈다.

"사실 이것 때문에 온 건 아니에요."

"그게 더 좋아요. 나중에, 난 헛된 상상을 하게 될 거예요. 어찌할 줄 몰라 죄의식을 느끼게 될 거라고요."

"나중에…… 뭐라고요?"

"나중에…… 내가 엉뚱하게 해석하게 될 애정 고백 말이죠."

그녀는 여전히 몸을 떼지 않고 물었다.

"당신한텐 이런 일이 자주 일어나나요?"

"다행히도 아니죠. 이런 애정 고백이 그리 자주 일어나지는 않죠."

알리스는 웃음을 참으려 입술을 깨물었다. 어린 시절 내내 발휘해야 했던 외교적 수완이 내 성격에 큰 영향을 미치지는 못했지만 조금은 남아 있었다. 그 부분에서 난 아무런 꾸밈없이 자연스러운 흐름에 맡겨 기분 좋게 중요한 주제로 넘어갔다. 그녀의 허리에 두 손을 가만히 두고 당혹감에 마침표를 찍으면서, 때때로 여자들과 함께 있을 때 내가 얼마나 소심해지는지 털어놓았다. 그녀는 뒷걸음질 쳤다.

"아니에요. 내가 '이것' 때문에 온 것이 아니라고 말했을 때, 내가 말하고 싶었던 게 정확히 뭐냐면……."

내 코가 부주의하게 그녀의 입술을 스치자, 알리스는 움직임을 멈췄다. 난 그 상태로 잠시 가만히 있다 말했다.

"……쥘이 당신을 여기, 개의 진짜 책임자가 있는 곳으로 안내했다는 거죠."

그러자 그녀는 황당해했다.

"전혀 아니에요. 내가 쥘에게 '찾아'라고 말해서 이 아이가 당신을 찾아낸 거예요."

난 이 대답을 문이 열리는 신호로 해석했다. 아주 천천히 내 손이 그녀의 등으로 올라가 어깨에 이르렀고, 그녀의 가슴을 향해 내려오기 직전까지 갔다. 알리스는 애무를 멈추게 하지 않았다. 하지만 답하는 행동 역시 하지 않았다. 그녀는 오히려 자기 반응에 귀를 기울이는 것 같았는데, 그걸 겉으로 드러내지는 않았다. 만약 내가 그녀에게 그저 시험용 남자이고, 그게 누가 됐든 이성과 함께하는 참신한 경험에 불과하다 해도, 전혀 문제되지 않았다. 나는 흥분하지 않고 다정하고 부드럽게 그녀를 애무했다. 그저 마음 가는 대로 움직였다. 그게 전부였다.

내 손이 교묘하게 그녀의 스웨트 셔츠 속으로 들어가자 그녀가 내 손을 막았다. 계속하려는 나를 막는 것이거나 접촉을 더 길게 이어가려는 행동이었다. 그녀가 반항적으로 회개하듯이 중얼거렸다.

"사실 난 프레드 때문에 여기에 온 거예요. 그녀는 밤새 한숨도 못 잤어요. 나 역시 잘 못 잤지만, 그래도 난 귀마개를 했는데 그녀는 유달리 과민하거든요. 쥘이 끊임없이 문을 긁고 낑낑대서 프레드가 열 번은 깼을 거예요. 처음에 그녀는 쥘이 아픈 줄 알았죠……. 하지만 아니었어요. 바로 당신이 그리워서 그런 거였어요. 음, 그래서 말인데요. 혹시 우리 호텔 22호실에 있던 아주 안락한 어린이용 침대를 봤는지 모르겠어요. 고작해야 여기 이 침대보다 조금 더 클 거예요, 하지만……."

이번에는 내가 부끄러워하자 그녀는 잠시 말을 멈췄다. 호텔 사장의 말에 비추어보면 순진한 척할 필요는 없었다. 그렇다고 내가 커다란 침대 위, 그녀의 자리에 누워봤다는 것을 고백하며 그녀의 오해를 바로잡을 필요도 없었다. 나는 그녀가 말한 마지막 음절을 반복하는 정도로 그쳤다.

"하지만?"

"……하지만 괜찮다면 오늘 밤 다시 거기에서 잘 수 있는지 프레드가 물어보라고 해서요."

나는 그녀가 솔직해 보일수록 더욱 혼란스러워져 그 제안을 받아들였다. 사심이 없다고 말하고 싶지는 않았다. 알리스는 다른 것을 찾는 게 아니었다. 애인을 진정시키기 위해, 집안의 평화를 얻기 위해 '도그시터'가 필요한 것뿐이다. 나는 그녀에게서 몸을 뗐다. 그녀는 나와 10센티미터 정도 거리를 유지하며 내 허리를 붙잡았다.

"당신에게 이런 초대를 전하는 것이 좀 묘하지만, 난 당신도 뭔가를 느낄 거라고 믿어요. 물론 개는 변명이에요. 수술 이후, 프레드와 나 사이에는 어려움이 많아요……. 그녀는 같은 지붕 아래 당신 같은 남자가 있다면, 난 잘 모르겠지만, 어떤 촉매 역할을 할 수 있고……. 뭔가 달라지게 할 수 있다고 생각하나 봐요."

"고마워요."

"내가 어떤 의미로 이런 말을 하는지 이해하시겠죠."

"당연하죠. 최선을 다할게요."

"오늘 아침, 우리는 도빌 시장에 쇼핑을 가려고 해요. 그러니 오후가 끝날 무렵, 우연을 가장해 해변에서 만나요. 프레드가 갈라테이아 식당에서 20미터 거리에 있는 113호 텐트를 빌렸어요."

나는 고개를 끄덕였다. 그녀가 일부러 우스꽝스럽게 정숙한 척을 하며 뒤로 물러섰다. 나도 미끄러지듯 움직였다.

"혹시 우리가 불장난을 하게 될 거라고는 생각 안 하나요?"

"그런 생각, 해요. 서로 뜨거워지거나 서로가 내뿜는 불에 데겠죠. 시도할 가치는 있을 거예요, 안 그런가요?"

그녀의 시선 속에서 빛나는 자신만만한 불안감이 그녀의 피부에 직접 닿는 것보다 한층 더 에로틱했다. 내가 대답했다.

"알았어요. 내가 제안을 접수했다고 프레드한테 말하세요."

"저런, 그건 잘못된 접수일 거예요. 그럼 안녕히."

알리스는 소방관처럼 유연한 동작으로 좁은 계단을 내려갔다. 줠이 그녀를 향해 고개를 돌렸다. 녀석은 잠시 머뭇거리더니 크루아상이 든 봉지를 내 발 앞에 내려놓고는 주인을 따라 떠났다.

도빌 쪽으로 난 유리창 창틀에 머리를 대고 서서, 널빤지 길 위로 멀어지는 그들을 거의 숨 막히는 감정으로 바라보았다. 시리아의 쓰레기통에서부터 이 노르망디식 탑에 이르기까지, 평생 동안 나는 선택받는 입장이었다. 그 선택은 이제까지 단 한 번도 아름답게 끝나지 않았다. 아마 내 잘못일 것이다. 어머니는 전남편의 초라한 이력을 가려주고, 자신의 위대한 자서전풍 영웅담의 골조를 계속 공급해줄 아들을 꿈꿨다. 그웬돌린은 내가 갖고 있는 발명가로서의 잠재력을 개발하기 위해 나를 미치게 만들었다. 쥘, 그 녀석은 예전처럼 다시 행복한 인생을 살기 위해 나를 믿었다. 모리스 노인은 자기가 이루지 못한 꿈이 담긴 어린 시절의 비둘기 집에 나를 머물도록 허락하면서, 내 안에 있는 잊힌 열정을 알아보았다. 마지막으로, 늙어가는 레즈비언은 위태로운 연인에 대한 최후의 전략으로 나를 초대했다.

이제 그 선택들에 알맞은 내 실력을 발휘할 때가 되었다. 아니면 적어도 이제는 내가 희생자라고 믿는 것을 멈출 때가 된 것이다.

대체 왜 즉석에서 그런 얘기를 꾸며냈을까? 젤을 구해준 그 남자가 프레드의 환대에 감사를 표하기 위해 인사하러 오는 것을 보면 지을 그녀의 표정 때문이었을까.

그 탑 꼭대기에서 난 완전히 돌아버렸다. 그 남자의 어찌할 바 모르는 수줍은 미소, 너무나 부드러운 두 눈, 단단한 몸, 내 피부를 쓰다듬는 손, 내 배에 닿은 그의 페니스……. 12년 동안 계속된 어둠과 병적인 공포와 평범한 남자들에 대한 거부감, 특히 여자를 낚으려는 남자들에 대한 거부감이 지워지는 것만 같았다. 프레드는 내가 가진 가장 능력 있는 방어물이었다. 그리고 나는 내 요새를 무너뜨리기 위해 그녀를 써먹었다.

덧문이 닫힌 깜깜한 어둠 속에서, 두 다리를 위로 뻗치고 양쪽 눈에는 키위를 한 조각씩 올린 채 누워 있는 그녀를 발견했다. 그녀는 캘리포니아식 요가 자세를 취하고 있었는데, 내가 조금 전에 그에게 제안한 계획을 털어놓자 너무 쉽게 상처받고 말았다. 그녀의 다리가 깃털 이불 위로 툭 떨어졌고, 키위 조각은 침대 아래로 굴렀다.

"난 이런 종류에는 무척 예민해." 프레드가 말했다. "고마워. 그 결과, 마카롱은 너에게 불타는 사랑을 고백했겠군."

나는 그녀의 품에 몸을 던졌다. 그녀를 배신하고 싶었던 나를 오히려 그녀가 위로해주었다.

"그건 아무것도 아냐, 우리 귀염둥이, 그게 운명이라고……. 내가 언제까지나 널 가둬둘 순 없지. 너를 잃지 않기 위해 남자를 감수해야 한다면, 그래, 가보자고……. 내가 원하는 단 한 가지는 나한테 절대 거짓말하지 말라는 거야, 알리스."

"당신한테 거짓말한 적 없어요."

"아니, 있어. 네 눈, 거짓말할 때마다 매번 네 눈이 나를 바라봤어. 자, 어서 쇼핑하러 가자. 내가 아는 한, 네 개는 쇼핑을 싫어해. 그러니 쥘한테 얌전히 집이나 지키라고 말해."

키위 조각을 게걸스럽게 삼키고 있는 쥘에게 지시 사항을 전달했다. 그리고 발코니의 유리창을 열어놓았다. 작년처럼 갈매기를 쫓느라 쥘이 유리창을 부수지 않도록.

거리에서 프레드가 고풍스러운 스포츠카에 시동을 켜고 예열하는 동안 나는 호텔 모퉁이로 다시 돌아가보았다. 그녀 말이, 그 차로 시속 50킬로미터 이상을 달리려면 미리 20분 정도 예열해야 한다고 했다. 쥘은 침실 발코니에 나와 있었지만 내 쪽에서는 등만 보였다. 분명 발코니 위 소용돌이 모양의 철제 장식 너머로 혹시라도 지발 드 프레쥬가 보일까 싶어, 마리포사 별장 쪽을 곁눈질하고 있겠지.

*

도빌의 주차장에 도착할 때까지 마세라티의 시끄러운 실내에서도, 부티크에서 노점상까지 훑는 동안에도, 수영복에서 구두까지 다 볼 때까지도, 우리는 그 남자에 대한 얘기만 했다. 라뒤레를 제외하고 그의 인생에 대해 내가 아는 모든 것을 프레드에게 얘기해주었다. 블랙홀, 돼지우리에서 진행한 프로젝트, 전국을 연결한 요구르트 단지, 공해와 싸우고 텔레파시도 통하는 박테리아—한꺼번에 끼워 맞추기 꽤 어려운 퍼즐 조각들이었다. 프레드가 한 가지 덧붙였다.

"1983년에 페미나상을 받았어."

나는 깜짝 놀랐다.

"작가이기도 한 거예요?"

"아니, 그 남자가 소설 주인공이야. 『쓰레기통의 아이, 지발』이라는 소설이었지. 네가 그를 만나러 갔을 때, 구글을 검색하다가 엘리안 드 프레쥬의 사이트를 찾아냈거든. 너에게 실망을 주고 싶지는 않지만, 그런 어머니랑 살았다면 약간 게이 기질이 있거나 성불능일 수 있어."

"그럼 자기 패를 잘 감추고 있는 거네요."

"영화 「사이코」에 나오는 안소니 퍼킨스 같은 거지. 개들이 그를 좋아하잖아."

"그 사람한테 선물을 하고 싶어요. 사이즈가 어느 정도일까요?"

"콘돔이라면, 표준형."

"농담하지 말고요. 이 캐시미어 스웨터, 그에게 어울릴까요?"

"선물을 겨울까지 갖고 있을 생각이야? 그래도 그 전에 입어봐야지. 선물에 대해서는 나중에 다시 얘기하자고."

프레드가 되새김질해서 자꾸 생각하지 않도록 그녀에게 딱 붙어 목에 입맞춤했다. 그녀의 휴대전화 벨이 울렸다. 화면에 뜬 번호를 보고 프레드는 시장에서 멀어져 나무 그늘로 들어가 통화를 했다. 시무룩해지는 얼굴이 보였다.

3분 후, 그녀가 돌아와 스웨터 고르는 일을 도와주었다. 조금 전과 마찬가지로 빈정거리는 미소에 까다롭게 굴었지만 마음은 이미 여기 없었다.

"고객하고 문제가 생겼어요?"

"응, 뭐……. 중요한 건 아냐. 그럼 이건 어때?"

나는 고집부리지 않았다. 그게 우리 사이의 규칙이었다. 프레드가 어떤 주제에 대해 말하고 싶지 않을 때면 난 아무래도 상관없는 척을 했고, 그녀는 그런 나에게 고마워했다. 그녀는 15년 전에 처음 암에 걸렸지만 잘 극복했다. 암 전문의들은 그녀가 견뎌내지 못할 거라 했고, 계속 담배를 피우는 걸 두고 심하게 비난했다—하지만 그들 중 네 명이 이미 땅에 묻혔다. 프레드는 자선 파티에서 분위기를 띄울 때면 이 명부를 절대 잊지 않았다. 암을 이겨낸 자기 케이스가 보건복지부에서 퇴역군인회보다 덜 언급된다는 점을 강조하면서 말이다. 강철 같은 정신력, 매달 받는 수혈, 침술 치료, 겨울이면 떠나는 눈과 얼음의 랠리, 그리고 프랑스 일주 범선 여행이 그녀의 수명을 연장시켰다. 드물게도 그녀가 울적해했던 어느 날 밤에, 그녀는 자신이 살아남아야 하는 이유 목록에 나를 추가했다.

"이 얼간이 같은 노란색을 입혀보지그래. 아주 잘 어울릴 것 같은데."

설령 다 잘 어울릴지라도, 그녀에게 반항하기 위해 난 광택이 없는 흰색 스웨터를 샀다. 별안간, 탑에서 내가 즉흥적으로 한 행동은 아마 어떤 전조인 것 같다는 생각이 들기 시작했다. 그렇다, 프레드의 마지막 희망은 남자와 함께하는 것에 실패한 내가 되돌아오는 것이었다.

"넌 나한테 애착이 있어." 그녀가 마세라티에 시동을 걸기 전에 말했다.

"네, 물론이죠."

"질문이 아니야, 짚고 넘어가는 거야. 넌 네가 원하는 것을 할 권리가 있어, 알리스. 그럴 가치가 없는 사람을 위해 너 자신을 위험한 상황으로 몰아가는 건 빼고 말이야. 그렇게 되면 난 절대 참지 못할 것 같아. 이따가 그가 우리를 만나러 오면, 넌 쥘이랑 둘이서 해수욕하러 가도록 해. 난 그 사람하고 한 15분 정도 얘기 좀 할게."

프레드는 달려오는 경찰차 앞에 휙 끼어들며 주차장을 나왔다. 경찰이 사이렌을 울리자, 그녀는 차를 세우고 경찰 보육원에 기부금을 냈다는 것을 증명하는 기부 카드를 꺼냈다. 경찰차 진로 방해는 원래 벌점 3점짜리지만 그들은 오히려 그녀에게 고맙다고 인사를 했다. 아까 프레드가 보인 도발적인 언사에 매달리자면 나는 블랙 라벨 위스키를 한 병 꺼내게 될 것이고, 결국 하얗게 밤을 새우게 되리라.

그렇다, 나는 그녀에게 애착이 있다. 문득, 그녀가 자신을 대신할 누군가에게 자리를 양보하고 싶어 하며, 나를 안전하게 계승하려 한다는 강렬한 공포를 느꼈다. 좋은 협조자에게 나를 넘기고 싶은 것이다—엄마가 줠에게 그렇게 했던 것처럼.

"아까 산 스웨터는 어쨌어?" 호텔에 도착했을 때 그녀가 물었다.

그때서야 난 그 스웨터를 시장에 두고 왔다는 것을 알아차렸다.

"다시 갔다 오는 게 좋겠어?"

"아뇨, 당신이 나를 '우리 귀염둥이'라고 불러주면 좋겠어요."

널빤지 길에서 보니, 밀물의 파도 속에서 뒹굴고 있는 둘이 보였다. 오전 10시부터 저녁 7시까지 개들은 해변에 출입 금지라고 열 번쯤 반복 중인 스피커의 목소리에는 아무런 신경도 쓰지 않고 파도 속에서 몸싸움을 하고 있었다. 해양관리센터의 차가 아무 성과도 없이 돌아왔다. 구조대 대장은 해수욕장 사업소 지붕 위에 서서 쌍안경을 보는 동료에게 그들이 쥘과 시각장애인 주인이라고 알렸다.

"웃기지 마, 다미엥. 이제 그녀는 나랑 너처럼 눈이 보인다고! 또 시청 사람들한테 싫은 소리 듣게 생겼어."

내가 지나가면서 구조대를 안심시켰다. 법의 흠결 때문에 그들이 보호받을 수 있다고. 2008년 유럽법의 어떤 조항에도, 치료된 시각장애인에게서 권력기관이 개를 떼어낼 권리가 있다고 명시하지 않았기 때문에, 그들은 규칙을 어긴 게 아닌 것이다.

"고맙습니다, 선생님."

"천만에요."

113번 텐트는 파랑 바탕에 빨간 줄무늬가 있는 텐트였다. 알리스의 나이 든 여자 친구가 올여름 트렌드임이 분명한 마이크로 미니 스타일 수영복을 입고 줄무늬 덱체어에 무기력하게 앉아, 담배를 피우며 「르 몽드」를 읽고 있었다. 바람이 불어와 신문지들을 흐트러뜨렸지만 그녀는 날아가도록 내버려두었다. 해변에서 배구를 하던 사람들이 신문지들을 다시 가져다주자, 고맙다는 말 한 마디 없이 무심하게 원래 있던 자리에 놓을 뿐이었다. 일단 그녀에게 인사를 했다. 들고 있던 담배로 옆에 놓인 덱체어를 가리키며 그녀는 나에게 앉기를 권했다. 의자에 붙은 담뱃재를 털어낸 후 덱체어에 앉은 나는 다리를 쭉 뻗고 머리를 그늘 속으로 가게 했다.

"그건 뭔가요, 공해를 방지한다는 박테리아 얘기는?" 그녀가 읽던 신문을 배 위에 놓으며 질문을 던졌다.

"아, 예, 알리스가 그 얘기를 하던가요?"

"서문은 피하도록 하죠. 그것도 시장이 형성되어 있나요?"

"네, 거대합니다."

"예를 들면?"

"데이노코쿠스 라디오두란스•는 원자력 사고 후 해당 지역의

• 방사능 물질이 있는 곳에서도 생육하는 토양 세균으로, 방사성 물질을 먹는 것이 관찰되었다.

방사능 물질을 제거하는 능력이 있습니다. 엔테로박터•는 비닐 봉지와 살충제를 흡수하고, 티오바실루스••는 중금속을 소화하죠. 그리고 파라콕쿠스속•••은 소화한 질산염을 산소로 변환하며…….”

“그것들이 텔레파시가 통한다고 말했다던데, 덤으로?”

“네, 덤으로요. 우리가 특별한 작업에 필요한 박테리아를 만들 때면, 동종들이 그 박테리아를 모방합니다.”

“그건 특별한 건가요, 아님 괴상망측한 건가요?”

“괴상망측할 수도 있죠. 현재, 여러 학술지에 게재되었고 지구를 위한 관건으로 부상하고 있습니다. 프랑스는 언제나 그렇듯이 늦었죠.”

“그럼 당신, 당신은 작업이 가능한가요?”

“네. 필요한 자금만 확보할 수 있다면…….”

“그게 내가 하는 일이죠.”

“정말입니까?”

“냉정하게 생각해보죠. 난 관대한 사람이 아니니까. 이건 내 전문 영역이야. 내가 원하지 않는 건, 바로 알리스가 거짓말쟁이의 속임수에 속아 거리에 나앉는 거죠. 알다시피 그녀는 삶의 어느 정도 수준

• 장내세균과에 속하는 세균의 속명의 하나.

•• 토양이나 하수에 생식하며, 황화수소와 중금속을 분해한다.

••• 그람음성구균의 일종으로 산소가 없는 조건에서 질산호흡을 할 수 있다.

에 익숙해져 있어요. 그런 종류의 일은 나 혼자 해결하죠. 중요한 경제적 결정이 필요할 땐 그게 낫거든요. 따라서 난 당신에게 경제적 부분을 제공하고 싶어요. 물론 당신이 그것을 받을 만한 자격이 있다는 조건 하에서. 나한테 상세하게 설명해줄래요? 그럼 내 투자자들이 검토할 수 있게 제안해보죠. 만약 그들의 관심을 끄는 데 성공하면 당신은 세상을 제패하게 될 거고, 그러면 난 내 여왕을 당신에게 양보하죠. 만약 그들이 거부한다면, 당신은 죽음이고. 깔끔하죠?"

"그럴 경우에는 알리스가 우리 중에서 선택해야 할 것 같은데, 아닌가요?"

"맞아요. 다만 난 무조건 꼬리 치는 개가 아니라는 거죠. 난 선천적으로 아무도 믿지 않아요. 그리고 큰 것에만 투자를 하지, 아니면 빠져버려요. 만약 당신이 허풍 떠는 거라면, 당신이 상상조차 못한 밀고자들이 활약해서 알리스가 당신의 무능력을 증빙하는 서류를 받게 되겠죠. 당신은 그들에 대항해 스스로를 지킬 어떤 방법도 찾지 못할 테고—마찬가지로 난 그 분야에도 연줄이 많거든요. 누군가를 부숴버리는 건 누군가를 성공시키는 것보다 훨씬 쉽죠."

프레드는 「르 몽드」를 접어, 안심시키듯 그걸로 내 무릎을 탁 쳤다.

"내 말에 개인적인 감정은 전혀 없어요. 그저 중압감을 좀 줘서 당신이 성공하도록 하려는 거지. 하지만 당신이란 남자가 그저 환상에 불과하다면 난 알리스가 얼른 정신 차리게 할 거예요. 이제 막 새로운 인생을 시작했는데 족쇄에 매이면 안 되죠. 그럼 결정된 건가요?"

"난 당신 친구와 겨우 열 마디 정도 말을 나눴을 뿐이니, 아무리 그래도 당신을 좀 지켜봐야 할 것 같아요. 내게는 모든 일이 좀 너무 빨리 진행되는 것 같아서……."

그녀는 덱체어에 관자놀이를 대고 담배 연기를 길게 내뿜고는, 내 농구화에 시선을 고정시킨 채 뜻밖에도 부드러운 어조로 말했다.

"알리스 곁에서 내가 보내는 시간은 큰 의미예요. 하지만 삶이란 게 그렇듯이, 난 내가 그녀 인생에서 그저 하나의 단계에 불과하리란 것을 늘 알고 있었어요. 그러니 날 믿어봐요. 그 시간들은 내 인생에서 가장 아름다운 몇 년이었으니까. 자, 이제 결정된 거죠?"

난 그녀의 바뀐 어조에 취해 이렇게 대답하고 말았다.

"결정된 겁니다."

"자, 그럼 일하러 돌아가요. 오늘 저녁, 준비한 서류들은 나한테 몰래 건네주면 좋겠어요. 그리고 알리스에게는 입도 뻥긋하지 말도록. 이건 당신과 나만의 비밀이에요, 오케이? 알리스한텐 내가 강간 사건에 대해서만 얘기하더라고 말하면 돼요. 만약 내가 당신에게 투자하기로 한 것을 그녀가 알게 된다면, 아마 그녀와는 영원한 안녕을 고해야 할 테니."

프레드의 칼라슈니코프 자동소총에 장전된 총알들이 일제히 사격하며 위협적이고 충격적인 소식을 뿜어댔다. 나는 한 박자 느리게 반응했다.

"……강간 사건이라뇨?"

"열일곱 살 때 알리스는 남자애들을 아주 좋아했어요. 섹스를 꽤나 즐겼지. 그런데 그녀와 데이트하지 못한 소년이 딱 한 명 있었던 거예요. 알리스의 가장 친한 친구였어요. 어느 날 저녁, 방과 후에 그가 친구 두 명과 함께 용기를 냈어요. 그런데 상황이 전혀 예상치 못한 방향으로 흘러간 거죠. 당황한 셋 중 한 명이 호신용 스프레이를 알리스의 눈에 뿌려버렸어요. 범인은 자수하지 않았고, 나머지 두 명은 그를 감쌌죠. 결국 셋은 나란히 20년형을 받았어요. 교도소에서 품행 방정하게 잘 지낸 덕분에 내년이면 출소할 예정이고. 자, 이제 카드는 당신이 쥐고 있으니 물주 옆에서 으스대봐요. 하지만, 난 당신의 사기를 저하시키고 싶지 않고, 사랑보다는 당신의 직업적인 미래에 더 걸 거예요. 잠깐, 알리스랑 쥘이 물에서 나오네요. 오늘 저녁, 당신을 카지노로 데려가 저녁 식사를 할 거예요. 당신은 가방을 호텔 카운터에 맡기고 8시 정각에 우리와 만나면 돼요. 그리고 그런 표정 짓지 마요, 그런 표정을 하고 있으면 알리스가 내가 무슨 협박이라도 한 줄 알잖아요. 그럼, 믿을게요."

담배꽁초를 모래 속에 눌러 끄고 내게 「르 몽드」를 건넨 후, 그녀는 비치웨어를 다시 허리에 두르고 물건들을 챙겨 플로베르 호텔 쪽으로 사라졌다. 신문 사이로 그녀가 갈라테이아 식당 모퉁이에서 사라지는 모습이 보였다. 무엇이 나를 더 크게 뒤흔들었는지 잘 모르겠다. 그녀가 밝힌 알리스의 끔찍한 과거인지, 아니면 나에게 제안한 미래인지.

쥘이 펄쩍 뛰어올라 나를 모래 위에 쓰러뜨렸다.

"얘기 잘 했어요?" 쥘이 내 얼굴을 핥지 못하도록 쥘의 목걸이를 잡아당기며 알리스가 물었다.

나는 덱체어의 부서진 나무 살 속에 파묻혀 있다가 힘겹게 일어났다. 알리스는 초조해 보였다. 긴장을 풀고 쾌활한 표정을 지어 보이며 안심시키려 했지만 단 1초도 그녀를 속이지 못했다. 그녀는 창백해졌고 나는 눈을 내리깔았다. 알리스가 두 손가락으로 내 턱을 쳐들고 아무 흔들림 없이 냉정하게 말했다.

"그건 사고였어요, 알겠어요? 이미 지나간 일이니 그 생각은 지워버려요. 나 혼자만 해방되면 되는 일이에요. 다른 아무하고도 관련이 없다고요!"

불시에 허를 찔린 나는 프레드와는 그저 일에 대해서만 이야기했다고 반박했다. 나는 거짓말에 능숙하지 않았지만, 그녀는 날 믿는 척했다. 그녀는 열성적인 동작으로 모래를 털어주고, 내 어깨에 박힌 나무살들을 빼주었다. 쥘이 에스파드리유• 한 짝을 가져와서는 던져달라고 몸을 뒤집어가며 조르는 동안, 알리스는 내게 슬그머니 사과의 미소를 보냈다.

"당신도 알다시피 난 평범한 여자예요. 그렇다고 내가 단순하다는 말은 아니지만요."

난 그녀의 입술에 살포시 입맞춤하면서 그녀 말을 인정하고, 쥘과 함께 장난을 쳤다.

• 밑창은 삼베 등을 엮어 만들고 발등 부분은 천으로 만든 가벼운 신발.

호텔 앞에서 프레드와 마주쳤다. 그녀는 마카롱 씨와 어떤 대화를 나눴는지, 한 마디도 언급하지 않았다. 다음 내용을 제외하고는.

“저녁 7시 30분에 바카라 게임장에서 다시 만나. 그에게 카지노에서 저녁 식사하자고 초대했어.”

“왜 카지노예요? 거기는 개들이 출입 금지잖아요.”

“바로 그거야. 너희는 서로가 진짜로 느끼는 게 뭔지 알기 위해 둘만 있을 필요가 있어, 쥘에게서 벗어나서.”

그 말이 너무 정곡을 찔러, 나는 아무 말 없이 그녀가 멀어지는 모습을 바라보았다. 문제의 당사자인 쥘이 내 관심을 돌리려 목줄을 잡아당겼다. 쥘과 함께 포장 음식점에 가서 쥘이 가장 좋아하는 로스트 치킨과 초콜릿 뿌린 러리죄•를 샀다. 우리 세 명이 보낼 밤이 오기 전에 그를 기다리며 두 시간의 고독을 달래야 한다는 것이, 지금 내게는 인생 최악의 일처럼 느껴졌다.

*

프레드가 멀리서 잭팟이라도 터뜨린 듯이 함박웃음을 지으며 손을 흔들었다. 그녀는 바카라 게임용 테이블들이 앞으로 나와 있는 방에서 난간에 기대어 앉아 있었다. 테이블 위에는 네 사람을 위한 식기 세트가 놓여 있었다. 그중 한 자리에는 이제 막 성인이 된 듯한, 그러나 충분히 고혹적인 앳된 소녀가 세 겹으로 레이어드한 민소매 티셔츠 밖으로 어깨를 드러내고 앉아, 휴대전화로 누군가와 메시지를 주고받고 있었다.

"알리스, 엘레오노르 기억나지?"

"e 없이 발음해야 돼요." 소녀가 자리에서 일어나 내 뺨에 입맞춤 인사를 하며 말했다. "우린 서로 본 적 있어요. 음, 그러니까, 내가 본 거죠. 브라보, 눈이 치료된 것 축하해요, 정말 멋져요!"

"본보 씨 딸이야." 프레드가 내게 기억을 떠올려주었다.

난 그녀를 목소리로 기억해냈다. 매력적인 소녀였고, 작년 여름에는 아버지가 운영하는 약국에서 연수 중이었다— 명랑한 어조로 처방전을 전달했었다. 갈리엥 양, 처방받으신 푸로프틸과 락사틸입니다. 즐거운 오후 보내세요.

• 가늘고 긴 슈프림에 초콜릿을 뿌린 디저트.

"배우가 되고 싶어 해." 프레드가 말을 이었다. "주말에는 르 아브르에서 수업을 듣는대. 엘레오노르의 사이트에서 데모 영상을 봤어. 그래서 사람들을 좀 소개해주려고."

더할 나위 없이 즐거웠다. 우리의 저녁 식사에서 쥘을 내쫓고 그 자리를 미스 트루빌로 대신한 것이다—난 그 교활함을 직시하는 게 두려웠다. 프레드는 꽃이 만개한 해안에서 휴가 중인 지인들과 아메리카 필름 페스티벌 때문에 올 사람들을 한 명씩 검토하기 시작했다. 순진한 소녀는 입이 떡 벌어져서 들고 있던 아페리티프용 비스킷 앞에서도 다물 줄을 몰랐다. 프레드가 갑자기 다시 내게 친절하게 굴었다. 6년 전에 엘레오노르 자리에 있던 내 모습이 보였다. 나는 그녀의 능수능란한 사교술에 사로잡혔고, 강박적으로 무언가를 발견하는 것에 기쁨을 느끼는 이 사업가는 쾌락을 표현하는 내 목소리에서 가볍고 높은 울림을 알아차리고 라디오프랑스 방송국의 합창단에 나를 넣는 데 앞장섰다. 프레드가 지키는 유일한 방법은, 누군가의 약점을 쥐고 권력을 행사하는 거다.

"사람들이 늦으면 난 짜증이 나더라." 프레드가 회벽 돔 천장 아래 매달린 커다란 시계를 향해 눈을 찡긋한 후 하던 일을 멈췄다.

이제 막 저녁 8시가 되었다고 내가 말했다. 내게는 대답하지 않고, 프레드는 미래의 약사의 턱 아래를 검지로 가리키며 말을 이었다.

"넌 이게 관심 있겠다. 다르덴 형제• 감독과 같이 아침 식사하는

• 벨기에의 영화 제작자로, 둘이 함께 영화의 각본, 제작, 감독을 담당한다.

거 어때? 그들이 다음 영화에 등장할 무명 배우를 찾고 있던데."

엘레오노르는 자기 귀를 의심하는 것 같다. 가엾은 소녀. 난 경험을 통해 이런 말의 의미를 알고 있다. 더 높은 곳에서 떨어질수록, 낙하산을 더 빨리 펴게 된다. 프레드는 나에 대한 믿음을 갖고 내가 합창단에서 일할 수 있도록 큰 힘을 썼다. 안타깝게도 라디오프랑스에서는 나를 합창단원으로 받아들이지 않았지만. 어쨌든 난 RTL방송국의 아나운서가 되었다. 이 정도가 본보 가의 어린 아가씨에게 내가 기대하는 전부이다. 세자르상•을 받는 상황까지는 못 가도, 꾀꼬리 같은 목소리로 애니메이션 더빙 작업에서 멋진 경력을 쌓을 수는 있을 것이다.

"아, 드디어 세균맨이 오셨군!" 프레드가 자리에서 일어서며 외쳤다. "여권을 놓고 왔나 본데."

사람 얼굴을 잘 알아보는 도어맨 앞에서 짜증을 내고 있는 지발이 보였고, 나는 그 상황을 정리하기 위해 게임실을 가로질러 가는 프레드를 바라보았다. 언제부터 식당에 들어오는 데 증명서를 보여줘야 했지? 프레드가 두꺼운 지갑에서 VIP용 블랙 카드를 꺼내 보이며, 턱시도를 입은 담당자에게 그는 저녁 식사에만 초대된 거라고 설명했다.

"난 공공 안전을 위한다는 이런 행동들을 견딜 수가 없어요!" 지발이 화를 내며 다가왔다.

• 프랑스의 아카데미상으로 불리는 영화상.

곁 보기에도 그는 카지노에 처음 들어오는 것 같았다. 우파 정당의 지지율이 오르는 것을 매우 걱정하는 엘레오노르는 그에게 지지를 표했다. 프레드가 그들을 각자 소개했고, 지발을 못 들어오게 한 것은 인종차별주의가 아니라, 게임이 금지된 사람들과 미성년자들을 적발하는 법을 적용한 것일 뿐이라고 설명했다. 지발은 내가 입은 원피스가 아주 아름답다고 칭찬하며 주제를 바꿨다. 그는 모노프리에서 자체 제작한 남성복 상의를 입었다. 검소하고 너무 작아 보이는 그 옷은 여기 오기 전 부둣가에서 산 게 틀림없었다. 검은색 소매 끝에는 아직도 도난방지용 자석의 자국이 남아 있었다. 난 그가 레이어드 티셔츠 속에서 삐져나올 듯한 젊은 여자의 풍만한 가슴에 눈길 주지 않는 것을 고맙게 생각했다.

프레드가 샴페인과 해산물 요리를 주문했다. 지발이 웃옷 속에 숨겨왔던 두툼한 봉투를 테이블 밑으로 은밀히 프레드에게 건넸다. 그녀는 눈을 찡긋거리며 지발에게 고마움을 표시하고는 두 손님의 손목을 두 손으로 꽉 쥐었다.

"지발 드 프레쥬는 너처럼 제로에서 시작한 미래의 노벨상 수상자야." 프레드가 배우 지망생에게 신뢰감 있는 어조로 설명했다. "그는 이름에는 아무런 문제가 없어."

"알아요." 엘레오노르가 한숨을 내쉬었다. "하지만 난, 모두 내 이름에 e를 덧붙여요. 난 그게 거슬려요."

"불편하게 만드는 건 오히려 본보라는 성이야." 프레드가 말을 이었다. "성을 줄이는 게 좋겠어. 엘레오노르 본이라고. 물론 e도 없애고 말이야."

경박한 미소가 트루빌 아가씨의 젊은 얼굴을 환히 빛냈다. 그녀가 나를 향해 몸을 돌렸다. 나도 동의했다. 그런 이름으로 꿈이 시작되는 것이다. 그녀는 이미 영화 포스터 꼭대기에 적힌 자기 이름을 보고 있다. 엘레오노르 본 출연. 그녀는 현실을 직시하겠다고 말했다. 매우 가혹하리라. 영화판이 매우 폐쇄적인 세계라는 것도 잘 알고 있었다. 특히 약사의 딸에게는.

테이블 아래로 지발의 발이 내 발에 닿았다. 나는 떼지 않고 가만히 있었다. 불꽃을 뿜으며 전기가 방전된 것처럼 등에 소름이 끼쳤다. 아무것도 놓치는 법이 없는 프레드가 곁눈질로 나를 유심히 살피면서 손가락으로 냅킨을 두드렸다. 속마음을 감추기 위해 난 잠재적 스타에게 그녀와 비슷한 상황의 배우가 있었다고 얘기해주었다. 불후의 명작 「안젤리크, 후작 부인」에서 열연한 미셸 메르시에도 니스에 있는 메르시에 약국의 딸이었다고 말이다. 엘레오노르는 약간 입을 삐죽거렸다. 그 배우가 누구인지 몰랐던 것이다. 프레드는 눈썹을 추켜올리면서 엘레오노르 세대에 딱 맞는 보기를 들고는, 내가 든 잘못된 예도 칭찬해주었다.

휴대전화가 띠링 소리를 냈다. 지발이 몰래 화면을 보더니 당황하며 양해를 구하고는, 전화를 걸며 초록색 펠트 천을 긁고 있는 카지노 딜러들 사이를 지나 멀리 걸어갔다. 내 다리에는 온통 닭살이 돋았다. 동시에, 내가 지발에 대해 아무것도 모른다는 생각이 들었다. 상식을 벗어난 그의 경력과 나를 녹이는 남자다운 친절함을 제외하고. 어쩌면 그는 결혼을 했거나, 이혼했지만 주말에 만날 아이들이 있을지도 모른다. 아니면 먹잇감의 조건에 맞춰 적응하는 호색한일지도 모른다. 난 그에게서 어떤 그늘진 구석도 발견하지 못했다. 하지만 그것은 아무것도 입증하지 못한다. 뼛속까지 비열한 작자도 존재하는 것이다. 자아도취에 빠진 성도착자들도 있고. 프레드가 남자라는 족속 거의 전부를 통틀어 지칭하듯이, 변태들도 있다.

오를리 공항의 영웅이 다시 돌아와 자리에 앉았지만 조금 전과 같지 않았다. 물론 그는 노력했고 질문도 던졌으며, 나머지 두 사람의 이목을 끌기 위해 영화에 대한 견해를 펼쳤다. 뭔진 모르지만 전화로 나눈 대화를 완전히 잊고 싶은 것 같았다. 아니면 나를 유혹하는 중인 걸까. 아니다. 난 그에게 확실히 문제가 생겼다는 걸 느낄 수 있었다. 프레드처럼, 모두처럼. 나는, 단순히 행복해지고 싶을 뿐이다. 불빛을 끄고 싶을 뿐이다. 더 이상 어디에서 빛나는지 알 수 없는 이 인조 광선을.

"플로베르 호텔 주차장에 있는 마세라티 인디 73이 당신 건가요?" 지발이 물었다.

프레드는 깜짝 놀라, 엘레오노르에게 남자가 GT카•에 관심을 갖는 건 흔치 않은 일이라고 짚어주었다.

"난 모든 것에 관심이 있어요. 그게 내가 가진 문제점 중 하나죠. 난

• grand touring car. 장거리·고속 주행용의 고성능 자동차.

그 차가 비날레•공방 디자인 중 가장 아름다운 차라고 생각해요."

"쥘은 그 차를 싫어해요. 내 마세라티도 그걸 느끼는 게 틀림없다니까. 쥘이 타면 고장이 나거든. 매년 난 둘을 생라자르 역에서 기차에 태워 보내고 여기에 먼저 와서 기다리지. 첫해 여름에는 알리스와 함께 장거리 여행을 많이 할 수 있었는데! 그렇지, 내 귀염둥이?"

그녀가 손가락으로 나를 쿡쿡 찔렀다. 난 억지웃음을 지었다. 그녀는 어디까지 가고 싶은 걸까, 이 놀이는 무엇에 이르게 될까? 저녁 식사는 이제 끝나지 않는 간주곡처럼 무거워졌다. 난 너무 마셨다. 명랑하게 굴려고 애썼지만 괴리감만 느껴졌다. 그들이 웃을 때는 울고 싶었고, 그들이 레이더의 전자기 공해나 비정규직의 불안함에 대해 흥분할 때는 그 신랄한 대화에서 빠져나오고 싶었다. 소리를 막아버리고 싶었고, 쥘과 함께 달빛 환한 바다를 걷고 싶었다. 그리고 섹스를 하고 싶었다.

밤 10시 40분, 우리는 e가 없는 엘레오노르를 부모님과 함께 사는 약국 위층 아파트까지 데려다주었다. 그녀의 뺨에 입 맞추며 인사를 한 다음, 그녀가 건물의 문을 열기 위해 세 번이나 문고리를 잡았다 놓치는 광경을 바라보았다. 그녀는 심각하게 취했고, 이 저녁 모임에 푹 빠진 것 같았다. 프레드가 나를 보며 한쪽 눈을 찡긋했다. 미래에 대한 투자라는 의미이다. 나는 프레드가 나를 질투하게 만들고 싶은 것인지, 아니면 내가 느끼는 양심의 가책을 덜어주려는 것인지

• 디자인 능력을 갖춘 오랜 전통의 자동차 공방 중 하나.

모르겠다. 그녀가 여전히 어린 소녀들에게 열광하며, 어린 소녀들과 관계를 맺는 게 불가피하리란 사실을 과시하는 것. 그녀가 말한 것처럼—나를 통해 경험했던 것을 다른 여자들과 되새기는—'여자 피그말리온'으로서의 능력이 여전히 있다는 것을 보여주는 것. 아마도 오늘의 저녁 식사는 그저 우리의 결별을 완성하기 위해 마련된 것이었으리라. 프레드가 지발의 주머니에 무언가를 은밀히 넣었다. 이제 보니, 오늘 저녁 자리는 막 그녀의 동료가 된 매혹적인 박테리아 연구가에게 탄탄한 길을 열어주기 위한 용도이기도 했나 보다. 지발은 작고 초라한 옷을 벗어던지게 해줄 위험하게 요동치는 큰 돈벌이에 눈이 뒤집힌 거다. 이제 그는 프레드의 등에 딱 달라붙어 떨어지지 않으려 안간힘을 쓰리라.

나는 그들 뒤로 세 발자국쯤 떨어져 걸었다. 난 시골에서 올라온 먼 사촌인 듯한 느낌이 들었고, 지루해하는 어린애들한테 어른들이 반복해서 말하듯이 내 앞엔 창창한 미래가 펼쳐질 것만 같았다.

지발이 신발 끈을 다시 묶으려고 걸음을 멈췄다. 프레드가 나를 향해 몸을 돌리더니 대화를 계속하려는 표정으로 한숨을 내쉬었다.

"저 얼빠진 표정으로 알리스가 나를 감동시킨 건 사실이야. 진짜 사랑스러운 아이지. 그리고 그 약사 아가씨하고도 여전히 그럴 수 있을 테지."

난 이제야 깨닫게 된 것이 부끄러웠다. 그녀는 내게 자기 의도를 확실히 알려야만 했던 것이다. 프레드가 나를 보고 미소 지었다. 나를 안심시키기 위한 미소였다. 내가 자유라는 것을 상기시키기 위한 미소였다. 그녀가 나를 간호사 역할로 원하지는 않는다는 의미가 담겨 있었다.

프레드는 자기 라이벌과 다시 팔짱을 꼈고, 우리는 줄이 발코니에서 몸을 기울이고 우리를 찾고 있는 호텔로 들어갔다.

이상한 저녁이었다. 프레드는 마치 내 생물학 연구가 나를 영화에 투자할 수 있는 엄청난 재력을 가진 후원자로 만들어줄 것처럼, 아마추어 여배우 앞에서 끊임없이 나를 추켜세웠다. 프레드가 나를 매개로 엘레오노르의 환심을 사고 싶은 것인지, 알리스를 되찾기 위해 엘레오노르와 나를 이어주려고 애쓰는 것인지 알 수 없었다.

작은 바닷가재를 세 개째 공략하고 있을 때 어머니의 메시지를 받았다. 만약 아직도 같은 상태라면 우리 집으로 와도 좋다. 사랑을 보내며.

문장에 담긴 의미와 익숙하지 않은 마지막 문장 때문에 나는 두려워졌다. 난 어머니에게 전화를 하려고 좀 멀리 떨어져 나왔다. 전화기 너머에는 크리스마스에 어머니에게 선물한 보스 스피커가 바그너를 웅장하게 연주하고 있었다. 역시 어머니는 문제가 생겨

AFP통신사의 공문 스타일로 내게 마음을 열어 보인 것이다. 일 드 프랑스•의 벽난로사용금지법이 최고행정재판소에 의해 무효가 되면서, 그 법안을 상정했던 전도유망한 국회의원 장크리스티앙이 폐쇄된 벽난로를 강제 매각하도록 선동한 죄와 수뢰죄로 기소되었다. 장크리스티앙은 벽난로가 파리 근교를 오염시키는 주범이라는 걸 언급했을 뿐인데. 예심판사가 그에게 구류 영장을 발급했다. 내 어머니와 장크리스티앙이 첫눈에 반한 사연과 프랑스에 대한 둘의 애정에 대해 어머니가 쓴 일종의 '고백서'는 한 달 후 출간될 예정이었다.

"난 이제 막 원고에 오케이 사인을 했어, 지발. 이해가 가니? 이건 파국이야. 난 언론의 웃음거리가 될 거야! 아니면 더 끔찍한 일이 벌어지겠지. 절대적인 보이콧 말이다. 어떻게 장크리스티앙이 나한테 이런 짓을 할 수가 있니?"

나만큼이나 실망스러운 팩션 같은 인물에게 동질의 연민에 사로잡힌 나는 휴가가 끝나고 돌아가면 그를 면회하러 가보겠다고 대답했다. 어머니는 거칠게 전화를 끊었다.

저녁 식사 중인 자리로 돌아가자 곁눈질로 나를 살피는 걸 보니 틀림없이 나에 대한 얘기를 하고 있었던 것 같은데, 내가 다시 자리에 앉자 그들은 모두 입을 다물었다. 각기 다른 세 여자, 각기 다른 세 세대, 각기 다른 세 운명. 떠나고, 재건하며, 돌아오는. 그녀들 사이에서

• 프랑스 중북부에 위치한 주로, 중심 도시는 파리이다.

난 나의 흔적을 찾고 있었다. 여자들은 언제나 나를 부수고, 복원시켜 열광하게 한 다음, 다시 부수었다. 어쩌면 내 인생 항로가 방향을 바꾸게 될지도 모를 오늘 저녁, 그렇게 끼어든 어머니는 빼놓더라도 말이다.

알리스는 냉담했다. 난 프레드와 영화, 스포츠카에 대한 이야기를 나눴다. 내가 건넨 서류들을 그녀가 기분 좋게 읽을 수 있도록. 뱃속에 텅 빈 공허를 느꼈다. 일종의 결핍감이었다. 난 그것이 호텔 22호실에 있을 래브라도 때문이란 것을 깨달았다. 이 장소는 불법체류자에게처럼 개들에게도 금지된 곳이었다. 프레드는 틀림없이 알리스 앞에서 쥘이 너무 내 편 드는 것을 막기 위해 일부러 여기를 골랐을 것이다. 하지만 이 네 번째 식기 세트는 무엇을 위한 걸까?

"쥘은 여전히 이곳을 좋아하나요?" 이름은 기억나지 않지만, 샴페인을 여섯 잔째 마신다는 것은 기억이 나는 약국집 딸이 물었다.

두 여자가 가벼운 어조로 그렇다고 대답했다.

"난 쥘이 심각하게 좋아요." 그녀가 나에게 털어놓았다. "내가 프레드 씨께 말했죠. 만약 어느 날 두 분이 세상의 끝으로 떠나면, 내가 쥘을 돌보겠노라고."

별안간 그녀가 아주 예쁘다는 생각이 들었다. 정말 매력적이었다. 그때, 테이블 밑에서 누군가 내 발을 건드렸고, 그건 심장부터 배 속까지 나에게 용기를 주었다. 프레드가 공격적인 시선으로 시작이 누구인지, 아니면 방향이라도 분명히 밝히려는 게 보였다. 알리스에 대해서든 약국집 딸에 대해서든, 프레드는 나를 때로는 적군처럼, 때로는 아군처럼 사용했다. 내가 그녀를 상처받기 쉽게 만들어버린 걸까. 나는 그녀에 대해 만족할 만큼 감동받았다.

*

우리가 밖으로 나왔을 때는 날씨가 아주 상쾌했다. 비릿한 미풍에 실려 온 은은한 인동덩굴 향이 금세 프레드가 피우는 말보로 담배 냄새에 덮여버렸다. 갈매기 몇 마리, 연속적으로 울리는 폭죽 소리, 저음으로 가득 찬 배경음, 인도를 걷는 이 지역 주민들에게 자꾸만 부딪치는 술에 취한 사람들. 휴가철이다.

본보 약국 앞에서 알리스는 와인에 취한 배우 지망생이 잠시 길가 도랑에 잘 먹은 바닷가재를 토하러 간다고 생각하고, 그녀를 부축했다. 토하지는 않았다. 아니, 아마도, 결국에는 토한 것 같다. 그들이 초록 십자가가 창백하게 깜빡이는 약국 간판 아래에서 치밀어오는 구토를 기다리고 있는 동안 프레드는 교정용 보정기, 금연 패치, 그리고 방광염과 변비, 대형 슈퍼마켓에서 파는 약품들의 위험성을 이겨내고 환히 웃는 여자들이 그려진 포스터—'약사에게 상담해보세요'라고 적혀 있었다—로 나누어진 진열창 두 개 사이에 고정된 자판기에 1유로를 넣었다.

"만약의 경우를 대비해서"라고 말하며 프레드는 내 주머니에 은밀히 콘돔을 하나 밀어 넣었다.

그녀는 눈꺼풀 끝에 눈물이 맺혀 있었다. 알리스와 시선이 마주치자 그녀는 눈을 찡긋하고 몸을 돌렸다.

우리는 혼잡한 식당 테라스들이 있는 골목길을 따라 호텔로 돌아왔다. 하이힐을 신은 프레드는 도로가 미끄러워서 내 팔을 잡았다. 나는 등 뒤에 꽂히는 알리스의 시선을 느꼈다. 어떻게 생각해야 하는 것일까. 알 수가 없었다. 한번 개의 장난감이 되었던 나는, 두 여자의 장난감이 되어 빈둥거리는 것에 만족했다. 아마도 그건 내 인생에서 가장 아름다운 역할일 것이다.

*

"당신이 제일 먼저 샤워를 하도록 해." 프레드가 문을 닫으며 말했다. "그리고 잠을 자면 잊게 될 거야. 뭐 읽을 것 있어?"

"있어요."

"알리스가 귀마개를 줄 거야. 내가 코를 심하게 골거든."

"괜찮아요, 난 아주 깊게 잠드니까."

"쥘, 넌 누구랑 같이 잘 거야?" 알리스가 물었다.

쥘은 잘 이해되지 않는 이 새로운 상황에 흥분해서 이 방에서 저 방으로 마구 돌아다녔다. 녀석은 결국 알리스의 스카프를 물어와, 어린이용 침대와 마주한 테이블 아래 놓인 내 배낭 위에 펼쳐놓고 둥지를 틀었다. 층계참으로 통하는 문이 시야에서 가려지지 않도록 공간 분리용 커튼의 움직임을 조절할 수 있는 이 전략적인 위치라면, 쥘은 모두를 감시할 수 있다.

프레드는 내가 샤워하는 소리가 들리지 않도록 TV를 켰다. 명랑한 아나운서가 진행하는 무대에서 정치인들이 서로 욕을 해댔고, 우리가 아무런 불편도 없는 것처럼 과장하려 애쓰는 이 상황은 더욱 어색해졌다. 나는 티셔츠와 속옷만 입고 핑크빛 구름이 그려진 이불 속으로 들어갔다. 손에는 미로의 입구를 찾을 수 있는 단세포 곰팡이 변형균류의 지능에 대해 다룬 『네이처』 지를 들고. 쥘이 내 양말 한 짝을 입에 물고 밤 인사를 하러 왔다. 그 선물의 의미는 잘 이해할 수 없었지만 고맙다고 인사를 하고 양말을 슬쩍 베개 밑으로 밀어 넣었다. TV 속 정치인들은 이제 서로 의견을 말하지 못하도록 모두 동시에 고함을 치고 있었다. 두 여자는 목욕 가운을 입고 손에는 크림을 들고, 입에는 칫솔을 문 채로 방을 가로질렀다. 난 그들이 샤워를 끝내기 전에 침대 머리맡에 있는 램프를 껐다.

밤새 무슨 일이 일어날지 알 수 없는 불확실한 상황은 나에게 욕망과 믿음을 안겨주었고, 처음부터 다시 한번 되짚어보게 했다. 유혹 가능한 남성이라는 익숙한 표준에서 벗어나자, 남자로서의 자긍심이 사라지는 것 같았다. 그녀들은 저 벽 너머에서 사랑을 나눌까? 나더러 같이 즐기자고 부를까? 알리스에게 품었던 따뜻한 색조의 환상이, 프레드가 내게 불러일으킨 존경심과 겨뤘다. 벽 너머에서 TV 소리가 끊겼다.

"잘 자요, 마카롱 씨!" 두 여자가 입을 맞춰 합창했다.

나도 똑같이 유쾌한 어조로 답했다. 커튼 아래를 비추던 빛줄기가 사라졌다. 그녀들은 침실 덧창을 닫았지만, 내 방은 도시를 밝히는 밝은 빛에 잠겨 있었다. 숨소리도 안 들리게 소리를 죽이고 나는 그녀들 방에서 나는 침대가 삐걱거리는 소리에 집중했다.

"거기 내 아이패드 좀 넘겨줄래?" 프레드의 목소리.

그 뒤로 이어지는 끝없는 침묵 속에서 난 그녀들이 포르노 영화를 본다고 생각했다. 그녀들과 함께하고 싶다는 욕망과 게임에서 제외될지 모른다는 불안감 사이에서, 내 배낭에 달린 가죽끈 사이에 머리를 묻고 잠든 쥘을 눈으로 살피며 기다렸다. 드디어 쥘이 꿈을 꾸며 고통거리기 시작했다.

"어이, 어린이 방!" 프레드가 소리쳤다. "'딜레마'에는 m이 두 개야, 아니면 m, n이 있는 거야?"

그녀들은 십자말풀이를 하고 있었다.

*

마룻바닥이 삐걱거리는 소리에 잠이 깼다. 커튼 봉의 고리가 부딪치는 소리도 났다. 난 눈을 떴다. 창밖에 있는 가로등의 노르스름한 불빛 아래, 알리스가 커튼을 열고 들어와 다시 조용히 닫는 모습이 보였다. 쥘이 고개를 들었다. 알리스가 쥘을 향해 손을 뻗자 쥘은 다시 고개를 떨어뜨리고 엎드렸다. 겨드랑이에 액자 같은 것을 낀 그녀는, 까치발을 들고 조심조심 걸으며 서랍장 쪽으로 향했다. 나는 의아함을 느끼며 열심히 자는 척했지만, 그녀는 나를 바라보며 입술에 손가락을 대 조용히 하라는 신호를 보냈다. 그녀가 겨드랑이에 끼고 있던 거울을 작은 침대 맞은편에 내려놓고, 탱크톱과 분홍색 속옷을 벗었다.

가슴이 타는 듯이 뜨거워진 나는 천천히 이불을 들어 올리며 몸을 일으켰다. 그녀는 쥘한테 했던 것과 똑같이 손을 수평으로 드는 동작을 했다. 나도 다시 누웠다. 알리스는 거울에 비친 자신의 모습에서 눈을 떼지 않고 내게 다가왔다. 그녀가 내 허리에 자신의 한쪽 무릎을 갖다 대고는 거울의 방향을 바꾸고 다시 돌아와 내 셔츠를 벗겼다. 그러고는 다시 '움직이지 말라'는 몸짓을 했다. 그녀는 폭탄의 뇌관을 제거하는 전문가처럼 정교하게 내 속옷을 내렸다. 그녀가 서랍장 위 거울에 비친 우리 모습을 보며 내 옆모습을 자세히 관찰하고, 내 페니스를 따라 손가락을 스치고 손으로 페니스 전체를 감싸는 동안, 난 꼼짝도 못 하고 굳어 있었다. 잠시 후, 그녀와 눈이 마주치지 않도록 애쓰며 나 역시 조심스레 그녀의 몸을 쓰다듬기 시작했다. 아주 사소한 불필요한 동작, 아주 사소한 부적당한 말로도 이 순간이 멈춰버릴 수 있다는 것이 느껴졌다. 그녀를 끌어당기는 것은 내가 아니라, 자신의 참모습을 찾으려는 그녀 자신이었다. 알리스 스스로 예전에 경험한 격정의 메아리를 되찾으려 애쓰고 있었다. 그것을 확인하고 내 욕망은 엄청나게 부풀어 올랐다. 난 그저 부름 받은 제품, 시험용 상품일 뿐이었다. 그녀는 나를 시험했다. 난 그것으로 혼란에 빠졌다. 그녀는 나에게 믿음을 갖고 있었다. 이 용기를 자연스러운 충동으로 바꿔보려 시도하는 것이다. 내 짐작으로 그녀는 지금 그 잔인한 기억들에 맞서고 있었다.

난 움직이지 않았다. 그녀가 하는 대로 내버려두고, 거울에 비친 우리 모습을 길들이는 그녀를 바라보았다. 두려움의 뇌관을 제거하고 과거를 멈추게 한다. 그녀 혼자 선택한, 새롭고 아름다우며 부드럽고 관능적인 이미지를 창조하는 것이다. 의식을 다시 만들고 남자의 몸에 다시 적응한다.

쥘이 으르렁대기 시작했다. 위험을 경고하는 소리였다. 알리스는 여전히 거울 속 모습에서 시선을 떼지 않은 채, 내 귀두 주위에 입술을 대고 움직임을 멈췄다. 나는 커튼을 젖히고 선 프레드를 발견했다.

"나 쉬하러 가도 되겠지, 응?" 프레드가 그녀 앞을 막아선 쥘에게 속삭였다.

그녀는 우리에게 눈길을 주지 않은 채 쥘 주위를 돌아, 목욕 가운으로 몸을 감싸고는 화장실까지 대각선으로 걸어갔다. 그러고는 보란 듯이 조심스레 화장실 문을 닫았다. 페니스 끝에서 알리스가 참으려 애쓰는 미친 듯한 웃음의 진동을 느꼈다.

조르륵, 휴지 뜯는 소리, 물 내려가는 소리. 쥘이 프레드가 화장실에서 나오면 안내해주려고 기다리고 있었다. 그녀는 의자 위에 놓인 내 바지 앞에 멈추더니, 본보 약국 앞에서 주머니에 은밀히 넣어주었던 콘돔을 꺼내 이불 위로 던졌다. 쥘은 본능적으로 그것을 다시 프레드에게 가져다주었다. 그녀는 어깨를 으쓱하더니 콘돔을 받아 거울 뒤에 놓고는 다시 자러 갔다.

나는 알리스의 얼굴을 끌어당겼다. 우리는 숨 막히도록 참고 있던 웃음을 거두고 서로의 입술을 열렬히 탐하며 어린애들처럼 뒤엉켰다. 아니, 아주 나이 든 사람들처럼. 영원을 맹세한 연인처럼. 늘 함께 해온 친구처럼.

나는 어린이용 작은 침대에서 그 사람에게 딱 달라붙은 채 잠에서 깼다. 믿을 수가 없었다. 어떤 혐오감도 거북함도 없었고, 다른 어떤 생각도 떠오르지 않았다. 난 새로 태어났다. 두 번째로 다시 처녀가 됐다. 내 욕망을 봉쇄했던 죄의식과 남자들로 더러워진 자국을 씻어낸 처녀. 하지만 우리 사이에는 거의 아무런 일도 일어나지 않았다. 터져 나오는 웃음을 간신히 참았고, 키스를 했고, 납덩이 같은 깊은 잠에 빠졌다. 나를 위험하게 한 것은 아무것도 없었으며, '그때의 사건'을 떠올릴 일은 전혀 없었다. 나는 마침내 내가 이겨냈다는 것을 알았다. 마치 우리가 이미 백번은 더 사랑을 나눈 것처럼 내가 그에게 욕정을 느꼈음을 알았다. 말없이 내게 동조하는 신중함, 남성적인 힘과 부드러움. 나는 그를 사랑한다. 그렇다. 프레드는 나보다 먼저 알고 있었다. 쥘은 말할 것도 없고. 우리는 함께해나갈 것이다. 즐거운 행복, 비밀 이야기를 만들어내고, 이타적인 우리만의 사랑법을 찾아낼 것이다. 함께 공유하는 것에 아무 어려움도 느끼지 않을 것이다. 프레드 역시 마찬가지이다. 그녀는 내가 엘레오노르와 메시지를 주고받게 하려고 별짓을 다 했다. 난 엘레오노르와 메시지를 다섯 번 주고받았다. 나를 물려주겠다고 결정한 프레드의 의지 속에 숨겨진 괴로움은 그녀가 모르도록 말이다. 내 자리를 이어받은 수혜자의 반응은 끝까지 모르련다.

지발이 뭐라고 웅얼대며 잠에서 깨어났다. 그는 자기 품에 안긴 나를 발견했다. 나는 그에게 '안녕, 내 사랑'이라고 중얼거렸다. 그는 얼굴을 찌푸리지 않고 나와 똑같이 대답했다. 예의 바르게, 하지만 굉장히 깜짝 놀란 표정으로. 이 사람은 그런 감정을 감추는 데 아주 서툴다. 침대에서 뛰어내렸다. 쥘이 문을 향해 펄쩍 뛰어가 하네스를 입에 물었다. 난 커튼 뒤쪽에 대고 큰 소리로 외치며 조깅복을 입었다.

"두 사람을 위해 아침 식사를 주문할게요!"

"난 잘 거야!" 프레드가 침실 벽 너머에서 고함쳤다.

쥘과 나는 잔뜩 행복한 표정으로 계단을 급히 내려갔다. 1층에서 쥘에게 하네스를 채웠다. 하네스를 채우는 행위는 이제 무의미하다. 나도 잘 알고 있다. 하지만 이 습관을 버리는 건 나중으로 미루고 싶다. 어쨌든 간에 쥘은 대수롭지 않게 평소처럼 하네스를 찼다—맹목적 숭배라고까지는 말하지 않겠다. 쥘에게선 이제 전혀 불안함이 느껴지지 않았다. 마카롱 박사의 치료가 훌륭한 효과를 발휘한 모양이다.

호텔 카운터에는 엘리자베스가 신문에 얼굴을 박고 앉아 있었다.

"아침 식사 올려 보낼까, 우리 아가씨?"

"고마워요, 아시다시피 3인분 부탁해요."

엘리자베스는 신문에서 고개를 들어 내게 윙크를 보내고는, 입술을 동그랗게 오므려 장난꾸러기 같은 뽀뽀를 보냈다. 바람이 밖으로 나온 우리를 마을 쪽으로 밀어 보냈다. 쥘이 들어가려면 허가를 받아야 하는 공터 대신에, 파리의 거리에 있는 것 같은 도랑 쪽 길을 선택했다. 어디로 가는지, 난 알 수 없었다. 하지만 맹목적으로 무턱대고 어딘가로 향하는 일은 얼마나 행복한가. '맹목'이라는 단어 때문에 눈물이 왈칵 솟았다. 내가 어디에서 왔는지 볼 수 있다는 것, 그건 절대적 특권이다. 과분한 특권. 나는 행복해서 소리를 질렀다. 프레드를 생각하면 고통스러울지라도. 난 그녀에게 행복한 모습을 보여줄 의무가 있다. 잘못을 저지를 자격은 없다.

쥘은 도랑을 주파한 다음, 널빤지 길 가장자리에 있는 파란 비닐봉지함을 향해 방향을 돌렸다. 쥘은 비닐봉지를 하나 떼어내어, 이해심 많은 행인이나 조깅 중인 인정 많은 사람을 찾아 나섰다. 나는 쥘이 하네스로 툭툭 치는 행동을 금세 이해했다. 이 녀석이 아주 좋아하는 놀이 중 하나로, 불쌍한 시각장애인 여자를 도울 의향이 있는 낯선 사람들에게 자기 똥을 줍게 하는 것이었다. 그렇지 않으면 불쌍한 시각장애인 여자는 빛을 비춰 똥덩어리를 찾아내고, 위치를 어림잡아 똥을 주워야만 하니 말이다. 교활한 녀석 같으니라고.

시각장애인인 척해야 하는 거북한 감정을 참으면서, 나는 도베르만—아니, 암컷이니 도베르우먼—을 데리고 온 뚱뚱한 여행객이 방금 과업을 완수한 것에 고마움을 표시했다. 그 여행객이 쓰레기통으로 향하는 동안, 쥘이 즉흥적으로 이 접근 작전을 세웠다고 믿으면서 말이다. 쥘은 나만큼이나 흥분한 표정이었다. 쥘은 저녁 7시 이후 해변에서 벌어지는 짝짓기 놀이에서 별 재미를 보지 못해왔는데, 올해는 상황이 달라졌으니 경쟁력이 높아질 거다. 이제는 쥘이 하네스 때문에 제한받지 않으리란 걸 깨닫고 약간은 안도감을 느꼈다. 쥘은 다시 평범한 동물이 될 것이다. 감히 말하자면, 나처럼. 오늘 아침에는 내 자신이 꽤나 암캐같이 느껴졌다. 통계적으로 우리가 서로에게 도움이 될 시간은 5~6년 정도 남았다. 그 정도면 서로 불편하지는 않을 것이다.

"흠흠, 내가 좀 도와줘도 될까?" 똥을 대신 치워준 사람이 쥘이 정복한 예쁜 암캐에서 내려오게 하며 투덜거렸다.

그는 쥘이 찬 하네스의 손잡이를 잡아당겨, 럭비 선수 같은 체격에서는 예상할 수 없었던 섬세한 동작으로 내 손에 놓아주었다.

"미안해요, 우리 블란딘이 발정기예요."

그가 얼굴을 붉히자 나도 얼굴을 붉히며 그게 정상이라고 대답했다. 그 사람은 즐거운 하루 보내라고 내게 인사하고는, 잔뜩 흥분한 암캐와 함께 다시 산책을 떠났다. 우리는 널빤지 길 위에 서서, 바다에서 불어오는 바람 속으로 멀어져가는 그들을 바라보며 꼼짝도 하지 않았다.

"장난 그만해." 내 사냥꾼 친구에게 말했다. "사람들이 우리를 어떻게 보겠니?”

난 마카롱 씨가 빗장을 벗긴 욕망에서 깨어날 수가 없었다. 어린이용 침대에 누운 그를 향해 올라가던 생각이 나를 가득 채우고 내 마음을 뒤흔들어놓았다.

갑자기 사람들이 깜짝 놀라 소리를 질러댔다. 날카로운 자동차 엔진 소리가 요란한 갈매기들의 울음소리를 찢고 들려왔다. 저런 소리를 낼 수 있는 자동차는 단 한 대뿐이다. 카르노 가를 달려 올라가자, 예열도 하지 않고 전속력으로 달려 카지노 광장 모퉁이에서 사라지는 회색 마세라티가 보였다. 있을 수 없는 일이었다. 프레드는 절대 애지중지하는 오래된 차에 저런 짓을 하지 않는다.

나는 긴박한 걸음으로 길을 가로질렀다. 호텔 카운터에서 나를 향해 미소 짓는 엘리자베스의 얼굴에는 유감스럽지만 어쩔 수 없다는 표정이 드러나 있어, 차를 도둑맞았을지도 모른다는 추측을 날려버렸다. 침실로 급히 올라갔다. 지발이 반쯤 비어 있는 벽장 앞에서 이상하게 빛나는 표정으로 나를 기다리고 있었다.

“나 때문이에요.” 그가 나를 보자마자 곧바로 말했다. “하지만 당신이 생각하는 그런 것 때문은 아니에요.”

알리스와 쥘이 나가고 나서 5분 후, 나는 객실 담당 메이드에게 문을 열어주었다. 그녀는 꽤 무거운 쟁반을 테이블 위에 내려놓으며 오늘 날씨가 구름 한 점 없이 맑다고 자랑스럽게 알려주었다.

"신사분께서 무엇을 드실지 몰라서 차와 커피, 오렌지 주스와 자몽 주스를 갖고 왔습니다. 즐거운 하루 보내시길!"

혹시 프레드가 아직 자고 있을지도 몰라 나는 두 공간을 나누는 문틀을 조용히 두드렸다.

"갖다 줘요." 프레드가 대답했다.

커튼을 열고 침실로 들어가 아침 식사가 놓인 쟁반을 그녀의 침대 위에 놓았다. 그다음, 덧문을 열어 의자 위에서 룸서비스를 기다리고 있는 갈매기에게 인사했다. 창문을 다시 닫으며 나는 프레드에게 미안하다고 말했다.

"그래, 그런 것 같군." 그녀가 찻잔을 꺼내며 중얼거렸다. "드라마처럼 허세를 부릴 필요는 없어, 그렇잖아? 진짜로 당신과 알리스, 두 사람이 사이가 좋은 거라면, 난 너무 기쁘고 기꺼이 떠나줄 생각이야. 가운데에서 사랑을 중개하는 스타일은 아니거든. 특히 당신은 천재니까 말이야."

그녀는 커피를 잔에 따르며, 카펫 위에 흩어져 있는 내 서류들을 턱으로 가리켰다.

"당신의 박테리아들, 너무 좋아. 하지만 사람들은 두려워할 거야. 박테리아가 금세 병균을 퍼뜨릴 거라고 생각할 테니까. 우리는 두 번째 시기를 위해 그걸 지키고 있자고. 당신이 유명해질 때 말이야. 지금 당장 황금의 가치가 있는 것은, 주문만 하면 메도크 와인을 만들 수 있는 착즙 식물이야. 그거 당신이 개발한 게 확실한 거야?"

"우리 집 욕조에서 5년 동안이나 실험한 겁니다. 나한테 특허권도 있어요."

"식물에 대한 특허권을 갖고 있는 거야?"

"아뇨. 뿌리의 삼출 방식에 대해서요. 그런 생산성을 가지고 유효 성분을 추출하도록 허가하는 유일한 방식이죠."

"그리고 주목 같은 침엽수에서 추출한 항암 테르펜의 공급을 백배로 늘릴 수 있다고 했는데, 증명할 수 있어?"

"이미 마쳤어요."

"그럼 생산 단계로 들어갈 준비가 된 건가?"

"자본금 문제가 있죠."

"내가 투자할게."

그녀는 크루아상을 커피에 적셔 먹고, 마지막에 커피를 꿀꺽 마신 다음 벌떡 일어나서 벽장문을 열었다. 여행 가방을 꺼내, 농산물을 가공하는 다국적 기업을 통해 펼칠 공격적 계획을 설명하면서 자기 물건들을 가방에 쑤셔 넣었다.

"내 변호사인 다프네 샤사뉴 씨, 그녀는 파리 최고의 변호사야. 그들과 관련된 수많은 소송에서 이겼어. 침대 머리맡 탁자에 내가 준비해둔 위임장에 사인해줘. 당분간 복잡한 일은 없을 거야. 우리는 9월에 합의를 마무리 지을 거야. 그건 그렇고, '착즙 식물'은 가격이 싸긴 싸더라. 물론 당신 이니셜을 지킬 거지만, 이 프로젝트 이름은 '플랜트 어드밴스트 테크놀로지PAT'라고 붙일 거야. 빠른 시일 내에 소식 전할게. 나 떠난다. 알리스하고는 마주치고 싶지 않아."

나는 어떤 의미로든 내 운명을 뒤흔들 문장 다섯 줄 아래에 서명했다. 이미 사기를 당해봤기 때문에 그런 상황에는 면역이 되었고, 더 이상 잃을 것도 없었다.

"알리스한테 신경 써준다고 약속할 거지? 무엇보다 절대 거칠게 대하지 마. 어젯밤처럼 그녀가 주도권을 갖게 내버려뒀으면 좋겠어. 그래도 불을 붙이는 배려는 해줘. 그게 당신이 감당할 수 있는 범위 안에 있다면 말이야. 주도권을 쥐면 알리스는 안심할 거야. 더 나은 건 주도권이 그녀에게 에너지를 불어넣는 거지. 그러면 알리스는 그 에너지로 당신이 가진 소심증을 감싸줄 수도 있고 말이야. 믿어도 되지?"

"네, 믿으세요."

잠시 후, 프레드는 엘리베이터에 올라탔다. 마음을 안정시키기 위해 나는 차를 한 잔 따르고 빵에 버터를 발랐다. 맙소사, 그녀는 나에게 겁을 준 것이다, 이 얼간이에게. 이 모든 게 어젯밤, 알리스와 함께 한 축복 속에서 벌어졌다. 이제야 난 알리스의 성생활이 재구성되던 그 현장에 대해 제대로 인식했다. 양심의 가책 때문이건 혹은 비뚤어진 복수심 때문이건, 프레드는 개인적인 욕망을 사업 계약서로 대체했다. 육체적 욕망과 대담함은 그녀의 사업적 통찰력 아래에서 스러졌다.

프레드가 떠난 후, 내가 샤워를 마치고 욕실에서 나왔을 때, 알리스가 충격받은 모습으로 침실에 불쑥 나타났다. 마세라티가 떠나는 것을 본 게 틀림없었다. 나는 얼른 그녀를 안심시켰다.

"나 때문이에요. 하지만 당신이 생각하는 그런 것 때문은 아니에요."

그 이상 말할 시간은 없었다. 침실에 있는 전화가 울리기 시작했다. 알리스가 달려가 전화를 받았다. 쥘과 난 당황스러운 시선을 주고받았다. 그리고 열린 커튼까지 세 걸음을 옮겼다. 프레드가 수화기 너머에서 너무 커다란 목소리로 말하는 바람에 멋쩍어졌다.

"안녕을 고하고 싶지 않았어, 날 잘 알잖아. 하지만 모든 게 다 순조롭게 진행되고 있어, 우리 귀염둥이. 간단히 말하자면 난 그에게 투자가들을 보낼 거야. 그들이 휴가지로 도망쳐버리기 전에. 그리고 네 마카롱은, 핵폭탄이야! 무엇보다 그에게 바보 같은 짓 하지 마. 넌 그를 심각하게 겁줄 수도 있어. 그러니 그를 안심시키고 신경 써서 따뜻하게 지켜줘, 행복하게, 하지만 너무 행복하지는 않게. 내 말이 무슨 뜻인지 알지? 그는 나를 믿을 필요가 있어. 난 그의 피에이티PAT처럼 그가 최선을 다하기를 바라."

"그의, 뭐요……?" 줄줄 쏟아지는 말에 완전히 두 손 든 알리스가 나를 바라보며 중얼거렸다.

"그의 착즙 식물 프로젝트 말이야. 그가 설명해줄 거야. 자, 우리 아가씨, 그를 잘 이용해봐. 나도 그럴 거니까. 뽀뽀."

알리스가 더듬거리며 전화기를 내려놓았다. 무슨 일이 벌어졌는지, 나를 뚫어지게 바라보는 그녀의 시선을 해석해보려 애썼다. 기쁜 소식을 들은 놀라움, 또 다른 자신의 발견, 지난날 생활의 불가피성에서 오는 씁쓸함, 지난밤에 했던 행위에 대한 후회…….

"그게 뭐예요, 착즙 식물 프로젝트라는 게?"

나는 침대에 앉아, 물속에서 몇 가지 식물을 자라게 하는 방법을 설명했다. 그 방법은 암소의 젖을 자극하듯이 한 달에 한 번, 식물의 뿌리를 짜면서 유효 성분들을 추출하는 것이라고 자세한 설명을 덧붙였다.

"그러면 프레드를 지금 이렇게 만든 게 그거예요?"

"그래요. 수성水性 환경에서의 발육은 화학적으로 합성이 불가능한, 치료용 단백질의 생산과잉을 유발하거든요!"

천식과 건선, 또는 알츠하이머병을 치료하는 데 있어 나의 챔피언들인 루타 그라베올렌스*와 다투라 이녹시아**로 구비된 분자들이 얼마나 훌륭한 효과가 있는지 자세히 설명하려는 찰나, 그녀가 내 말을 끊었다.

"내가 어떤 감정을 느끼는지 정확하게 말해볼까요?"

알리스의 무거운 어조 때문에 마음이 불안해졌다. 어떤 감정이든 책임을 지겠다는 의미로 나는 눈을 깜빡여 동의를 표시했다.

"아주 이상하고 말도 안 되는 꿈속에서조차 절대로 나는, 내가 내 여자 친구를 질투하도록 만드는 남자와 다시 사랑에 빠질 것이란 생각은 해본 적이 없어요."

나는 그녀가 말한 문장을 잘못 이해하지 않으려고 다시 한번 속으로 반복했다. 나는 그녀가 질투할 일은 일어나지 않았다고 말했다.

"우리 사이의 사랑에 대해 말하는 거예요?"

"아뇨, 질투요."

그녀가 미소를 지으며 내 손을 잡았다.

"내가 그냥 질투하게 놔둬요. 너무 좋으니까. 당신을 위해 프레드가 할 수 있는 일을 난 절대로 할 수 없을 거예요. 하지만 그녀가 당신을 지원하게 된 일이, 그게 나를 얼마나 행복하게 하는지 당신은 상상할 수도 없어요."

알리스의 손이 내 목욕 가운 자락을 따라 올라왔다. 왼손은 내 가슴 털 속으로 미끄러져 들어왔고, 오른손은 천천히 목욕 가운의 벨트

- • 잎에서 독특한 향기가 나는 식물로, 말린 잎은 강력한 제충 효과가 있다.
- •• 세 겹 녹말풀. 오후에 꽃이 피고 식물 전체에 독이 있다.

를 풀었다.

“우리 말했던가요?”

나는 그녀의 입술에 내 입술을 갖다 댔다. 맞닿은 입술이 벌어졌다. 두 혀가 서로를 찾고 살짝 피했다가 다시 엉켰다. 숨이 짧아지고 신음이 나기 직전에, 그녀가 지금 바로 넣으라고 말했다. 나는 그녀의 조깅복 상의를 걷어 올렸다. 그때, 알리스가 내 등 뒤에 있는 뭔가를 가리키며 나한테 바짝 붙었다.

“불빛이 너무 강해요?”

“아뇨.”

나는 거울을 가져오려고 어린이용 방으로 갔다. 쥘이 서랍장 앞에 엎드려, 프레드가 준 콘돔을 찢고 있었다.

비극은 토요일에 벌어졌다.

프레드가 우리 셋을 남기고 떠난 후, 나는 줠의 상태가 점점 나빠지고 있는 것을 느꼈다. 지발과 나의 행복이 커질수록, 줠의 결핍 상태는 심각해졌다. 내가 시력을 되찾았을 때 줠은 자신이 버려졌다고 믿었다. 그 이후 줠은 너무 예민해졌다. 줠은 내게 인생의 남자를 데리고 왔고, 나는 그 남자를 받아들였다. 줠의 임무는 완성되었지만 본능은 그 이상을 요구했다. 반려견 타이틀은 줠한테 아무 의미도 없었다. 지발과 나는 우리 둘만으로도 충분했다. 하지만 줠에게는 보살펴야 할 대상이 필요했다. 새로운 사람. 혼자인 어떤 사람.

줠은 목표물을 찾아 나섰다. 해변에서도, 거리에서도 스토커처럼 누군가를 따라다니고, 뒤를 밟으며 환심을 사려 애썼다. 어쩌다 하얀 지팡이 끝만 보여도, 휠체어가 스쳐 지나는 모습만 봐도, 잃어버린 줄 알았던 내적인 압박감이 깨어났다. 하지만 트루빌은 주민들이 서로 돕고 사는 시골 마을이어서 누가 거동이 불편한지 이미 다들 꿰고 있었다. 어쩔 수 없이 쥘은 관심을 이방인들에게로 돌렸다.

매일 아침, 플랭에르 협회의 미니버스가 도착하는 순간을 관찰했다. 미니버스는 해변에서 한나절을 보낼 정신적, 신체적 장애인들을 싣고 왔다. 쥘은 장애인들에게 튜브나 캡 모자, 모래용 삽 따위를 앞장서서 가져다주었다. 쥘은 자신이 알고 있는 지식과 능력을 아낌없이 보여주며 활약했지만 그들에게는 공포와 울음, 스트레스, 히스테리만 일으킬 뿐이었다. 장애인 일행이 발길질을 하며 쥘을 쫓아냈다. 해변에서 쫓겨난 쥘은 이번엔 고통받는 영혼을 찾아보려 마을로 달려갔다. 노숙자들에게 다가가기도 했고, 역 앞 마약 중독자들을 끌어모으기도 했다. 마약 중독자들은 쥘을 잡아다 팔기 위해 포획을 시도했다. 장애인과 노숙자들에게 도움을 주려고 비굴하게 졸졸 쫓아간 쥘은, 빨간불에 멈춘 차 앞에 불쑥 나타나 허락 없이 앞 유리창을 닦는 사람들처럼 위협적이고 무례하게 보일 뿐이었다. 결국 녀석은 꼬리를 낮추고 코를 경계태세로 한 채 재빠르게 내빼야 했다. 이 아이를 어디에 가두거나, 꼭 해야 할 일이 있을 때 마음대로 부리는 일은 이제 불가능했다. 하네스 줄을 잡는다고 해서 내가 할 수 있는 건 이제 아무것도 없었다. 오히려 하네스라는 작업복이 일자리를 찾아 헤매는 쥘의 탐색을 정당화하는 셈이었다.

어느 날 아침, 22호실의 발코니에 서 있던 나는 쥘이 저먼 셰퍼드가 돌보는 시각장애인 주인을 빼앗으려고 그 개를 공격하는 장면을 포착했다. 그저 질투 때문만이 아니라, 직업의식 때문이었다. 저먼 셰퍼드가 주인을 인도해 연줄 아래로 지나가면서, 주인의 목이 2초 후 쯤 연줄에 비스듬히 걸리게 하는 실수를 저질렀던 것이다. 더 이상 어떻게 해야 할지 모르겠다. 만약 이 일로 쥘을 꾸짖으면 나는 녀석이 받은 훈련에 반하게 되고 만다. 쥘에게 상냥하게 말을 걸며 지지하는 표정을 지었다. 지발은 아무런 도움도 되지 않았다. 쥘은 지발을 마치 살아 있는 설득 수단처럼 생각했다. 우리의 행복은 쥘의 노력으로 맺은 열매이고, 본능에 따라 행동해 얻은 성공의 증거였다. 가난한 이웃을 솔선수범해 방문하는 프리랜서 보조자이자 독립적 노동자인 내 개는 이제 통제가 불가능했다. 방랑하는 자원봉사자였고 해변에서 제일 귀찮은 존재가 되었다.

토요일 저녁, 플랭에르의 지도 교사들이 휠체어를 탄 장애인들을 미니버스에 태우며 그들을 가리자, 쥘이 별안간 버스 차체를 공격했다. 차의 측면을 할퀴고, 바퀴를 물어뜯고, 앞 유리에 뛰어올라 와이퍼를 뽑아버리려 했다. 쥘을 멈추려고 내가 지발과 함께 달려 내려갔을 땐, 이미 버스가 황급히 주차장을 떠나는 중이었다. 쥘은 있는 힘껏 크게 짖어대며 그 뒤를 따라 달렸고, 우리가 '멈춰!' '이리 와!' 하고 지시하는 소리는 쥘의 짖는 소리에 묻혀버렸다. 아주 미친 듯이 날뛰고 있었다.

카지노 앞 과속방지턱에서 쥘은 미니버스를 추월하더니 보닛에 몸을 던졌다. 그 충격으로 쥘은 석조 화단까지 날아갔다. 버스는 속력을 내더니 어시장 뒤쪽 방파제로 사라졌다. 정신을 잃은 쥘은 제라

늪들 사이에 쓰러져 있었다. 우리 품에 안겨 사시나무 떨듯 떨면서 가까스로 정신을 차린 쥘은 소리 죽여 고통스레 울기 시작했다. 쥘은 우리에게서 빠져나가 다시 버스를 따라가려고 애쓰다가 기진맥진해 쓰러졌다. 경찰차가 우리 앞에 멈췄다. 그들에게 사정을 설명하자 무선 호출을 하고는 사이렌과 회전경보등을 울리며 질풍 같은 속도로 버스를 쫓아 떠났다.

우리는 카지노에서 접이식 휠체어를 빌려, 이 무슨 운명의 잔인한 장난인지, 쥘을 거기에 태우고 데뱅 거리에 있는 동물병원으로 데려갔다. 수의사는 쥘이 가벼운 뇌진탕과 심각한 우울증 상태라고 진단 내렸다. 반사 행동이 정상이니, 신경 말단에는 아무 문제도 없다는 것이다. 무기력증이 확실했다.

"확인차 엑스레이 촬영을 한번 해보세요. 하지만 쥘의 문제는 다른 데 있어요."

수의사의 시선에는 근거 없는 의혹의 빛이 담겨 있었고, 사람들이 쥘의 달갑지 않은 이타심을 질책하듯 나를 쳐다보며 지난주부터 몹시 불편하게 했던, 학대에 대한 추측도 들어 있었다.

강심제 주사를 맞고 에너지 식량을 먹고 나자 쥘은 다시 걸을 수 있게 되었고, 동물병원에서 나가려고 문을 긁었다. 동물병원에서 나온 쥘은 주위에 시선 한번 안 주고, 냄새 한번 맡지 않고 자동인형처럼 호텔로 걸어 들어갔다. 그러고는 욕실로 들어가 욕조와 비데 사이에 몸을 동그랗게 말고 엎드렸다.

지발이 쥘과 함께 침실에서 먹으려고 로스트 치킨과 러리죄를 사왔다. 하지만 쥘은 거들떠보지도 않았다. 우리는 점점 더 걱정되기 시작했다. 그리고 지역 뉴스에서는 트루빌을 떠나던 플랭에르 협회의 미니버스가 한 시간 전, 트럭과 추돌해 부상자 여섯 명을 냈다는 소식이 전해졌다.

우리가 욕실로 가서 쥘에게 사과하자 쥘이 우리를 향해 불안한 시선을 들었다. 우리를 따라 침실로 온 쥘은 약간 기운을 차렸다. 녀석은 두려움을 떨쳐버리고 마음을 달래며 이 상황을 이해하기 위해, 우리 사이에 몸을 뉘었다. 내가 아무것도 눈치채지 못했단 사실이 안타까웠다. 그렇다, 가능한 모든 방법을 동원해 쥘은 미니버스가 떠나는 것을 막으려 애썼다. 자신이 장애인들을 맡으려고 그랬던 게 아니다. 나는 개들이 때때로 자연재해와 사고를 예측한다고 지발에게 설명했다. 내가 유명한 사례를 들자, 그는 별로 유명하지 않은 경우를 언급하며 한술 더 떴다.

지발이 다양한 주제에 대해 가진 폭넓은 지식은 나를 깜짝 놀라게 한다. 나를 다시 찾아내기 전에, 그는 자신을 찾아온 쥘의 심리를 빨리 이해하려고 노력하면서, 에릭 봉의 책들을 요약한 자료를 인터넷으로 검색해 보았다고 말했다. 쥘의 예지적 재능을 언급하는 내 견해에 대해 지발이 너무 편파적으로 감탄했기 때문에, 난 오히려 스스로 반대 변론을 펼쳐야만 했다. 나는 기차역 원형교차로에서 버스 기사를 혼란케 했던 것은 아마도 쥘의 집요한 공격이었을 것이라고 말했다.

이어진 지발의 반응에 나는 입을 꾹 다물어야 했다. 그는 나의 맹목적인 무분별을 비난하며 쥘을 옹호했다. '맹목'이라는 단어를 뱉자마자 즉시 철회하긴 했지만, 최악의 사태는 이미 벌어진 뒤였고 그는 자기 의견을 고집했다. 지발은 내가 쥘의 선견지명을 못 알아본 것과 경계해야 할 상황을 소홀히 한 것을 후회한다고 말하는 대신, 쥘을 비난하는 것이 무책임하다고 생각했다.

"개는 아무것도 이해하지 못해, 지발."

"아냐, 이해해!"

"어떻든 간에 우리는 운명을 바꿀 수 없어."

"그 바보 같은 소리는 어디에서 나온 거야? 현실은 우리 의식의 발현에 불과하다고! 바로 우리 자신이 우리의 생각, 욕망, 두려움, 혹은 거부 반응 같은 것들과 더불어 우리 운명을 그리는 거야. 운명은 언제나 수정할 수 있어. 예감은 그럴 때만 쓸모 있으니까. 인간은 더 이상 운명을 믿지 않기 때문에, 동물들이 그 뒤를 잇는 거야. 이렇게."

"이 아이는 아주 멋진 개야. 하지만 단지 개일 뿐이라고! 쥘에게는 틀에 넣어 통제해줄 사람이 필요해. 떠받들어주는 사람이 아니라."

"부당함, 그건 아주 훌륭한 틀이지. 당신 말이 옳아!"

"그게 뭐야, 결국에는 불교를 전파하는 거야?"

"불교는 철학이야, 종교가 아니고! 불교는 양자역학과 천체물리학이 합쳐진 거지. 무한소, 무한대, 무한 잠재성! 트린 후안 투안도 안 읽어봤어?"

"그래. 안 읽어서 미안하네. 난 독서 경향이 좀 뒤처졌거든."

"미안해, 난 미친놈처럼 당신을 사랑해, 알리스. 그건 쥘 덕분이야.

난 당신 때문에 이런 상황에 있는 녀석을 봐야 한다는 게 견딜 수 없어. 이미 당신은 더 이상 줠이 필요하지 않으니, 녀석이 다른 사람을 구조하는 걸 방해하지 마! 당신이 말한 것처럼 '틀'은 더 이상 녀석을 필요로 하지 않아. 안내견 연합에서는 줠을 제명했어! 녀석을 폐기처분 했다고. 당신 개를 똥 덩어리처럼 던져버렸단 말이야. 자기를 때리는 잔인한 인간에게서 도망쳤다는 이유로! 더 이상 어느 누구도 줠에게 도움을 청하지 않아, 녀석의 육감만 빼고—그러니까 줠에게, 줠의 육감에 귀를 기울여봐, 비난하지 말고!"

그의 통찰력이 내 귀에는 제대로 전달되지 않은 반면, 줠은 꼬리를 흔들며 우리를 혀로 핥았다. 마치 우리가 자신에 대한 주제로 서로 다툰 것이 갑자기 줠에게 에너지를 불어넣고, 우리 둘 사이에 정확한 자리를 만든 것처럼 말이다. 지발의 말은 확실히 옳았다. 하지만 나는 줠이 보이는 난폭함을 견딜 수 없었다. 위대한 이상과 위대한 신화에는 늘 순수한 난폭함이 동반된다. 그것은 선을 추구하는 난폭함이기에 이에 대항해서는 절대 이길 수 없다. 어쩌면, 제일 나쁜 난폭함이다.

나 역시 어떤 예감을 느꼈다. 몸을 휙 돌려 침대로 돌아가면서 나는 흘러내리는 눈물을 감췄다. 우리를 하나로 묶어주었던 줠이 이번엔 우리의 이별 원인이 될 것만 같았다.

처음으로 알리스와 나는 섹스를 하지 않고 잠자리에 누웠다. 그녀와 나 사이에 자리 잡은 젊은 꿈이 깊어질수록 자주 그르렁대고 낑낑댔다. 또 발길질도 잦아져 우리는 깜짝 놀라 잠에서 깨곤 했다. 알리스와 나는 어떤 상황이 벌어졌는지 곱씹으며 밤을 지새웠다. 나는 그렇게 모욕적인 언사를 뱉어낸 나 자신에 대해 화가 나 미칠 지경이었다. 여자들에게 마음의 바닥까지 보이는 것을 항상 절제해온 나였기에, 나는 알리스 이전에는 그 누구도 진심으로 사랑한 적이 없으며, 그녀에 대한 열정이 나를 거칠고 비합리적이며 집착하게 만들었다고 결론지었다. 결국, 불교 신자가 얻는 평정은 결함 때문에 혼자 사는 사람들에게, 육체적 즐거움으로부터 소외된 사람들에게, 아내의 외도로 입은 모욕을 신앙생활로 대체하고 극복한 남편들에게, 쾌락에 미친 여자에게 끝없이 쾌락을 주는 행복을 아직 발견하지 못한 사람들에게만 예정된 것인가?

나는 알리스 곁에서 불타오르는 아주 선명한 감정을 느꼈다. 그녀는 수많은 감정 중 부드러움, 은밀히 통하는 유머의 가벼움과 섹스의 강렬함만을 원했다. 그 미지의 칵테일이 나를 어지럽게, 하늘이 빙빙 돌게 만들었다. 서로 아주 열정적으로 통했던 우리의 짧은 시간은, 그저 시작과 동시에 쉽게 끝나버릴 운명인 걸까? 알리스는 내 품에 안겨 그녀의 몸이 다시 남자들을 사랑할 수 있다는 사실을 발견했다. 난 이 복수형 단어가 빠르건 늦건 간에 우리의 야릇한 관계를 위협하리라는 걸 느꼈다. 그녀에게 내가 유일한지 아닌지를 알 수 있는 단 하나의 방법은 나 자신을 돌아보는 것이리라. 오늘 저녁의 다툼으로 상황은 빠르게 변할 것이다.

나는 그녀가 이른 아침, 나와 쥘만 남겨놓고 떠나는 광경을 상상해 보았다. 틀림없이 쥘을 위해서나 그녀를 위해서나 가장 좋은 경우가 될 것이다. 그럼 난 다시 그녀를 대리해 쥘의 동반자가 될 것이고, 녀석은 최선을 다해 '사랑 장애'를 가진 이 인간을 안내하리라. 내가 자기 주인을 다른 수컷들에게 넘기고 결국에는 포기하는 것을 느끼며, 녀석은 아마 나를 위해 사냥하기 시작할 테지. 하체마비 환자들과 지적장애인들에게 필사적으로 꼬리 치는 대신 나에게 데려올 여자들을 찾아 나설 것이다.

나는 서글픈 마음으로 미소 지었다. 곧 나를 떠날 여자를 여전히 사랑하는 것이 확실한 지금, 역설적으로 난 새로운 자부심을 느꼈다. 엿새 전부터 프레드에게서 아무런 소식이 없다는 사실이 내 사기를 꺾진 않았다. 이제 믿을 건 나 자신밖에 없다는 생각에 오히려 자랑스러웠다. 알리스가 내게 날개를 달아주었고, 난 이제 이 날개를 다신 접지 않을 것이다, 설령 그녀가 나 혼자 날아가게 내버려둘지라도. 만약 서로 헤어진 상태가 우리 마음의 화합을 연장시킨다면, 서로를 향해 되돌아오기 전에 우리는 가봐야 할 길이 있다. 나처럼 그녀도. 나는 그녀를 위한 누군가가 되고 싶다. 그녀가 나에 대한 감정에 확신을 가질 수만 있다면, 다른 사람들과 비교당해도 좋으리라.

*

나는 찬란하게 비추는 햇빛 속에서 아주 가뿐하게 잠에서 깼다. 배가 몹시 고팠다. 기지개를 켜고 눈을 떴다. 침대는 텅 비어 있었다.

쥘은 늦게 일어났다. 두 사람은 아직도 자고 있었다. 쥘은 아주 조용히 침대 밖으로 기어 나와, 두 발로 문 손잡이에 힘을 주고 눌러 문을 열고는, 계단을 달려 내려갔다. 어딘가에서 누군가가 자신을 필요로 하는 것이 느껴졌다. 여느 때처럼 나쁜 결과로 끝날지 모르지만.

날씨는 화창했고, 바람에서는 벌써부터 크레페와 핫도그의 맛있는 냄새가 풍겨왔다. 해수욕장을 운영하는 사람들이 텐트를 펼치고, 창고에서 덱체어를 무더기로 꺼내왔다. 불도저 한 대가 항구 방향으로 모래를 평평하게 다지는 작업을 끝냈다. 맨 먼저 나타난 차들은 백팩을 멘 청춘 남녀들을 쏟아냈는데, 그들에겐 자신이 필요할 것 같지 않았다. 미니버스에서 내린 사람도 누구 하나 도움이 필요한 사람이 없었다. 반복해서 들려오는 시끄러운 확성기 소리가 갈매기들의 울음소리를 뒤덮었다.

"안녕하십니까, 오전 10시입니다. 샤워 시설을 오픈하고 해변 보호가 시작되는 시간이죠. 다시 한번 알려드리지만, 개들은 전적으로 출입이 금지되오니, 널빤지 길 밖으로 내보내주시기 바랍니다."

쥘은 '깨끗한 트루빌'이라고 적힌 쓰레기봉투를 바쁘게 찢고 있는 갈매기들 사이로 달려들었다. 아침 일찍 산책한 사람이 버린 샌드위치 끄트머리를 차지하고는, 검은 암벽 쪽으로 달려갔다. 그곳은 컨트롤 타워가 오픈하자 즉시 쥘에게 호각을 불어댄 안전요원의 영역이 끝나는 곳이었다.

암캐들이 남긴 오래된 발자국 몇 개를 괜히 한번 뒤쫓아보고, 쥘은 모래 위에 수많은 동그라미를 그리는 남자에게 인사하러 갔다. 그리고 파라솔과 접이식 간이의자를 펼치고 자리 잡은 어떤 가족에게 관심을 가졌다. 그 가족들과 한바탕 신나게 논 쥘은, 아이스박스 앞에 앉았다. 아무도 아이스박스를 여는 데 관심이 없었기 때문에, 쥘은 발톱으로 쇠고리를 벗기려 애쓰며 돕겠다고 나섰다. 가장이 그를 쫓아내려고 달려오다가 가방 끈에 발이 걸렸다. 그는 넘어지면서 비명을 질렀고 두 손으로 발목을 움켜쥐었다. 아이들이 그에게 달려갔고, 아내가 남편의 발에 얼음 주머니를 대주려고 아이스박스를 열었다.

쥘은 은박지에 싸여 맛좋은 냄새를 풍기는 양고기 조각에 다가가기 좋은 때를 살피고 있었다. 그때, 뭔가 느껴졌다. 쥘은 바다를 향해 몸을 돌렸다. 밀물이 들어오는 모래밭에서 어린 소년이 크게 삽질을 하며 자신이 만든 모래성의 성벽을 단단히 고르고 있었다. 그 순간, 갈망하던 양고기는 까맣게 잊은 채 쥘은 아이에게 달려가 성채 강화 작업을 뒷발로 도왔다.

별안간 돌풍이 불어와 아이의 모자를 날려 보냈다. 쥘은 파도 속에 떨어진 모자를 잡으려고 달려갔다. 모자를 물고 몸을 돌리는 순간, 아이가 쥘을 따라 바다로 들어왔다. 그리고 놀라운 일이 일어났다. 쥘은 즉시 예전에 훈련받은 행동을 반사적으로 취했다. 차가운 파도 때문에 그 자리에 멈춰선 아이가 갑자기 어깨와 머리를 사방으로 흔들었고, 얼굴이 일그러지기 시작했다. 아이는 앞으로 쓰러졌고, 비명을 지르다가 거품을 뿜고 온몸을 뒤틀면서, 마치 구멍을 파려는 것처럼 물을 후려치기 시작했다. 쥘은 위험을 알리기 위해 해변을 향해 짖어댔다. 그리고 물속으로 들어가, 경련으로 흔들리는 작은 몸을 들어 올리려 애썼다. 모래 위에 발톱을 박아 넣고 몸을 지탱해서 가까스로 올려도, 금방 다시 물속으로 떨어졌다. 두 번, 세 번 반복한 끝에야 쥘은 소년의 몸을 굴려 머리를 물 밖으로 꺼내는 데 성공했다.

"오스카!" 가족들이 비명을 질렀다.

여자와 다른 아이들 두 명이 달려왔고, 동시에 해양관리센터 안전요원의 차가 도착했다. 그 뒤를 한 남자가 온 힘을 다해 절뚝이며 달려왔다. 쥘은 사람들이 아이를 들어 올리려는 것을 느꼈다. 쥘은 이빨을 드러내고 으르렁대며 자신을 떼어내려는 사람들을 거부했다. 덜덜 떨고 있는 작은 몸을 따뜻하게 덥혀줘야 했다. 알리스가 저 멀리에서 쥘을 부르며 달려왔다. 쥘은 그녀가 가까이 다가올 때까지 꼼짝도 하지 않을 것이다.

나는 쥘을 두 번째로 잃어버리는 게 이토록 행복한 기분일 줄은 상상도 못했다. 그날부터 그다음 날까지 쥘은 다시 예전의 모습을 되찾았다. 부드럽고 유쾌하며, 정확하고 믿음직스러웠다. 다른 사람에게 도움이 되는 존재였다.

그 아침에, 꼬마 오스카를 향해 달려가는 쥘을 보는 것은 너무나 멋진 일이었다. 듣기 좋으라고 하는 말이 아니다. 그 이후에도 우리와 함께 보내는 시간은 여전히 쥘을 기쁘게 하는 것 같았지만, 그건 부수적인 일이었다. 진짜 과제는 다른 데 있었다—따라서 진정한 기쁨도 역시 다른 데 있었다. 그런 쥘을 보고 있자니, 우리가 안내견 실습 가족이었을 때 엄마와 내가 키웠던 강아지들이 하나씩 떠올랐다. 그 아이들은 일주일에 한 번, 다 똑같이 훈련학교에 가고 싶어 했다. 어떤 녀석들은 우리가 참석하고 강아지들이 먹을 도시락을 지참

한다는 조건 하에 승인받기도 했다. 은퇴할 나이가 가까워졌지만, 쥘은 다시 그때처럼 능력을 증명해야만 하는 실습생이 되었고 나날이 발전했다. 쥘이 한 일이 새삼 높이 평가되었기 때문에 다시 일을 시작하게 된 것이다.

"정말 믿을 수가 없어요." 오스카의 아버지가 우리에게 말했다. "쥘은 발작이 일어나기 전에 곧 발작이 일어날 걸 느껴요. 짖는 것도 특별한 방식으로 짖어요. 암호처럼요. 그럼 우리는 오스카가 곧 넘어질 거란 걸 알아차리고, 발작을 하면서 다치지 않도록 대비할 수 있어요."

쥘이 받은 훈련과는 아무 상관 없는 이 새로운 능력에 대해 나는 깜짝 놀랐다. 뇌전증 환자를 위한 보조견 교육은 시각장애인 안내견 교육과는 아주 다르다. 상황을 숙지하고 규칙에 맞춰 함께 행동하고 인도하는 것이 문제가 아니라, '예상되는' 위급 상황에 직면해 환자를 안심시키고 위험 징후에 적절히 처신하는 것이 관건이다. 프랑스의 뇌전증연구재단 인터넷 사이트와 현재 개가 지닌 이 능력을 개발하고 훈련시키며 연구하는 세계의 단체들 중 하나인 캐나다 협회를 참조해서 자료를 찾아보았다. 대부분의 전문가들에 따르면, 발작이 곧 일어날 것을 알아내는 능력은 가르칠 수 없다고 한다. 그것은 수많은 개들 중 10퍼센트만이 보이는, 타고난 재능이라는 것이다. 이 재능을 지녔다 해도 다양한 상황에 맞춰 적절히 대처할 수 있게 하기 위해서는 꽤 많은 시간을 수련해야만 했다. 쥘은 시각장애인들을 보조하면서 습득한 기술과 공감 능력을 본능적으로 뇌전증 환자에게도 적용했다. 갑자기 짖어대며 아이의 발밑에 엎드려 꼼짝도 하지 않을 뿐만 아니라—최근에는 그런 방식의 신호로 내 앞에 빈자리가 있다는 것을 알려주었다—그 자리에 있는 사람들이 위험을 깨달았을 때는 아이의 초기 경련을 주의 깊게 살폈다. 그리고는 골키퍼가 주위를 살피는 것과 같은 경계심으로, 아이가 쓰러질 때의 충격을 완화하기 위해 아이의 몸 위치를 가늠했다.

쥘은 거기에서 멈추지 않고 자신이 용변을 해결해야 할 때 사용하던 경고의 신호를 적용했다. 세 번째로 아이의 발작을 예상하고 적절한 처신을 했을 때, 오스카의 아버지는 손에 들고 있던 것을 쥘에게 보상으로 주었다. 오렌지 잼이 든 비스킷이었다. 다음 날, 부르덴 가족이 해변에서 조용히 트리비얼 퍼슈트•를 즐기고 있는데, 쥘이 돌연 샤모니 오렌지 비스킷을 탐내며 과자 꾸러미를 향해 달려들었다. 5분 후, 게임 중이던 오스카가 카드 사이에서 경련을 일으키더니 모래 위로 쓰러져 몸을 비틀었다.

이날을 계기로 쥘은 새로운 신호를 찾아냈다. 돌발적으로 발작이 시작되기 전이면 보상품을 찾으러 오는 것이다—이익을 챙기면서 경고도 할 수 있는 아주 효과적인 방법이었다. 난 아무 말도 하지 않았지만, 이 교활하다고도 할 수 있는 행동을 알게 되면서, 때때로 잿밥에 욕심이 난 쥘이 위험한 상황을 유발하는 것이 아닐까 생각하곤 했다.

• 잡다한 지식에 대한 질문을 맞추는 보드 게임.

그렇지만 며칠 후 내 생각이 잘못됐다는 것을 증명이라도 하듯이, 먼저 보상품을 요구하던 것과는 반대되는 상황이 일어났다. 자기에게 닥칠 위험을 미리 느낀 꼬마가 뇌전증의 공격을 피하기 위해 정신을 집중했고, 그동안 젊은 아이에게 딱 붙어 있었다. 서로 호흡을 주고받는 방법을 가르쳐주는 것 같았다. 아니, 어쩌면 그것은 단순히 발작을 초래하는 호흡곤란을 완화하기 위한 주의 깊고 다정한 행동이었는지도 모른다.

우리는 이틀에 한 번 부르덴 씨 댁에서 저녁 식사를 했다. 그들은 교회 근처의 막다른 골목에 있는 아담하고 예쁜 집에 살고 있었다. 부르덴 씨는 어시장에서 일했고, 부인은 세 아이를 키우며 부엌에서 전화로 앤틸리스 제도•로 떠나는 꿈의 여행을 홍보했다. 그들은 지발을 전적으로 신뢰했다. 지발은 그들에게 알렉산더 대왕, 시저, 도스토옙스키, 플로베르 같은 유명한 천재들과 무함마드가 다들 뇌전증 환자였다는 사실을 알려주었는데, 그를 신뢰하는 이유는 아마도 이 때문인 것 같았다. 그로 인해 그 가족은 아들의 병을 사람들을 두렵게 하거나 웃게 만드는 부끄러운 질환, 숨기고 싶은 불행으로 여기지 않게 되었다.

• 카리브 해에 있는 네덜란드령의 다섯 개 섬.

*

불안하고 걱정스레 예상하던 일은 그 주의 마지막에 일어났다. 부르덴 씨 가족은 혹시 쥘이 새로운 꼬마 친구와 하룻밤 같이 보낼 수 있는지 우리에게 물었다. 그러고 나서는 두 번째도 가능한지 물어왔다. 그렇게 해서 쥘은 점점 우리보다 그들과 보내는 시간이 많아졌다. 이제 쥘이 옆에 있을 때면 아이는 더 이상 발작하지 않게 되었다. 보상품을 먼저 받을 기회를 잃은 쥘은 아주 조심스럽게 샤모니 비스킷 상자에서 비스킷을 훔치면서, 보상을 정당화했다. 두 눈으로 오렌지 비스킷을 살피면서, 매복 장소에 코를 붙이고 새로운 능력을 발휘하게 된 쥘은 정상 체중과 윤기 나는 털을 되찾았다. 쥘은 예전에 나와 함께 있을 때만큼 행복해 보였는데, 어느 날은 호텔에서 잠들기 전, 짧고 힘없는 애교로 나에게 용서를 구해서 매우 당황하기도 했다. 쥘은 오스카 주위에 있을 때 절대 주의를 게을리하지 않았다. 우리와 함께 있을 때만 긴장을 풀었다.

지발과 나의 관계 역시 자연스레 변했다. 잠깐이었지만 고지식하게 다툰 좋지 않은 기억 이후, 우리의 관계는 즐거운 휴가 리듬에서 벗어났고, 남은 시간도 생기 없이 흘러갔다. 복잡다단한 생활이 끼치는 폐해에 맞서는 공동생활의 청사진 같았다—우리 같은 싱글들에게 필요한 건, 우리가 단순히 여름휴가용 연인인지, 아니면 지속 가능한 한 쌍인지를 확인하는 것뿐이었다.

함께 물놀이하고 장난치는 시간을 제외하면, 지발은 아침 8시부터 정오까지, 그리고 낮잠 시간 이후부터 저녁 식사 시간까지 발명 서류들을 다듬기 위해 비둘기 집에 틀어박혔다. 그 시간 동안 나는 호텔에 머물면서 나름대로 조용히, 내가 진행하는 방송 프로그램의 계획을 짤 수 있었다. 그 시간이 휴가 리듬 속 행복보다 더 나았다. 앞으로 다가올 일상생활의 예고편이었다. 각자 홀로 열심히 일한 그 시간은 우리의 육체적 융합에 더 크고 짜릿한 자극을 보태주었다. 쥘에게도 마찬가지였다. 새로운 짝꿍과 열심히 일한 덕분에 쥘은 더욱 커진 기쁨을 안고 우리에게 돌아왔다.

난 우리 셋이 보낸 이 절반의 바캉스가 언제까지나 계속되길 빌었다. 그리고 8월 16일, 호텔의 전화벨이 요란하게 울리며 우리는 소스라쳐 잠에서 깨어났다.

알리스가 당황한 표정으로 나에게 수화기를 건넸다.

"프레드야. 당신 바꾸래."

나는 수화기를 받으며 침대에 일어나 앉았다. 전화 줄이 알리스의 가슴 사이에서 돌돌 말렸다. 그녀가 줄을 치우고는 신중하게 행동하려고, 아니면 칸막이가 필요하다고 판단해서였는지, 작업실로 사용하는 어린이용 침실로 들어가 등 뒤로 커튼을 닫았다.

"늦어도 오늘 저녁까지 여기로 와야 해." 인사 대신 프레드가 공격적으로 말했다. "내가 당신한테 얘기했던 농산물 가공업 그룹이 텔레파시가 통하는 당신의 박테리아를 아주 좋아했어. 특히, 박테리아가 그들의 요구르트 제품에 반反비만 메시지를 담게 할 수 있다는 것에 열광했지. 그들은 브뤼셀 시가 판매를 중지하라고 위협하는 상품 때문에 엮여 있는 소송이 산더미 같아. 그런데 갑자기 당신의 특허권을 통째로 사겠다는 거야—그래, 난 그들에게 도박을 걸었지, 모 아니면 도야. 그들이 독립적인 연구실을 지원해줄 거야. 게다가 당신이 쓸 자동차와 사택도 얻어냈지. 이제 특허권료를 받기 위해 바하마의 나소나 룩셈부르크에 당신 회사를 세우기만 하면 돼. 내 변호사가 다 처리해줄 거야. 내일 아침 8시에 그녀를 만나서 회사 정관을 작성하면 돼. 모든 경비는 내가 부담할 거야. 사업의 출자자로서 당신 수익의 15퍼센트를 영원히 받는 조건으로—과하기는 해, 나도 알아. 하지만 이건 협상이 불가능해. 긍정적인 여세에 편승해서, 카날 방송국에서 내 친한 친구 아르디송과 「안녕, 농민 여러분」을 녹화하기로 했어. 당신은 인사만 하든지, 아니면 믿을 만한 게스트를 미리 추천해도 돼. 누구 추천할 사람 있어? 그들에게 정오가 되기 전에 이름을 알려줘야 해."

잠시도 멈추지 않고 나를 폭격하는 이 엄청난 소식에 나는 멍하니 대답했다.

"엘리안 드 프레쥬. 우리 어머니요."

"약간 뒤떨어지지 않아, 당신 나이에? 그녀를 어떤 각도에서 다룰 거야? 내가 어떤 논거를 줘야 하지?"

부끄러워서 짧게 대답하려 애쓰며, 난 9월에 어머니의 책이 나온다고 말했다.

"당신, 다 이해했네." 그녀가 나를 칭찬했다. "알리스에게는 조용히 계속 선탠을 해도 된다고 말해. 앞으로 당신은 단 1분도 허비할 시간이 없어. 만약 알리스가 지금 당신과 함께 다시 돌아오고 싶다고 한다면 난 반대하지는 않겠어—비용을 치르는 건 나니까. 그런데 이봐, 당신 어머니, 아주 멋진데! 그녀 생일이 언제야? 위키백과에 사진 있어?"

의미심장한 미소를 지으며 나는 프레드를 진정시켰다.

"성적 취향을 바꿀 여자가 아니에요."

마지막으로 프레드는 내게 즉시 기차를 잡아타고 오라고 말하고서 전화를 끊었다.

알리스가 커튼을 열어 그쪽으로 몸을 돌렸다. 강한 빛 때문에 머뭇거리고 있는 그녀의 벗은 몸을 바라보았다. 그녀는 억지로 지어내는 듯한 기쁜 표정을 지으며 내게 몸을 던졌다. 알리스는 나에게 그렇게 좋은 일이 생겨 너무 행복하다고 말했다. 내 '사업의 출자자'가 혼자 떠들었던 독백을 들을 필요도 없었다. 내 표정을 보는 것만으로도, 프레드의 심리를 꿰뚫고 있는 것만으로도 충분했다. 그녀가 내 목에 입을 맞추며 중얼거렸다.

"만약 프레드가 엄청난 작전을 시작한 거라면, 당신한테 더 애착이 생길 거야."

이 말을 어떻게 받아들여야 할지 알 수 없었다. 알리스와 쥘 사이에서 가교 역할을 잘해낸 지금, 갑자기 나는 그저 그들의 하수인에 불과하다는 느낌이 들어, 성공이 보장된 믿을 수 없는 사업적 제안의 기쁨이 약간 망가졌다.

"당신 말은, 만약 그녀가 내 박테리아 사업에 그렇게 뛰어들지 않았더라면, 날 덜 사랑했을 거라는 거야?"

냉정한 내 어조에 알리스는 살짝 미소를 지으며 오해를 풀어주고, 내 페니스에 대답하려 밑으로 내려갔다. 하지만 그녀의 얼굴이 이불 속에서 금세 다시 나왔다.

“내 사랑, 그럼 쥘은 이제 어떻게 해야 하지?”

난 그녀가 반드시 쥘이 원하는 바를 살필 필요가 있다고 말했다. 선택을 하는 건 쥘 본인이다. 쥘이 책임지고 있는 어린 영혼에게서 우리가 그를 강제로 떼어낼 수는 없었다. 나는 쥘이 우리에게 다시 돌아오겠다고 결정한다 해도, 아무 문제가 없으리란 것을 알고 있었다.

*

부르덴 씨 가족은 낡은 푸조 라이트 밴으로 우리를 역까지 데려다 주고 싶어 했다. 그들은 너무나 감사하다고 인사를 했다. 하지만 쥘을 남겨놓는 것은 영원한 이별이 아니었으며, 선물도, 빌려주는 것도 아니었다. 위탁일 뿐이었다. 보호자로서. 그들은 언제든 자기 집에 들러 편하게 지내라고 당부했다. 그 집이 우리의 두 번째 집이라고. 우릴 위해 다락방을 정리해놓겠다고 했다. 기뻐하는 모양새를 보니 쥘은 서운한 정도로 재빠르게 상황을 받아들인 것 같았다. 마치 부모로부터 독립하게 된 아이처럼, 녀석은 우리 마음을 달래려고 우리와 한바탕 놀며 장난을 쳤다. 하지만 중요한 의무가 녀석을 불렀다.

경찰이 다가와서 이중으로 주차한 차를 빼라고 말했다. 쥘을 태운 차가 떠났다. 자동차 뒷유리창에서는 쥘과 꼬마가 똑같이 꼼짝도 하지 않고, 과속방지턱에서는 똑같이 고개를 끄덕거리며 우리가 멀어지는 모습을 바라보았다. 우리는 흔들던 손을 멈추었다. 담배에 불을 붙이려는 알리스의 손이 떨렸다. 내가 라이터를 빼앗아 불을 붙여주었다. 그녀가 갈라진 목소리로 입을 열었다.

"지금 아무것도 안 보여."

흐르는 눈물이 그녀 눈 앞을 가렸다. 그리고 덧붙였다.

"당신 알지, 그래도 나를 유일하게 위로하는 건, 이번에는 쥘이 나를 버렸다는 거야."

나는 우리 사이의 공허를 줄이려고 그녀를 내 몸에 붙게 꽉 껴안았다. 그녀에게 새로운 친구를 입양하고 싶으냐고 물어볼 뻔했다. 하지만 알리스가 그 아이는 다른 것으로 대체될 수 없다고 대답할 것 같았다. 그러자 내 안의 저 깊은 심연에서 선택에 대한 충동, 진정한 도전에 대한 욕망, 눈을 감고 싶은 욕구와 결국에는 통찰력 대신 믿음을 가져야 할 필요성이 올라왔다. 이렇게 말했다.

"우리가 아기를 가졌으면 좋겠어."

알리스가 나를 향해 얼굴을 돌렸는데, 조금도 놀란 표정이 아니었다. 그녀의 두 눈에서 커다란 희망과 짙은 의혹, 그리고 가벼운 비난이 뒤섞였다—설령 내가 선택한 단어들이 그녀의 생각과 일치하지 않는다 해도 말이다. 그녀는 자신의 침묵이 의미하는 모호함을 지우려고 내 어깨에 부드럽게 머리를 기댔다. 나는 쥘의 새로운 가족이 저 멀리 다리 너머로 사라지는 것을 지켜보았다. 그리고 지금 이 순간, 나를 변호할 수 있는 단 하나의 유리한 수단을 뱉어냈다.

"우린 이미 대부도 있잖아."

시각장애인 안내견은 내가 인생 초기에 가졌던 열정 중 하나였습니다. 열두 살에, 안내견들을 교육하기 위한 자금을 마련하는 연극에 출연하면서 난 그들의 세계를 알게 되었죠. 내게 그런 잊을 수 없는 경험을 안겨준 아버지와 '보리외 빌프랑슈 쉬르 메르 라이온스 클럽'의 아버지 친구들께 감사드립니다. 또한 저널리스트인 소피 마시웨에게도 감사를 전합니다. 2014년 5월 어느 날, RTL방송국에서 재회한 소피와 그녀의 안내견 퐁고(퐁고가 은퇴하기 직전이었죠……) 덕분에 나는 아주 오래전부터 마음에 품고 있던 이 책을 마침내 쓰기로 결심하게 되었습니다.

그리고 이 책을 꼼꼼하게 교정해준 안과 의사인 내 친구, 마르크 스피라에게도 고맙다는 말을 꼭 하고 싶습니다.

내 소설 속에서 자주 그랬던 것처럼 제일 말도 안 되게 보이는 것들은 내 상상력의 소산이 아닙니다.

따라서 지발 드 프레쥬가 등록한 '착즙 식물'의 특허권은 현실에서는 '플랜트 어드밴스트 테크놀로지' 기업에서 장 폴 페브르와 프레데릭 부르고, 그리고 에릭 공티에가 개발하고 있습니다. 마찬가지로, 돼지 분뇨의 오염 제거에 대해서는 니트라퀴르 사가, 요구르트와 의사소통하는 시도는 클레브 백스터가, 그리고 박테리아 이용에 대해서는 존 크레이그 벤터가 연구하고 있습니다.

지발의 가공된 인생은 시리아에서 태어난 프랑스 작가이자 기업가이며 '마음 따뜻한 베두인족'인 모헤드 알트라드의 삶과 몇몇 공통적인 요소가 있습니다. 나는 KBL리슐리외• 심사위원회의 위원장 자격으로 2014년 '가치 있는 기업가'상을 모헤드 알트라드에게 안겨주는 기쁨을 누렸답니다.

마지막으로, 내가 몸담고 있는 '프랑스 뇌전증연구재단'은 뇌전증 환자 보조견의 교육에 필요한 자금을 마련하려 애쓰고 있습니다. 프랑스인 중 50만 명이 뇌전증 환자이며, 그들 중 10만 명에 가까운 아이들이, 오늘날 행정당국에서 책임져야 할 부분에 대해 아무런 혜택도 받지 못하는 이 병으로 고통받고 있습니다.

디디에 반 코뵐라르트

• 파리 소재 은행.

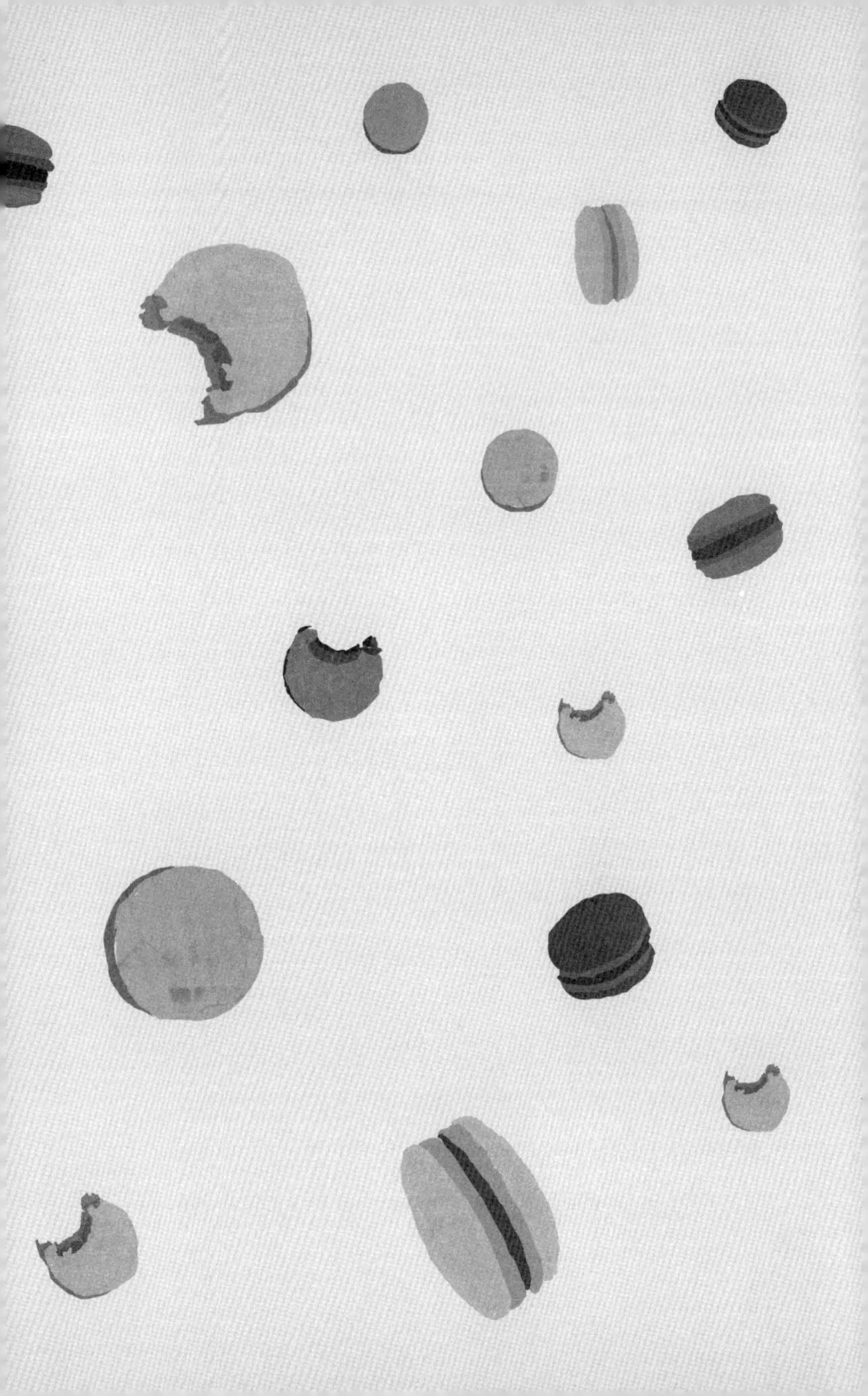